El bailador de tango
Javier Campos

El bailador de tango
Javier Campos
Primera edición, 2018 ©
Portada y diseño de Mario Ramos
Fotografía de portada de Javier Maradiaga Melara ©
Diagramación y cuidado editorial de Óscar Estrada
282 páginas. 5.5" x 8.5" (13.97 x 21.59 cm)
ISBN-13: 978-1-942369-22-6
ISBN-10: 1-942369-22-0
Impreso en Estados Unidos

Casasola LLC
1619 1st Street NW Apt. C Washington DC 20001
Apartado 2171, Tegucigalpa, Honduras

casasolaeditores.com
info@casasolaeditores.com

El bailador de Tango
Javier Campos

www.casasolaeditores.com

Javier Campos

Ha publicado la novela *Los saltimbanquis*, y cinco libros de poesía. Primer premio Letras de Oro en 1990 para escritores hispanoamericanos residentes en Estados Unidos con el libro *Las cartas olvidadas del astronauta*. Finalista en 1998 del premio Casa de las Américas, Cuba, con su cuarto libro de poesía *El astronauta en llamas* (LOM, Chile, en 2000). Ha sido traducido al alemán, inglés, ruso, gallego, árabe. En diciembre de 2002 gana el premio Internacional de poesía, categoría poema largo ("Los gatos"), en el Premio Internacional "Juan Rulfo" de Radio Francia Internacional. En 2003 publica su primer libro de cuentos *La mujer que se parecía a Sharon Stone*, Editorial RIL, que obtiene Mención Honrosa en 2004 en el Premio Municipal de Literatura de Santiago de Chile. Columnista del periódico chileno *El Mostrador* desde 2002 hasta 2012. Sus columnas se han publicado en varios otros diarios de América Latina. Actualmente es traductor oficial al español de la poesía del poeta ruso Yevgeny Yevtushenko en cinco ediciones publicadas en Nicaragua, Cuba-Rusia, Chile (Editorial LOM, 2009, bajo título *Caminando sobre el tejado*), Ediciones del Festival de Poesía de Medellín, Colombia, y la última en la editorial VISOR, España, 2011, bajo título *Manzanas robadas*. Ha publicado poesía y narrativa en varios números de la Revista Caratula. Es profesor titular del Departamento de Lenguas y Literatura Modernas, y del Programa de Estudios Latinoamericano en la Universidad jesuita, Fairfield, Connecticut, Estados Unidos.

"Fui dueño de tu encanto".

(Verso del tango "Tus besos fueron míos")

El tango es el lamento de un
hombre solo.

Ver películas es entrar a soñar.

ÍNDICE

PRIMERA PARTE:
LECCIONES DE TANGO

1

Buscando algo en la televisión un mes después de volver de El Salvador la dejé en un programa de baile. Me quedé mirándolo con el control remoto en la mano. El programa era "Bailando con las estrellas". Pudo ser la nostalgia o una conexión hacia Ani. Había diferentes parejas y diferentes tipos de baile. Nunca había visto con detención que la pareja al bailar mueve el cuerpo de una manera en que ambos se comunican. Se tocan. Se acercan al ritmo de una melodía. Me gustó el tango en ese programa. Cosa bien rara porque aunque siempre lo había oído en mi infancia nunca fue parte de una atracción musical profunda. Cuando era niño recuerdo a un tío mío que bailaba milongas. Mi madre en la pensión donde trabajaba escuchaba un programa de tango en una vieja radio cada tarde cuando planchaba ropa. Calentaba agua y sola se preparaba sus mates de yerba de la misma manera que los hacia su madre mapuche-argentina mientras la radio transmitía aquella música. A veces cantaba estas líneas de uno que le gustaba mucho: "Se dio el juego de remanye, cuando vos, pobre percanta gambeteabas la pobreza en la casa de pensión…". Pero no me había fijado que el tango también era para bailarse. Busqué la semana siguiente alguna película de tango y encontré "Lecciones de tango". La misma directora del film actuaba como personaje principal y ella misma había escrito el guion. Su historia que leí en internet me pareció que estaba conectada con la mía. Ella había descubierto en el baile, especialmente en el tango, una especie de catarsis o algo parecido. Ella decía: "mi historia era explorar el baile, el tango, a través de lecciones de tango. Pero luego me di cuenta que todo lo que estaba escribiendo venían a ser unas múltiples lecciones de la vida misma. Aprendí a través de aquel baile más sobre el hombre y la mujer. Las relaciones apasionadas, la posesión, lo sensual, los celos y la pérdida del amor."

La clase comenzaba a las tres de la tarde de un día domingo. El lugar desde fuera no parecía un lugar de baile o de clases de baile. Llegué quince minutos antes. No había nadie. La sala tenía piso de madera color nuez como había visto en la película "Lecciones de tango". Sentí deseos de salir. Un arrepentimiento muy fuerte se apoderó de mí el haber decidido tomar lecciones de tango para principiantes. Ya me levantaba para irme cuando alguien me saluda. Era el que organizaba las clases. Se llamaba Alfredo y pensé que era argentino. No lo era. Ni siquiera había estado nunca en Argentina. Era italiano- norteamericano de Nueva York. Una decepción porque el anuncio decía "Lecciones de tango argentino". No alcancé a huir de allí quizás porque fue muy amable y me dijo que la gente iba llegando de a poco y nunca se comenzaba a la hora exacta. Además había una única puerta de salida y estaba detrás de él. Dijo que los profesores estaban por llegar. Y entraron dos. Alfredo me presentó a Paul y a Jeanne que tampoco eran argentinos. Paul enseñaba las clases de principiantes y era de origen francés que luego emigró a Estados Unidos. Jeanne era mezcla de vietnamita y norteamericana. Ella enseñaba las clases más avanzadas. Había dos salas así que los que no sabíamos nada trabajaríamos con Paul.

Los principiantes éramos seis. Dos mujeres un poco obesas que parecían hermanas pero luego me di cuenta que eran lesbianas. Comenzaba a caérseme el estereotipo de un baile de machos y de mujeres fatales, hermosas y delgadas. Más cuando vi a la otra mujer que se veía avejentaba, pelo gris y flaca como un esqueleto. Me dijo que se llamaba Cora. Bailando con ella ese día supe que fumaba por el olor penetrante de su aliento. Era jubilada. Había nacido en California y trabajó toda su vida en un hospital para enfermos mentales en Los Ángeles. Ahora vivía aquí trabajando medio tiempo en el Diner de un griego. Le dije que también conocía California pero no pareció importarle mucho. Nadie tenía una pareja, excepto las lesbianas. En la clase más avanzada se veían unas parejas pero no sabía si eran esposos, amantes o amigos. El otro de nuestra clase era un hombre que me pareció haberlo visto en la película "Bailando en la oscuridad". Era idéntico al que le ponía, al fin de la película, la cuerda a la protagonista ciega para ahorcarla por orden del juez. O se parecía a Henry Fonda en "Las uvas de la ira", especialmente con pantalones de campesino porque así llegó a la clase de tango. Era casi calvo y parecía que estaba bajo tratamiento de quimioterapia. No me saludó pero luego cuando nos presentamos todos dijo que se llamaba Frank. Muchos traían una bolsita y se sentaron antes a cambiarse sus zapatos por zapatos de baile. Yo no sabía o no alcancé a leer al final de la descripción de las clases que decía "por favor traer zapatos de baile para no dañar el piso". Pero no me dijo nada Alfredo. El sabía que algunos no leían eso pero me dio la dirección de un lugar donde podía comprar zapatos de baile para la próxima clase.

Luego entró corriendo otra mujer que se integraba al grupo de nosotros. Dijo que se llamaba Azucena Svetlana pero que la llamaran Azucena. Era realmente muy baja, casi enana pero de una belleza especial. Ese contraste llamó la atención a algunos pero especialmente a Frank que la miró como quien ve a un extraterrestre. Con ese ambiente que nada tenía que ver con el programa "Bailando con las estrellas" me dije que no iba a volver aquí una segunda vez. Especialmente cuando una mujer del grupo más avanzado, luego de terminar la clase, me dijo que por qué estaba sentado y no bailaba. Era común que después de las tres horas de clase, especialmente para los más avanzados, Alfredo pusiera música de tango y la gente que quisiera bailara por otra hora. Era parte de la clase y estaba incluida en la tarifa y Alfredo la llamaba "Práctica después de la Clase". Pero los de la clase de principiantes no nos quedábamos porque aún no bailábamos nada. La mujer que me dijo eso podría ser un personaje que yo había visto en otra película pero no me acordaba cuál. Sólo sé que ese personaje existía y ahora era real y me insistía que bailara. Pero si soy principiante. Es mi primera clase y ni siquiera sé caminar aún, le dije. Me di cuenta que ni se preocupó de mi respuesta y se fue a buscar a otra persona para bailar. Y más decepcionado me sentía de estar allí y que no iba a volver otra vez aquí, me dije. En la primera clase Paul nos puso en una fila militar a los seis. Nos enseñó cómo poner los pies porque era importante para el equilibrio. Nos dijo que el que controlaba el baile en el tango era el líder. O sea el hombre. Que cada cosa que hiciera el hombre la mujer debía hacer lo mismo. Como un clon dijo. En el tango el cuerpo de dos personas se transforma en uno. Pero si el líder no sabe qué hacer, la mujer se descontrola y el baile no funciona. Luego nos explicó cómo deben estar los cuerpos juntos el uno al otro. Simétricamente iguales. Nos dijo cómo abrazar. Y aquí explicó un poco más pues en nuestra cultura anglo, recalcó, la gente no está acostumbrada a bailar muy de cerca y muy abrazados. Y el tango argentino es un baile de sensualidad y atracción mutua. Yo miré de reojo a los demás principiantes y me imaginaba bailando a Frank con una de las lesbianas. O a la mujer avejentada conmigo. Esa fue la introducción teórica que mostraba con una asistente muy joven que parecía tener 15 años, bella y esbelta como una bailarina de ballet que nos sonreía muy amable al diverso grupo de seis. Dijo que se llamaba Dolores Ksenia pero que le llamáramos Lolita. Luego comenzó la clase y fue caminar. Paul dijo que no era como caminar en la calle. En el tango caminar es lo fundamental pero caminar como un "compadrito" argentino. Dijo la palabra en castellano un poco mal pronunciada y luego dio una breve explicación histórica del origen del tango. Me di cuenta que Paul había leído bastante sobre el tango aunque no hubiera estado nunca en Argentina y hablara un español enredado mezclando el francés con el inglés. Supe después que su padre viajaba mucho a Argentina desde Paris por negocios de exportación. Jeanne algo sí sabía de español y había ido dos veces a Buenos Aires por unos meses a estudiar tango. Alfredo me dijo que eran amantes y el mismo Paul realmente le había enseñado a bailar.

Entonces caminamos las tres horas de la clase en parejas. Como había más mujeres entre los seis, Paul bailaba alternadamente con las dos que no tenían parejas hombres y su asistente Lolita hacia lo mismo. La verdad es que Paul nos hizo caminar como se camina en el tango. De frente, de lado, en forma paralela y en el más difícil: el sistema cruzado El ejercicio no era abrazarse aún porque eso se practicará más adelante sino tomados de los brazos. Siempre hacia adelante como empujando suavemente a la mujer, dijo Paul. No parecía tan fácil porque todos caminábamos muy tiesos, como Frankenstein decía Paul. Pero verán que irán mejorando, nos alentaba. Mi primera caminata fue con Cora, la jubilada. Aunque aún no estábamos tan cerca el uno del otro su aliento me alcanzaba y era como oler un cenicero lleno de colillas de cigarros. Sus brazos eran extremadamente delgados y sentía que estaba agarrado sólo de sus huesos. No sé por qué ella cerraba los ojos mientras caminábamos. Parece que había leído algo de clases de tango al ser guiadas por el líder. Me comencé a dar cuenta de eso mirando de reojo en la clase más avanzada de que el hombre era el que controlaba todo el baile y debía saber muy bien hacia dónde iba, qué movimiento de mano, pecho, pié iba a hacer y comunicárselo a la mujer para que lo siguiera. Luego me tocó bailar con una de las lesbianas. O caminar porque realmente aún no bailábamos y me daba cuenta que tomaría muchas clases llegar a eso. Como en la otra sala. La de los más avanzados, mirándolos en nuestro descanso corriendo un poco la cortina que nos separaba. Y vi como se movían y el líder controlando a la mujer. Quién sabe si llegaríamos a ese nivel. Ser buenos líderes para conducir el baile. Me di cuenta que la buena bailadora de tango tenía que captar inmediatamente la señal del hombre para seguirlo. Casi intuir rápidamente el deseo del líder. No supe qué decir cuando Cora me dijo mientras caminábamos, y ella tenía los ojos cerrados, que si llegaría a ser una femme fatal al aprender el tango. Como tenía los ojos cerrados no vio mi cara que estaba a punto de reírme o hacer un gesto de sorpresa cuando uno al mirar por la ventana ve que pasa un marciano. Qué le iba a decir sino la mentira más grande que se me ocurrió. Claro, por qué no, respondí. Y me dijo, ¡ay! no me mientas. De repente miré a los otros que caminaban y vi a Frank ahora caminado con Azucena, la enana bella. Realmente era bella como una muñeca. Y como Frank era bien alto parecía que realmente estaba empujando a una muñeca de porcelana, esas que caminan con baterías. Además tenía que ajustar sus pasos de gigantes a los de Azucena. La asistente, Lolita, que parecía una princesa virgen en sus pantalones negros de baile y zapatos taco alto color verde, le decía a Frank que no diera los pasos tan largos al caminar. Por otro lado las lesbianas parecían que no pertenecían al grupo porque en un descanso para tomar agua e ir a baño se apartaron a un rincón conversando sólo entre ellas. Frank y Cora se hablaron y parecían conocerse porque ella le sonreía. Quizás Frank pasaba tiempo en el Diner donde trabajaba Cora. Yo iba a acercarme a Lolita por un impulso inconsciente porque había en ella una sensualidad no sé si perversa que me inquietaba. Especialmente cuando me tocó caminar y aferrarme suavemente a sus brazos desnudos, su piel fresca, su perfume penetrante, el rostro terso del color de un durazno maduro. El aroma de una mujer que yo pensaba tenía 15 años.

Entonces me acordé de una película que nunca conversamos con Ani, "Las bellas durmientes". Era la versión de la novela de un japonés premio Nobel. La historia es de un hombre casi anciano que va a una casa donde se puede dormir con muchachas púberes como Dolores Ksenia. Pero lo interesante de la obra del escritor japonés es que en aquella casa de esas bellas durmientes, semidormidas con un narcótico dado por la mujer que vive allí, los ancianos podían acostarse desnudos al lado de alguna de ellas, igualmente desnudas, pero jamás tocarlas. Esa era la promesa. Sólo estar a centímetros de su cuerpo. Olerlo. Escuchar el ritmo de su respiración. Ver el color de su piel. Ni siquiera un beso o rozarla levemente le era permitido a los ancianos que iban a esa casa. Muchos dicen que esa novela era la biografía del mismo premio Nobel japonés pero eso es difícil de saber. Entonces al mirar a Paul que me miraba adivinando mi intención con Lolita me desvié como si hubiera hecho un perfecto paso de tango cruzado y fui hasta Azucena que estaba sentada tomando agua de una botella de plástico. No sé por qué ella quería aprender tango si era tan pequeña. Es difícil guiar a una mujer en el tango si es muy baja, me di cuenta después, pero no le pregunté. Quizás tendría una pareja que era de su estatura. Ella era rusa-alemana porque su acento era bien fuerte, no tanto como el mío, pero me dijo que había emigrado de un pueblo llamado Zima que está en Siberia. Región de la que yo no tenía idea. Que en su familia había artistas que trabajaron en un circo, otros fueron bailarines y que una actriz famosa era pariente suya. Eso me interesó cuando dijo actriz famosa pero no llegamos a conversar más porque comenzábamos la segunda parte de la clase que otra vez sería caminar, intercambiándonos parejas entre los seis junto a Paul y a la bella Lolita. Me tocó caminar tres veces con las dos lesbianas pero era caminar con una piedra. Ninguna sonrisa y además miraban hacia sus pies para ver si caminaban bien o para no mirarme. Paul dijo que no miráramos los pies sino a la pareja pero parecía difícil primero estar tomados de los brazos, juntos, dos extraños a punto de abrazarse y más encima que nos miráramos a los ojos. Esa intimidad inmediata fue un choque para muchos de nosotros. Excepto para Azucena, la princesa rusa-alemana como yo quería llamarla. Era la más desinhibida y le encantaba ser tocada y más aún ella miraba de frente con su bella sonrisa. Incluso miraba hacia arriba a Frank que no quería mirarla hacia abajo sino de reojo. Pero me di cuenta de algo. Cora contemplaba a Frank con cierta rabia mientras bailaba con Azucena. ¿Se conocían bien ambos o se hacían los indiferentes?

Frank caminó con las lesbianas en algún momento pero no funcionó porque le pisó varias veces los pies a las dos. Además vinieron con zapatillas para correr y una ropa de hombre, camisas grandes con un logo de un equipo de basquetbol que decía "Yale". Y con gorros de beisbol. No me imaginaba a ambas en vestidos seductores, rasgados para mostrar la pierna, de zapatos taco alto bonitos para bailar, maquilladas. De mujeres fatales no tendrían nada como tampoco lo tendría Cora. Durante la caminata Paul dijo que no había que hablarse. En el tango no se habla mientras se baila. Es un baile de seducción sensual sin palabras y no una seducción erótica. Bonita frase me dije y siempre pensé en esa definición cuando me venían los recuerdos viviendo con Ani. Había leído por ahí que el tango es un sentimiento triste que se baila pero me gustaba más la definición de Paul porque muchas palabras pueden matar esa seducción sensual. O la atracción es más rápida, espontánea, apasionada si no hay que explicar mucho. Así que con nuestra pareja el resto de la clase sólo caminábamos, sintiéndonos únicamente por el contacto de los brazos. Al final de la clase no estaba seguro si quería volver pero fue conversando con

Alfredo que me hizo cambiar de idea. El era muy entusiasta del tango y vi que me tomó un aprecio instantáneo porque le dije que era medio argentino pero que jamás se me había ocurrido meterme en esto y que no sabía por qué estaba aquí. A lo mejor quería buscar una manera de limpiar mi corazón dañado.

El baile te hará bien, me dijo. Al comienzo, y por muchas clases, te sentirás frustrado. Que aún no sabes caminar en el tango. Que menos sabes combinar pasos y figuras. Y lo peor: no puedes controlar a tu pareja. Tendrás que aprender a caminar de nuevo. Me gustó cuando dijo "aprender a caminar de nuevo". Lo tomé como una frase con un significado más allá del literal. ¿Tendría que volver a aprender a caminar, saber relacionarme con mi pareja y poder controlar la relación o el baile? Mucho después entendí que el baile no era la sumisión de la mujer sino llegar a un perfecto equilibrio. Una conversación entre dos. Si el líder hacía un movimiento, ella no lo seguiría mecánicamente sino poniendo su propia fuerza. Paul nos explicó luego de terminar la clase que el caminar había que aprenderlo bien en el tango. Era lo fundamental. Había que poner el peso en un pié si queríamos avanzar con el otro y viceversa. Si no había equilibrio entre el peso del líder y el de ella se producía el desequilibrio total y el baile era un completo fracaso. O la relación sería un fracaso y no habría ninguna seducción posible ni comunicación. Así que Alfredo me convenció diciéndome lo mismo que luego diría Paul sobre la filosofía de caminar en el tango. Le dije que volvería el próximo domingo. Alfredo me dio algunas direcciones de clases de tango con otros profesores. Me dijo que es bueno que viera distintos modos de enseñar a bailarlo aunque los conceptos fundamentales serán los mismos. Es la experiencia de cada profesor que te enseñará otras miradas diferentes. Como las películas de amor, me dijo, todas tratan el mismo tema universal pero lo analizan de diferentes maneras y con diferentes historias. ¿Le gusta el cine? Le pregunté a Alfredo. Sí, me dijo, mi apellido es

Rossellini y mis abuelos estaban emparentados con el director italiano llamado Roberto Rossellini. "Roma, ciudad abierta" dije en voz alta a Alfredo. Sí, esa la hizo mi tío abuelo Roberto en 1945. Mis dos abuelos emigraron como miles de italianos en 1920 a Nueva York con mi padre y su hermana Sofía. Ella tenía 14 años y mi padre Alfredo tenía 15. Otros parientes los tengo en Argentina pero nunca he podido ir allí. Cuando era niño en Brooklyn trabajaba en un cine vendiendo palomitas de maíz y me dejaban ver películas. También trabajé ayudando al que proyectaba las películas en la sala de proyección. Allí vi muchas. Por ejemplo, vi casi todo el cine italiano y francés y norteamericano de la postguerra. El cine ruso de la época soviética. Todas las películas de Fred Astaire con Elanor Powell o con Ginger Rogers o con Rita Hayworth. Debes ver una película donde ambos, Astaire y Rita Hayworth, están en Buenos Aires y bailan un tango espectacular. Esa escena me inspiró desde niño querer bailar. ¿No te parece extraño que tenga aquí una academia de tango y no haya ido nunca Argentina ni menos sea argentino? Primero comencé esta academia en forma muy modesta en Manhattan. Era un día muy caluroso de junio de 1980 y sólo aparecieron dos parejas a las siete de la tarde pero luego fue creciendo el número de interesados por el tango. Cinco años después me vine a esta ciudad. Tú eres el primer argentino que tengo en estas clases. Sí, le dije, medio argentino, ya me di cuenta en el grupo nuestro. ¿Por qué quieren aprender tango? ¿Y tú por qué estás aquí? me respondió. Aún no lo sé, pero quizás en unos meses más si aprendo bien entonces lo sabré. Exacto, dijo Alfredo. El tango, como te dije, es aprender a caminar de nuevo pero no sabes que te pasará mientras caminas. Así que volví a clase el domingo siguiente porque Alfredo me convenció y me caía bien. Era generoso y estimulaba a los que éramos principiantes, especialmente a los hombres porque muchos se desanimaban o se frustraban muy rápido al no poder controlar el baile y ser incapaz de dirigir a la mujer, me dijo como una sentencia de algún filósofo o profeta. Eran muchas cosas que debía saber un bailador de tango pero hay que ir por etapas, me volvió a repetir.

2

En la segunda clase del segundo domingo seguimos caminando las tres horas completas. Llegó otro hombre que dijo llamarse Ray Straight pero le gustaba que le llamaran sólo Straight. Jamás había oído un nombre así y me costaba pronunciarlo. Parecía un hermano de Frank pero no lo era. Straigth era muy amable y siempre estaba feliz. Luego supimos que era conocido de Azucena. Dijo que sabia bailar ballroom que es un baile social donde la gente se junta para practicar distintos bailes desde el vals, fox trot, disco o un tango estilizado, acartonado y caricaturesco que hizo famoso el cine de Hollywood. Eso dijo Straigth en el descanso explicándonos por qué estaba allí. Quería aprender tango argentino de verdad. Se nota que tenía experiencia pues sus movimientos eran los de un bailador ágil aun cuando tenía más edad que todos pero su cuerpo era delgado y de estatura baja. Por Azucena, al final de la clase, supe que era el dueño del Diner donde trabajaba también Cora. Paul le corrigió como caminar en el tango argentino porque Straigth caminaba como había aprendido en el tango al estilo de Hollywood. Este camina como un maricón, me dije a mi mismo, sin decirlo en voz alta porque sería políticamente incorrecto y más aún teniendo a la pareja de lesbianas. Pero me di cuenta ese día que Straigth era un hombre bien masculino y con mucho humor haciendo bromas a todos y cortejando como un viejo verde a Lolita que podría ser su nieta. En el descanso nos invitó a todos, después de la clase, a tomar un café en su Diner que no estaba muy lejos en carro de nuestra clase. Yo dije que aceptaba porque no tenía nada que hacer y quería estar con gente. Se me habría un mundo que por 10 años había estado cerrado. Todo ese tiempo pasé únicamente con Ani y ella conmigo y aún no podía entender cómo pasó el tiempo entre ambos casi sin estar con otras personas. Me daba cuenta que no tenía amigos. Sólo amigos virtuales interesados en el cine o amigos de personajes ficticios de películas. O conocidos del pueblo que hablaban dos minutos conmigo mientras compraban estampillas, enviaban alguna carta certificada, paquetes. O compañeros de trabajo pero eran conversaciones de cosas rutinarias. Así que le dije que iría a tomar café. Azucena también iba porque era amiga o conocida de Straigth. Cora dijo que iría de todas maneras porque tenía un turno de noche.

El Diner de Straigth funcionaba hasta las tres de la mañana y parecía muy popular. Frank no dijo si iba o no. Las lesbianas simplemente dijeron que no podían y se fueron rápidamente después de la clase. Además en las siguientes clases continuaban viniendo con zapatos de gimnasia. Yo había comprado unos zapatos de baile siguiendo la recomendación de Alfredo. Frank aún no tenía sus zapatos de baile. Vino a la segunda clase con los mismos zapatos de campesino de la primera vez. Alfredo le sugirió amablemente que comprara unos zapatos por su bien pues así podría bailar mejor y tener mejor equilibrio y que el piso no se arruinaría porque era caro repararlo. Frank dijo que estaba bien. Era la primera vez que hablaba una frase completa porque por lo general era mudo en la clase y en el descanso, pero siempre seguía mirando de reojo a Azucena y a Cora. En el Diner Azucena me iría a contar parte de su propia vida y la de Straigth, el dueño de Diner que era de origen griego pero que antes había vivido en un lugar llamado Mount Xion en Wisconsin e inauguró su Diner en junio de 1980, eso se sabía por una foto que estaba colgada en una pared. Cora conocía a Azucena pero parece que la despreciaba por alguna razón. Yo pensaba que no se conocían cuando apareció Azucena en la primera clase. Cora no la miró ni la saludó esa vez. ¿Pero por qué esa fea mirada que le dio a Frank cuando bailaba con Azucena? ¿Conocía Azucena a Frank? ¿Qué relación tenían Frank con Cora? ¿Por qué Azucena y Straigth se conocían de antes? ¿Por qué Cora, la empleada de Straigth, venía también a tomar clases de tango con su jefe? ¿Y por qué un griego que había nacido en el lejano Medio Oeste, entre vacas y maíz, quería aprender tango argentino?

Cora le sonrió amigablemente a Frank en la primera clase pero luego le daba miradas raras. Por otro lado a Paul, Lolita y Jeanne sólo les interesaba enseñar y declinaron la invitación a tomar café. Ellos parecían de otro mundo me dije cuando quise hacer la comparación con nuestro grupo de principiantes y con los otros de la otra sala donde estaban los alumnos más avanzados. Allí no podíamos ir hasta que pasáramos el examen e ingresar al intermedio avanzado, pero eso tomaría muchas clases. Unos tres meses dijo Paul o tres años. Cuando dijo eso todos nos miramos sorprendidos. Hasta el mismo Straigth que sabía bailar algo. Sí, le dijo Paul, pero aquí tienes que olvidar el tango ballroom. Eso es un tango falso. Aquí estamos por aprender el tango argentino de verdad no la caricatura que inventó Hollywood. Alfredo que había aprendido a bailar mirando esos bailes en películas de Hollywood estaba de acuerdo y le explicó a Straigth la historia que me había contado cuando trabajaba vendiendo palomitas de maíz en un cine antiguo de Brooklyn, Nueva York. Había que aprender a caminar bien pero no sólo eso. Sino caminar usando únicamente la parte de la cintura para abajo. El torso debía permanecer recto como si fuera una estatua pero movible. Todo estaba en el torso y en los pies. Luego de caminar vendrían los pasos básicos y luego aprender figuras que en tango son cientos pero Uds. con que aprendan unas quince figuras de memoria ya podrán decir que pueden bailar. Luego internalizar la musicalidad porque no se puede bailar mecánicamente haciendo figuras por más perfectas que sean. Finalmente deben integrar todo eso en el baile. Llegar a sentir la música internamente y de allí bailar. En la otra sala ellos están aprendiendo a memorizar quince figuras o pasos junto con internalizar la música. Algunos llevan tres años haciendo eso. Cuando terminó Paul de hablar me pareció que nadie se desanimaba. Yo tampoco. Era necesario subir una montaña para ver todo el valle de una manera completa. Subir lo que fuera y tomara cualquier tiempo pero queríamos respirar otro aire. O llegar al agua que nos limpiaría el corazón porque allí parecía que a todos se nos había roto algo dentro. Por eso nos miramos unos a otros como diciéndonos en silencio: no me importa, quiero llegar a la cúspide. Hasta las lesbianas estaban de acuerdo.

3

Fui el primero que llegó al Diner de Straigth. Había dos mujeres atendiendo. Una era de la misma edad de Cora pero morena y gorda y que los domingos siguientes no vi más. La otra era relativamente joven con un parecido idéntico a Marilyn Monroe que me dejó impresionado. Ojalá ésta hubiera ido a tomar clases de tango y no Cora, me decía para mí mismo. El que preparaba los platos y sándwiches en la cocina era un hombre moreno, de color chocolate. No sé porque supuse que era hispano. Y lo era como luego me contó Straigth. Venía de un país centroamericano y estaba ilegal en este país. No hace poco había llegado de California. Straigth le pagaba 5 dólares la hora. Le daba tres comidas al día y podía llevarse algo para no botarla. Tenía unos tatuajes verdes en su brazo izquierdo y algo me recordó de un documental que traje de El Salvador pero que nunca vi. También de los amigos de ese país cuando me llevaron a una fiesta en un carro blanco. El hispano tendría unos 26 años y apenas hablaba inglés, dijo Straigth, pero se hacía entender además trabajar haciendo hamburguesas, huevos revueltos con tocino, papas fritas, panqueques, no necesitas muchas palabras porque ese es el menú principal de un Diner. Además tenía experiencia de trabajar en una cocina en California. Noté que el cocinero miraba de reojo a Marilyn Monroe y esta se sonreía cuando le entregaba la orden del plato que tenía que preparar. Casi me desmayé cuando Azucena me dijo que era la esposa de Straigth. Tendría 30 años menos que él. ¿Por qué no iba con ella a las clases de tango? Sería la pareja perfecta. No le interesa, dijo Azucena. Prefiere escuchar rock y vigilar el Diner además hay algo raro entre ambos si te fijas bien. No sé, le dije a Azucena, yo no veo nada entre ella y Straigth. Bueno, Cora sabe mucho y creo que también Frank aunque de éste no estoy segura que entienda algo porque parece que no se da cuenta de nada. Con todo eso que me dijo Azucena, quien fue la segunda persona que llegó al Diner después de mi, todo me parecía un enredo que iba aumentando cada vez que preguntaba algo y me parecía una historia perfecta para escribir un guión de película. Ojalá supiera donde estaba aquel amigo de Buenos Aires para contarle esto y él escribiera algo. El que escribía cuentos como aquel que escribió del robo de un riñón en Manhattan y una mujer muy parecida a Sharon Stone.

Aproveché que estaba solo con Azucena para preguntarle inmediatamente quién era esa pariente lejana suya, la que era una actriz famosa. Me dijo que era alemana y además era su abuela. Se llamaba Marlene Dietrich. Dios mío le dije, ahora casi me atraganto con el café luego de otra sorpresa. Aquí está una que se parece a Marilyn Monroe y ahora tú me dices que tu abuela era Marlene Dietrich. No es una broma, dijo Azucena, que parecía más pequeña en el asiento del Diner pero que aumentaba su belleza de muñeca de porcelana. Dicen que me parezco a ella en la película "El ángel azul". Bueno, no por sus piernas y lanzó otra carcajada. Yo no había visto nunca esa película pero no sé por qué la historia me era familiar cuando me la contó Azucena en pocas palabras. Una mujer muy bella y rubia, de piernas espectaculares, llamada Lola, baila en un cabaret. En un momento de la historia un profesor muy tradicional y viejo llega a ese lugar buscando a sus estudiantes. Había escuchado de otro estudiante que iban clandestinamente allí después de sus clases. Y él quería sorprenderlos para castigarlos. Pero se enamora de la bailarina y cae en desgracia cuando la bailarina, mi abuela, dijo Azucena, finge interés en el viejo profesor pero luego se va con un actor joven y apuesto. Luego Azucena pasó rápidamente a otro tema y comenzó a contarme sobre su vida y me dijo que trabajaba en un circo privado para fiestas privadas. Cuando dijo eso yo no sabía qué más pensar y que había llegado a un grupo de gente que tenía las historias más raras que jamás había escuchado en mi vida apacible de cartero y emigrante del sur del mundo. Historias que sólo había visto en algunas películas. La historia más extraña que yo conocía tenía que ver con un circo donde trabajó el padre de un amigo de la infancia que se llamaba Juan Casanova. Y la otra era la de aquel enano que vi una vez en una fiesta de Halloween cuando hace años trabajé de cocinero en West Virginia. ¿Cómo es eso de un circo privado para fiestas privadas? le pregunté a Azucena. Me invitan a que baile y haga strip tease. Son generalmente fiestas de solteros o para el novio que se va a casar al día siguiente, tú sabes. Siempre me tratan bien y nadie abusa de mí ni se ríen. Es como un espectáculo parecido a lo que hacen las geishas en Japón así que no es nada perverso. Recalcó esto último. No soy puta, me dijo finalmente, sino una artista. De repente vi a Cora que había reemplazado a la otra mujer morena y estaba sirviendo café en las mesas y tomando ordenes de algunos clientes. Muchos eran camioneros que paraban a comer algo y luego seguir quién sabe adónde en este gigantesco país plagado de carreteras que unen todo el territorio. Vi a Straigth moviéndose en la cocina. Parece que ayudaba al cocinero hispano o le daba indicaciones cuando había mucha gente pero me di cuenta que no se enteraba de las miradas del cocinero a su mujer y de que ésta le sonreía no sé por qué razón. Llegó Frank que se sentó solo en el mostrador y vi que Cora le servía café. Cora cuando no tenía que tomar órdenes de los clientes salía rápido con un cigarrillo en la mano a fumárselo detrás del Diner. Por la ventana la vi fumar como si tuviera un balón de oxigeno en sus dedos y necesitara con urgencia y desesperación tragar humo. Se veía más demacrada, casi un esqueleto. Además estaba nublado. Había nieve y el cuadro era patético. ¿Por qué le interesa el tango a esta mujer que ni sabía donde estaba Buenos Aires? ¿Y a todos los demás que ninguno tenía la más mínima relación con Argentina ni menos sabían español para entender las letras del tango? Mi preguntas quedaron en el aire porque vino Straigth con unos sándwiches especiales que había preparado para nosotros. Los paga la casa para el grupo de tangueros, dijo en voz alta y haciendo unos pasos de tango. Cora siguió llenando las tazas de café. Me quedé mirando la nieve desde la ventana del Diner.

Era enero, estaba gris y hacia frio. Hace tres meses que había regresado de El Salvador. El mismo tiempo cuando recibí aquel email que cambiaba mi vida. Ahora metido en este Diner después de mi segunda clase de tango con un grupo que no tenían una puta idea de Argentina pero todos interesados en bailar una música que había nacido tan lejos de aquí. Inventada por emigrantes donde la nostalgia, los sentimientos que se compartían en silencio, se expresaban en un baile apasionado pero íntimo y reconcentrado, sensual y sexual a la vez, moviendo únicamente el torso y los pies para transmitir, caminado, aquel sentimiento triste. Eso que se había inventado allá en el sur del mundo ¿Y por qué estos querían aprenderlo? ¿Y por qué yo también ahora? ¿Era sacar de la memoria un viejo pasado que me llevaba hasta mi propia madre, la que trabajó en un pensión de pueblo, donde todos los clientes allí eran clase media empobrecida, obreros, empleados de fábricas, funcionarios de oficinas públicas, estudiantes pobres, artistas olvidados, campesinos un poco acomodados, sastres, vendedores viajeros, prostitutas, borrachos cantantes de tango en bares de barrios marginales, acróbatas de circos miserables?

¿O era un abandono más profundo por la huida de Ani que me recordaba el abandono que sufrió mi propia madre, y lo mismo le ocurrió a su madre y a su abuela, todas desechadas llevando el mismo apellido de la mujer porque el hombre jamás las reconoció como hijas? ¿Y yo siguiendo esa herida atávica? porque yo llevaba el apellido de mujeres abandonadas y no el apellido de ningún padre o abuelo o tatarabuelo. A lo mejor comencé a entender mejor aquella canción que siempre cantaba mi madre, la única que se sabía, y me la dejó desde niño en la memoria como única herencia. La cantaba cuando rara vez estaba contenta en aquella casa de pensión. Ahora esas letras me acercaban a ella y a la música que no había puesto nunca atención, especialmente bailar esas angustias. ¿Buscaba una catarsis para curarme de tanto abandono acumulado? ¿Y por qué elegir una música dramática y no la más alegre para sanarme de la huida de Ani, de la soledad de mi madre, la de mi abuela, y mucho más atrás de todas esas mujeres que corrieron la misma suerte? Tampoco lo sabía.

Franz tiene problemas mentales por eso no habla mucho, me dijo Azucena en el Diner en voz baja mientras miraba que yo miraba la espalda de Frank en el mesón. Se ve normal y además toma clases de baile, le respondí a Azucena quien parecía una niña muy hermosa de diez años pero rara a la vez comiéndose ese inmenso sándwich con papas fritas que nos puso Straigth en la mesa. Además le gustaba ponerle bastante kétchup y mostaza a las papas. Y está enamorado de mí, me dijo mientras se metía una papa frita a su boca diminuta, labios finamente diseñados que tenían la forma de un corazón de muñeca de porcelana. Bastante guapo, dije, con mi humor negro y políticamente incorrecto que Ani me decía era lo que yo traía del lejano sur. Azucena me dijo que no debía ser cruel con el pobre Frank. Si no fuera por una calvicie cómica, su color parecido al que está bajo quimioterapia y su rareza mental podría ser atractivo ¿No crees que es un poco parecido al actor Henry Fonda? Miré fijamente los preciosos ojos verdes de Azucena. Ella muy seria también me miraba. Luego lanzó una carcajada de mujer adulta que chocaba con toda su imagen de una muñeca de porcelana. Me estás jodiendo, dije en español y luego se lo traduje. Parece cierto que está enamorado. Pero es un amor loco, le dije riéndome, y ella lanzó otra carcajada. Y en eso Frank dio vuelta un poco su cuerpo mirando rápidamente a Azucena y volvió a su postura estática dándonos la espalda. Cora le sirvió más café y vino a nosotros a llenar nuestras tazas. Miró a Azucena como si fuera una niña que está acompañada de una persona adulta. Luego Azucena me dijo bajito, mientras Cora servía a otros clientes, esta cree que soy un personaje de cuentos infantiles. A veces no me toma en cuenta para nada y si hablo con Frank me da unas miradas raras. Debe estar celosa, le dije, y yo ahora me reí de mi propio chiste. Azucena lanzó otra carcajada y se escondió riéndose debajo de la mesa. Te voy a contar rápidamente lo que sé de Frank y otro día algo más de mi vida. Mientras Azucena se preparaba para contarme, rápidamente vi a Straigth haciendo algo en la cocina. El hispano no estaba. Tampoco Marilyn Monroe. Straigth parecía contento. Silbaba algo. Estoy seguro que la melodía tenía que ser de un tango porque mientras estaba cambiándose los zapatos de baile al final de la clase entonaba un mismo tango que luego se lo escucharía muchas veces. Uno llamado "La muchacha del circo". "Es de Carlous Gardes y se llama El muchacha du cirque" me dijo en un español bastante atravesado que nunca supe cómo había aprendido algunas frases.

Cora trabajaba en un hospital de enfermos mentales en California y allí conoció a Frank, comenzó Azucena. Entiendo, le dije, entonces Cora es la enfermera de Frank y se acuesta con él por eso está celosa de ti. No, no, me dijo Azucena, cállate y escucha, y no seas perverso. Cuando Frank tenía 20 años era muy bello y apuesto, según me dijo Cora.

Ahora está irreconocible. Pero la verdad, y no es broma, era casi idéntico a Henry Fonda. Trabajó como extra en algunas escenas reemplazando a Henry Fonda mismo. En los estudios de Hollywood de Los Ángeles hacia reemplazos de varios otros artistas de cine. Hasta reemplazó a Ronald Reagan en una película donde éste trabaja con un mono. Bueno, no sé si será cierto pero eso me dijo Cora y dice que ella conoce todas las películas donde Frank aparece de reemplazante. Muchas veces no se les ve la cara sino el cuerpo a los que doblan al personaje principal. Hasta bailó personalizando a Fred Astaire cuando este se torció un tobillo y tuvo que descansar cinco días. Y de allí el por qué, yo creo, está metido en esto del tango. El asunto es que siendo joven conoció en un Diner de Chico, California, a una mujer joven y bella que era dueña de ese Diner. No era griega sino americana de California. Se llamaba, según Cora, Norma Jeane Baker y nació en Los Ángeles. Su madre fue enviada a un hospital mental cuando Norma tenía dos años. Norma se crió en un orfanato hasta los 16 años y luego pasó a vivir con una familia amiga. Pero esta familia no podía tenerla así que había dos opciones para Norma. O el orfanato o se casaba. Y allí se casó con un hombre de 30 años que tenía un Diner en California. Y allí fue que Frank en un trabajo de extra, reemplazando no sé qué actor famoso, parece que en una película sobre Robin Hood, pasó dos semanas en ese pueblo. Fue entonces cuanto frecuentó el Diner de Norma para tomar desayuno y comer en la noche. Se fijó en ella. Y ella se fijó en aquel hermoso Frank tan parecido a Henry Fonda. Norma le dijo que se parecía al actor famoso porque con su marido iban todos los sábados a ver películas en un cine del centro. Cora dice que Norma era parecida por su exuberante belleza física a Rita Hayworth. Especialmente en la película "Gilda" cuando baila un tango habanero en Buenos Aires. El marido sabia que Norma siempre estaría con él porque la había salvado de la miseria y el abandono. Ella creía lo mismo. Hasta que apareció Frank. Se enamoraron en un par de días y se fue con él. Más bien se arrancó dejando abandonado a su marido. Cora cree que Norma veía el Diner y a su esposo como otro orfanato y eso estaba en la cabeza de Norma y a nadie se lo decía. Cora me ha contado esas cosas cuando a veces quiere hablar conmigo y me ve como una gran amiga. Otras veces no me habla. Esta mujer, como vez, me dijo en voz bajita Azucena, también está mala de la cabeza. Trabajar en una institución mental con gente rara te deja con los alambres cruzados. Y Azucena lanzó otra carcajada. Frank vivió con Norma cinco años y recorrieron toda California con artistas de Hollywood. El esposo de Norma desapareció del pueblo de Chico para siempre luego que se incendió el Diner. Dicen que él mismo le puso fuego porque no pudo soportar el abandono de su mujer tan joven y tan hermosa. Pero si Frank arrancó a Norma de un Diner, fue un famoso beisbolista que se la quitó para siempre a Frank. Este nunca comprendió qué había ocurrido y aún más, que el beisbolista tuviera veinte años más edad que Frank.

Cuando supieron que Frank estaba mentalmente mal fue en una escena que reemplazaba a John Wayne y tenía que saltar una especie de barranco con un excelente caballo estrenado para esa escena, continuó Azucena. Frank era jinete y había hecho ese tipo de trabajo varias veces. Todo parecía normal. Se subió al caballo. Las cámaras estaban bien ubicadas para filmar el salto del falso John Wayne en no sé qué película. Y sale Frank en caballo tomando velocidad. Lo seguían unos bandidos parece y debía saltar para escapar de ellos. Al llegar al barranco, que en la película parece un barranco pero era un charco de agua, paró súbitamente el caballo y no saltó. El director lanzó varias palabrotas y repitió la escena. Y volvió Frank a hacer lo mismo. El director lanzó más palabrotas que antes y le dijo que iba a hacer la última toma y si hacía lo mismo quedaba despedido. Frank hizo lo mismo y paró el caballo antes de saltar. Como estaban todos lejos de la escena no se fijaron que Frank le hablaba al caballo. Y cuando se acercaron le escucharon que le llamaba Norma a la yegua y le decía que no quería saltar porque ambos iban a morir. Y así repetía lo mismo mientras el director decía palabrotas casi gritando porque no sabían dónde encontrar a otro extra parecido a John Wayne. Y lo metieron entonces en un hospital para enfermos mentales. En ese hospital de Los Ángeles trabajaba Cora. Cuando Cora conoció a Frank este pasaba todo el tiempo mirando la televisión. Fuera lo que fuera. A veces se paraba súbitamente del sillón y se ponía a bailar golpeándose contra las sillas y las mesas. Y los demás enfermos salían a bailar con él y lo abrazaban. Cora estaba encargada de calmar el bochinche junto a otros dos ayudantes hombres muy corpulentos. Esto ocurrió hace cincuenta años atrás así que Frank debe tener como 70 años o más ahora. Probablemente la misma edad tiene Cora. Ambos eran jóvenes cuando a Frank lo metieron en ese hospital. Una foto que me mostró Cora cuando estudiaba enfermería se ve muy parecida a una actriz norteamericana llamada Louise Fletcher. Mientras Azucena terminaba de contar la historia, yo miraba ahora de una manera diferente a Frank que seguía dándonos la espalda. Y seguía tomando café que constantemente le servía Cora como si fuera un hijo suyo o su esposo que pasaba a verla en su trabajo, esperando que terminara el turno de noche en el Diner para llevarla a casa.

4

Volví el domingo siguiente a la tercera clase. Día gris. Todo estaba lleno de nieve, excepto las carreteras. El negro del pavimento contrastaba con el blanco de los jardines, el techo de las casas, los parques. Los domingos son como en cualquier parte del mundo. Calles vacías, tiendas y restaurantes cerrados. Sólo los sitios de comida rápida siempre están abiertos. Los Dunkin Donuts, los McDonald, y los Diners. Pasé rápidamente a tomar un café en un Dunkin Donuts. Eran siempre todos parecidos así que mi memoria retrocedía creyendo ver a Ani esperándome para conversar de películas. Pero sólo vi a dos ancianos jubilados tomando café y hablando de sus hijos que estaban lejos. Luego hablaban de sus enfermedades. Uno decía que su dentista cobraba mucho por ponerle una dentadura postiza y él no tenía seguro médico para pagarla. Yo tomaba mi café lentamente y los miraba. Uno comenzó a contarle un sueño que tuvo anoche. Me quedé escuchando un rato. A las dos de la mañana me llamaba mi hijo que vive en Charlotte, Carolina del Norte. Me decía que su esposa había muerto recién en un accidente de carro en la carretera. Que resbaló en la nieve y un auto que venía a mucha velocidad golpeó su carro y la mató instantáneamente. El otro coche era de un indocumentado de El Salvador o Guatemala parece. Y la policía dice que luego huyó. Tenía tatuajes verdes en sus brazos y uno en la cara, parecido a una lágrima. La policía dice que el fugitivo había viajado donde estaba yo. Mi hijo me decía que cerrara la puerta y las ventanas. Que limpiara la nieve de la puerta de mi casa y que también cerrara el garaje con llave para que el indocumentado no escondiera su carro allí. Me preguntaba si me dolían los riñones y que cuando me harían el trasplante. Lo raro es que yo no sufro de los riñones. Y luego desperté y me senté en la ventana a pensar sobre ese sueño mirando la nieve por la ventana. No sé porque soñé eso pues mi hijo hace tiempo que no me llama. Cuando terminó de contar el sueño al otro anciano este le dijo que era un sueño raro y cambió de tema para volver a repetir que los dentistas le estaban cobrando mucho dinero por una dentadura postiza. Vi la hora y quedaban 15 minutos para la clase. Sólo necesitaba cinco para llegar. Me levanté para irme. Llevé la taza desechable de café en la mano. Los ancianos no me miraron. Parecían dos estatuas de piedra contemplando sus tazas de café. Ni supieron que yo estaba allí, al lado de ellos, casi en la misma mesa.

En el salón de baile me encontré a Frank intentando ponerse sus nuevos zapatos de baile. Me miró y me dijo hola. Parecía contento. En la otra silla había una mujer que no había visto antes. Frank, extrañamente como si fuera otra persona me dijo, te presento a Elizabeth. La mujer aún se estaba cambiando los zapatos y sólo vi una cabellera blanca color ceniciento. Era una cabellera bien cuidada. Alcancé a ver que su cuerpo era delgado y de piernas bien largas cubiertas por unos pantalones negros ajustados. Parecía una bailarina profesional. Cuando volvió su rostro a mi vi una extraña combinación de juventud y vejez. Luego viéndola de lejos era como ver a una mujer de 25 años, esbelta, bella. Pero cuando estaba cerca era ver a una anciana de 85 años. Su rostro cambiaba como si el paso del tiempo hubiera sido muy veloz. Ver una belleza impresionante para cambiar súbitamente en un par de segundos a un rostro envejecido. Sin duda fue una mujer bellísima pero siempre, desde ese día que la conocí, Elizabeth era una combinación misteriosa de juventud y vejez al mismo tiempo. Muchas veces la vi bailar y desde la distancia todo su cuerpo era semejante al de Lolita pero después cuando volvía a sentarse junto a nosotros su rostro era el de una anciana. O bastaba un leve giro de su rostro y cambiaba a una juventud tan bella como la de Lolita. Nadie notaba ese cambio sino yo solamente o quizás Frank en su misteriosa demencia ¿Por qué Frank estaba tan contento al lado de ella? Era muy amable. Culta. Tenía una tranquilidad especial. Esos seres que parecen siempre estar en paz consigo mismo. Era doctora especialista en problemas cardiacos. Me dijo que recién venía de una operación al corazón que hizo por varias horas en el hospital donde trabajaba. Me di cuenta que ambos habían hablado antes de llegar yo. Pero Frank parecía otro. Luego fueron llegando todos los demás. Cuando apareció Cora y vio a Elizabeth, la nueva alumna, quedó un poco petrificada mirándola por unos segundos. Como Azucena me había dicho que Cora era una mujer rara yo no le puse mucha atención y seguí haciendo un precalentamiento de mis piernas y pies. Azucena como siempre, contenta por todo, se alegró de la nueva alumna.

El griego llegó silbando el mismo tango que silbaba siempre mientras se cambiaba los zapatos. Y las lesbianas en un rincón esperando que comenzara la clase. Silenciosas con las mismas zapatillas de tenis y la misma ropa que a mí mi parecía que trabajaban en un campo de maíz o eran campesinas que limpiaban las vacas en Wisconsin. Siempre que las veía me preguntaba qué diablos hacían tomando clases de tango. El salón de al lado, el de los más avanzados, siempre permanecía semi cerrado por una cortina. Se escuchaba música y gente que pasaba bailando. A veces veía a Jeanne, la profesora. Pero eran dos mundos. Los principiantes dedicados sólo a caminar y caminar. Y los de más allá, los que podían bailar un tango completo haciendo muchas figuras con los pies. ¿Cuándo llegará eso? Me decía. ¿Habrá que esperar mucho? Y me repetía lo que me había dicho en la primera clase Alfredo y Paul. Luego entendía que era necesario porque ninguno aquí de nosotros podía siquiera mantener bien el equilibrio. Especialmente los hombres que aún éramos incapaces de guiar a nuestra pareja. Yo jamás me veía bailando con una de las lesbianas todo un tango completo. Con Azucena quizás pero era bajita. Claro, Lolita jamás bailaría con nosotros en una canción completa porque nos veía como alumnos y ella era una bailarina espectacular. La pareja perfecta me decía.

En el descanso Paul hablaba de pintura con Elizabeth y al principio no sé por qué hablaban de ese tema. Parece que era porque ambos habían estado en Paris. Bueno, él era francés. Elizabeth había viajado un verano y le hablaba del Museo del Louvre. Allí fue cuando Paul le habló de su pintor favorito llamado El Conde Balthus. O Balthus, como era el nombre con que firmaba sus cuadros, le dijo Paul. Cuando dijo Balthus no sé porque ese nombre me parecía haberlo escuchado antes pero no recordaba dónde ni cuándo. Mientras hablaban de ese pintor yo me desentendí y mi ojos siguieron a Lolita que practicaba sola unos pasos. Tenía unos pantalones negros de baile ajustados, una camisa igualmente negra que dejaba ver un cuerpo adolescente o entrando en esa edad. En su cuello una bufanda de seda color lila. Yo era el único que la miraba de reojo pero con atención. Hacia unos movimientos en cámara lenta improvisando unos pasos de tango. No había música. En un momento lanzó una mirada fugaz hacia Paul quizás para ver si la estaba mirando o simplemente porque sus ojos iban hacia él. Paul sabía que yo la miraba y seguía hablando con Elizabeth de pintura y de su pintor favorito llamado Balthus. La segunda parte de la clase fue seguir caminado. Ahora debíamos caminar de frente, en forma paralela y en forma cruzada. Parecía fácil pero yo aún no entendía y me confundía al caminar en forma paralela y luego cambiar rápidamente a la forma cruzada. Era lo mismo para mí. Fue Azucena que luego me explicó y practiqué con ella. Si fuera un matemático, le dije, quizás ya entendería la diferencia. En un momento vi caminar a Elizabeth con Frank. Parecía un milagro cómo con él caminaba mejor que yo. Y podía hacer el cambio de peso en sus piernas para caminar en forma cruzada. Frank miraba a Elizabeth como si fuera una persona conocida por mucho tiempo. Elizabeth parece ser una mujer de gran corazón, me dijo Azucena.

Para la bella enana casi todo el mundo tenía una parte buena aunque fuera un asesino o un dictador. Sí le dije, es que ella es especialista en operaciones del corazón. Azucena como tenía sentido del humor lanzó una gran carcajada y todos se volvieron a ella, mirándola. Las lesbianas fueron las únicas que arrugaron la frente al mismo tiempo como si Azucena hubiera dicho una cantidad grande de malas palabras en voz alta. O la miraban como un ser exótico y porque muchas veces creo les molestaba que hablara inglés con marcado acento ruso. Elizabeth resultó que aprendía al instante el baile y Paul le dijo lo mismo. Que podría ser una gran bailadora de tango en el futuro. Frank escuchaba eso y por primera vez lo vi expresar una sonrisa como si estuviera frente a un ser muy querido y se sintiera orgulloso de esa persona. Pero seguía el misterio para mí por qué Frank parecía otra persona. Cora quizás lo sabía. O Azucena lo intuía. Tal vez algo descubriría hoy al pasar al Diner de Straigth pues desde que el griego llegó a la clase nos dijo que teníamos que volver a su Diner a tomar café, comer algo, pasar un rato juntos luego de las clases. Que íbamos a convertir eso en una tradición desde ahora. Elizabeth dijo que también iba. No tenía que regresar al hospital hasta mañana en la tarde. Se parece a Marlene Dietrich, mi antepasado alemán, dijo Azucena. ¿Quién se parece a Marlene Dietrich, Lolita, Cora o una de las lesbianas? No tonto, Elizabeth.

5

Lo conocí en Paris en un restaurante llamado "Tango Buenos Aires" que estaba ubicado en Montmartre, muy cerca de las escaleras que llevan a la Iglesia del Sagrado Corazón. Aquel restaurante fue un lugar de muchos sudamericanos que emigraron a Francia en los 70 y 80 arrancando de unos dictadores. Antes fue un negocito pequeño que vendía comida de alguna parte de América Latina. Lo compró una pareja de argentinos exiliados y montaron primero un café restaurante que comenzó vendiendo sándwiches, churrascos, empanadas, panqueques con dulce de leche y coñac. También se servía vino argentino o chileno. La pareja bailaba un poco de tango y luego arreglaron la pista transformándola en una de baile. Por ahí había otro argentino que tocaba bandoneón. Un francés aportó el violín y un chileno tocaba el piano. Se juntaban como amigos a tocar los viernes y los sábados. Dicen que un director exiliado argentino hizo allí unas escenas de una película por los 80 que se llamó "El exilio de Gardel". La mayoría eran argentinos, uruguayos y chilenos que hablaban hasta tarde de sus países y sus nostalgias con el fondo de la música del grupo. Algunos bailaban, especialmente con las francesas, alemanas, inglesas que aparecían por allí a escuchar esa música triste. Muchos romances, divorcios y celos monumentales ocurrieron allí en esos años de sus exilios. Yo tenía 17 años y acompañaba a mi padre que tocaba el violín. El había estado en Argentina cuando joven. No recuerdo haciendo qué cosas pero algo con importaciones de carne o trigo a Francia. Tocaba bien el violín. Amaba el tango y traía de Argentina discos y casetes. Tenía un bandoneón que compró en Buenos Aires y lo tocaba en casa. Le enseño a mi madre a bailar la milonga porque ese baile era alegre y a ella le encantaba. En el restaurante de los sudamericanos a veces mi padre tocaba el bandoneón en dúo con el argentino. Yo cargaba con el bandoneón y mi padre con el violín. Y partíamos los viernes y sábados caminado y tomando el metro para llegar al restaurante. Bueno, él tocaba. Yo miraba bailar y comencé sin ninguna vergüenza a hacerlo con algunas argentinas exiliadas. Me decían "Che Paulito". Aprendí ese tango arrabalero que me decían era el tango que comenzó a bailarse en los lugares marginados de Buenos Aires donde iban lo emigrantes italianos. Como aquí que somos emigrantes al revés, che Paulito, me decía el que tocaba el bandoneón, Felipe Ángel Villoldo.

Felipe nunca dijo dónde aprendió a tocar aquel instrumento. En Argentina trabajaba de tipógrafo en una imprenta en la noche y en las mañanas hasta la cinco de la tarde de cobrador en el metro de Buenos Aires. Los sábados tocaba en El Viejo Almacén, en el barrio de San Telmo, con la orquesta de Edmundo Rivero que éste fundó en 1969. Dicen que estuvo detenido por 6 meses en un regimiento en Buenos Aires por estar metido en el sindicato de los tipógrafos y en el del transporte. Lo torturaron bastante. Cuando supieron que tocaba el bandoneón y era amigo de Edmundo Rivero lo dejaron tranquilo porque, Che Paulito, a esos criminales les gustaba el tango. Así que el comandante allí me llamaba para que tocara el bandoneón detrás de una cortina mientras le pegaba con un fierro a unos detenidos. Tocá algo triste, me decía. Qué le iba a discutir. Recuerdo que detrás de la cortina yo sólo escuchaba movimientos de sillas, preguntas, quejidos. Una vez interrogaron a varios muchachos de una escuela secundaria por subversivos. De edad un poco menos que tú. Algunos lloraban. Y yo allí detrás de la cortina tocando el repertorio que me había pasado antes el comandante. Me dejaron salir por músico pero que me fuera del país en 72 horas y me dieron un salvoconducto firmado por el comandante. Yo en medio de una calle de Buenos Aires, con una maleta de plástico, ni sabía para dónde girar. Ni menos cómo irme de Argentina en tres días. Pero salí en un bus a Brasil y de allí junté un dinero tocando tangos con un acordeón del dueño de un bar de San Pablo. Me subí en un barco en un largo viaje hasta Marsella y luego a Paris. Vos bailás bien Che Paulito. Tenés que buscarte una buena mina que te siga. No podés bailar solo. Así terminó de contar un poco su historia Felipe y comenzó a enseñarme qué era el tango.

Felipe bailaba pero prefería estar tocando el bandoneón. Era una parte de su cuerpo. Una gran catarsis para él. Por eso quizás no tenía rarezas mentales a pesar de que estuvo tocando por tres meses detrás de una cortina negra mientras torturaban gente. Pero lo vi bailar varias veces y me decía cómo debía tomar a la mujer. Cómo caminar dando señales con el pecho a tu pareja. Cómo tomarle la mano. Cómo hacerla girar en un molinete, hacer algunos ganchos, unas sacadas. Pero no exagerés en tantas figuras. Bailá el tango original que es caminar pero con una belleza que tenés que crearla tú mismo. Caminá siguiendo la música, siempre siguiendo la música. Eso te hará buen tanguero. Me hablaba todo en español y yo haciendo un esfuerzo gigante para captar lo que me decía. Luego le preguntaba a mi padre que hablaba muy bien castellano y me explicaba en francés lo que me había dicho Felipe y yo con dificultad no sabía si lo había entendido. Una vez entró un hombre muy alto que hablaba como bonaerense, pronunciando las erres con fuerte acento francés. Mi padre me dijo que era un escritor famoso que ahora vivía en Paris y que había escrito poemas o canciones de tango pero que escribía más novelas y cuentos. Aparecía siempre por ahí porque vivía cerca de este restaurante, en la calle Rue de Martel. Fumaba mucho. Se sentaba a escuchar la orquesta y ver bailar. Siempre pedía un vaso de vino argentino y dos empanadas. No sabía bailar, me dijo mi padre. Ese escritor le comentó un día "cosa curiosa Che, pero que yo sepa, ningún escritor argentino baila tango. Sólo algunos escribimos letras de tango. Creo que lo intelectualizamos mucho. El único escritor que bailaba tango aquí en Paris era Ricardo Güiraldes que murió en 1927 muy cerca de este restaurante, a cinco cuadras de aquí donde hay ahora un circo ruso actuando estos días y antes de ayer murió el trapecista enano del circo que dicen voló como un pajarito desde la carpa y se pegó en un poste de luz de la calle. Siempre es triste la muerte de un payaso y más si es enano. Quiero Che Felipe que me enseñés unos pasos y que la leyenda alguna vez diga que sí, que yo también bailaba tango". Con mucho gusto maestro, le respondió Felipe esa vez, cuando Ud. quiera. La verdad es que nunca tuvo tiempo el escritor por sus continuos viajes fuera de Francia y luego su leucemia que finalmente acabaría con su vida en 1984.

Felipe tuvo una sola mujer en Paris pero nadie supo cómo se llamaba. Ni el mismo Felipe. Ella iba a escuchar tango. Y luego iba especialmente a escuchar a Felipe tocar el bandoneón. Una vez, era un sábado por la noche, Felipe estaba descansando y mi padre lo reemplazó por una hora. Apareció entonces ella. Era muy joven y bellísima. Tenía un vestido de terciopelo negro que dejaba ver un cuello y una espalda de color marfil. El vestido le llegaba hasta un poco más arriba de sus rodillas. Piernas perfectas, cubiertas por unas finísimas medias transparentes. Sus zapatos eran negros. De taco mediano que nadie como ella podría haber elegido para combinar con su hermoso vestido para bailar. Se acercó a Felipe y le dijo en francés que quería bailar con él. Está bien, respondió Felipe en español. Y le pidió a mi padre, tocá el tango "Madame Ivonne". Este tango lo había escrito en 1933 Enrique Cadícamo y la música era de Eduardo Pereyra. No puedo describirte ese baile en puro estilo milonguero que yo hace muchos años vi porque habría que retroceder hasta allí. Hasta esa noche. Hasta esa escena del baile a media luz. Felipe con un traje color café oscuro, chaqueta cruzada, camisa negra y corbata marrón. Peinado al estilo de Gardel que le gustaba. Y ella siguiéndolo en el baile. Ambos transformados en el más maravilloso baile que no había visto nunca ni jamás veré. Pero nadie supo dónde y cómo aquella francesa había aprendido a bailar el estilo milonguero de esa manera, siguiendo tan bien a Felipe. Ella jamás había estado en Argentina ni en ningún país de Sudamérica. Creo que desde esa vez yo decidí que debía aprender a bailar tango y que lo bailaría por toda mi vida. Fue una iluminación de esas que cuando eres muy joven te impactan visual y emocionalmente para siempre. La raíz de lo que serás en el futuro y que nunca olvidarás. Te acompañará hasta tu muerte. Entendí a Felipe mucho más por lo que me había contado y comprendí un poco cómo el baile puede ser como un agua que te purifica el corazón. Lo dañado se cicatriza lentamente a través del baile. No sé pero Felipe era un ser que parecía no haber pasado jamás en su vida por un sufrimiento o desengaño. Aquella francesa nunca le dijo nada de su vida ni siquiera cómo se llamaba. Se juntaban en algún apartamento que no era de ella ni tampoco Felipe sabía a quién pertenecía o si era arrendado o de algún familiar. Comenzaron a irse todos los sábados a ese lugar de la francesa. Felipe no averiguó nada de ella sino que estaba conforme con ese tipo de relación anónima. La francesa le dijo que no quería saber nada de su vida pasada ni ella le contaría nada tampoco. Sólo quería bailar con él y luego pasar la noche juntos en ese lugar que no tenía nombre ¿No le afectaba que esos encuentros anónimos le recordaran aquel pasado tocando entonces detrás de una cortina para gente que él jamás vio quiénes eran, ni menos qué pasado tenían mientras los interrogaba un comandante o los torturaba? Le pregunté a Felipe esa duda mía. No te peocupés Che Paulito, me dijo. Cuando sepás bailar bien, cuando internalicés la música del tango, entonces comprenderás mejor lo que te ocurrió en el pasado. Lo que pudiste arreglar. Lo que te llevó al despeñadero alguna vez. Lo que no supiste hacer con tu pareja o con tu vida. Lo que debiste hacer mejor. Lo que ahora o en el futuro no querrás repetir los mismos errores. Al menos idénticamente. La vida, che Paulito, no es un paso de tango sino pensar antes en cómo harás el paso de tango para que el baile no se derrumbe. Bailá con el corazón. Bailá improvisando. Aprendé las reglas del tango y después destrúyelas para crear las tuyas propias. Bailá para que te toque el corazón. No bailés sólo con los pies aprendiéndote mecánicamente cientos de figuras. No bailés contigo mismo sino con la que tenés en tus brazos ¿Entendés, che Paulito? No sé si entendía o era demasiado joven. O quizás tenía que pasar por experiencias desgarradoras antes de comprender bien aquellos consejos de Felipe Ángel Villoldo, bailador del sur y el mejor bandeonista que he escuchado en mi vida. No recuerdo cuando desapareció la francesa de la vida de Felipe. El asunto es que no volvió más a Tango Buenos Aires y Felipe no pensó más en ella. Por ahí apareció otra mujer porque el sonido del bandoneón mareaba a muchas hembras y también la tranquilidad y ternura de Felipe era como un imán muy fuerte que o viejas o jóvenes eran atraídas por ese hombre del sur del mundo. Felipe no se movió de Paris. Quizás regresó alguna vez a Buenos Aires pero prefiere Francia. Siempre con alguna mujer a su lado. Tiene un apartamento por la misma zona de la Iglesia El Sagrado Corazón en Montmartre. No cayó jamás en la miseria. Parece contradictorio que toque tangos que hablan del desengaño, la pobreza, el abandono, pero a él no lo atrapó nunca el bajo fondo ni menos la depresión para hundirse en una marginalidad corrompida. Quizás el baile y el bandoneón sean sus protecciones. Quién sabe. Pero fue su influencia que me hizo cambiar mi futuro a los 17 años. Ser un bailador y un profesor de baile. Allí conocí a Jeanne quien pasó por Paris y venía de Buenos Aires. Para hacerte esa historia corta, nos conocimos en ese restaurante. Bailaba muy bien. Era profesora de ballrroom en Nueva York. Yo le enseñé a bailar el estilo milonguero como lo bailaba Felipe. Entonces me vine con ella a este país y ambos levantamos una academia de baile donde damos talleres en distintas ciudades. Contratamos a asistentes como a Lolita por ejemplo que son bailadores con algunos años de experiencia en tango o en otros bailes. Esa fue la conversación con Paul, o su monólogo, un día que llegué más temprano a la clase y él me preguntó de qué parte de Argentina era y por qué yo no sabía bailar tango si era de ese país. No sé qué explicación le di pero fue él que comenzó contándome por qué estaba viviendo aquí y no en Paris.

6

Parece que fue en la cuarta clase cuando todo el grupo pasó al Diner de Straigth y Elizabeth lo visitó por primera vez. Los dos nos sentamos con Azucena mientras Cora nos servía café. Esta vez pedimos pastel de manzana con helado de vainilla. Era el pastel favorito del Diner que lo hacia la esposa de Straigth. La que se parecía a Marilyn Monroe. Ella estaba en la cocina y los pasteles estaban enfriándose sobre el mesón. Vi que el cocinero hispano había puesto dos más que sacó Marilyn del horno. Ambos se sonreían cuando se miraban. Eso lo noté varias veces. No quería comentar mucho eso con Azucena aunque ella parecía darse cuenta. Tampoco quería contarle el efecto que me producía Elizabeth. Eso de que ella pasara de una juventud tan hermosa como Lolita hasta la vejez de una mujer de 85 años. El cambio ocurría en su rostro preferentemente porque su cuerpo era el de una muchacha de 20. Un cuerpo que se había congelado en el tiempo. Elizabeth tenía aún las piernas perfectas. Fue eso que le atrajo a Azucena para decirme que ella era una copia exacta de su abuela verdadera o inventada. Las piernas y el cuerpo de Marlene Dietrich. Frank estaba sentado de espaldas a nuestra mesa como siempre lo hacía. Algo le decía Cora mientras le ponía más café en su taza. De repente daba vueltas su cabeza para dar una mirada a la mesa nuestra y vi que dio una mirada a Elizabeth. Azucena le contó brevemente la historia de Frank. Elizabeth luego se quedó mirando un poco la espalda de Frank y dijo que iría a hacerle compañía. Cora al verla sentada al lado de Frank se fue a fumar fuera del Diner mientras Straigth servía más café a los clientes y silbada el mismo tango de siempre. Frank conversaba con Elizabeth muy bajo como si le costara hablar o hacer frases completas. Lo veía sonreír pero inmediatamente pasaba a la seriedad o no sabía reírse pero era un cambio brusco en su rostro. Luego miraba la taza de café mientras Elizabeth decía algo en voz baja. Ese día había más gente en el Diner de Straigth porque se servía la especialidad de Marilyn que era su pastel de manzanas caliente con helado de vainilla. Además se regalaba gratis el café si se pedía el pastel de manzanas. Por la ventana se veía a Cora dar grandes bocanadas al cigarrillo. Salió el hispano a botar algo al basurero y se detuvo al lado de ella. Cora movía su boca y daba miradas hacia el Diner. Parece que miraba hacia donde estaban sentados Frank y Elizabeth. El hispano también miro hacia el Diner pero luego miro a Marilyn que servía a un cliente. Luego miró a Straigth. Afuera estaba lleno de nieve y hacia frio. El hispano regresó a la cocina y detrás le siguió Cora. El hispano continuó trabajando haciendo sándwiches y Cora volvió al mesón a servir ordenes a los clientes. Pasó al lado de Frank y Elizabeth pero no los miró. Elizabeth miró a Cora que llevaba un plato con una hamburguesa y papas fritas brillantes de aceite. Se parece a una pintura de Hopper, dijo Azucena. Qué cosa, dije, y quién es Hopper. La espalda de Frank y el cuerpo de Elizabeth allí los dos sentados. Y Hopper es un pintor que vivió aquí cerca, en el estado de Nueva York, en un pueblito al lado del Rio Hudson. Elizabeth había regresado a nuestra mesa y como a ella le gustaba el arte y había pasado tiempo en Paris puso mucha atención. Me gusta Hopper especialmente algunas pinturas de Diners, dijo Elizabeth. A mí me gusta un cuadro de una mujer sentada en la cama, mirando por una ventana, es mi favorito dijo Azucena. También el de una mujer desnuda y más vieja que mira por la ventana. Hay muchos cuadros de él con personas solas dentro de una casa repitiendo lo mismo. Contemplando algo indefinido. Sus casas en sus cuadros son como mi casa que tiene el mismo estilo de esta región de Nueva Inglaterra, dijo Elizabeth. Tiene pinturas de hombres viejos al lado de casas, o sentados, o barriendo. Pero en su madurez Hopper pintó solamente mujeres dijo Elizabeth. Todos sus cuadros, continuó Azucena, están llenos de luz y no se ve la nieve, curioso eso, sino pintados en primavera o en verano. Emiten mucho calor, tranquilidad espiritual aunque los personajes se ven solos. No hay ninguna atmosfera depresiva en sus pinturas, agregó Elizabeth. Algunos han interpretado eso como la soledad que viven los viejos en las sociedades capitalistas, especialmente en Estados Unidos, pero yo creo que es una interpretación errónea y maniquea.

Mientras ellas hablaban de ese pintor que yo no tenía idea, y que recién conocía, volví a mirar a Frank y pensé si él podría ser un personaje de los cuadros de él. En sus pinturas no hay nadie que baila, dijo Azucena, pero no importa. Para mi es que irradian una tranquilidad en las personas retratadas que no son jóvenes sino viejos. Ellos parecen emitir una paz interior a pesar de su soledad porque no se ven muchas parejas o matrimonios en sus cuadros. ¿Y por eso nosotros bailamos tango porque nos sentimos solos?, pregunté ingenuamente. Pregúntale a Cora porque después de las primeras clases parece que va de mal en peor, dijo Azucena riéndose. Frank volvió a dar vuelta su torso hacia nosotros pero miró especialmente a Elizabeth. Parecía más suavizaba su mirada. Como si regresara de un sueño agradable. Cora, en cambio, tenía un rostro duro, más ceniciento y envejecido. Luego de servir más café a los clientes salió de nuevo a fumarse otro cigarrillo. Afuera comenzaba a nevar levemente y estaba oscuro. Me imaginaba el Diner desde la calle con su gran ventanal iluminado y sólo Frank sentado en el mesón mirando su taza de café.

7

Al domingo siguiente seguimos caminando y caminando. Parecía aburrido pero Paul dijo que tenía que ser así y vernos a todos, o a casi todos, caminar con estilo sin perder nuestra estabilidad. Ahora sí habíamos empezado a caminar abrazados, pero no aún con el abrazo más cercano como se baila el tango argentino original, sino formando un arco sólido para que el torso del hombre se comunicara con el de la mujer. Parecía muy fácil, pero viéndolo entendí que nos iba a tomar otras semanas para llegar a una posible perfección. Todo a veces me parecía frustrante porque no sé si iba llegar a bailar al menos una canción completa o simplemente debía renunciar. Cuando veía a Paul bailar con Lolita mostrándonos como caminar, abrazar y hacer dos o tres simples pasos con una elegancia, perfección impresionante, yo, y creo que todos, incluso las lesbiana, pensábamos que jamás llevaríamos a ese nivel. Aún estábamos en la etapa mecánica de aprender conceptos, asimilarlos y repetirlos, pero musicalidad nadie la tenía. Excepto Elizabeth y un poco Straigth. Y a veces Frank que quizás sacaba recuerdos del pasado cuando reemplazó hace muchos años atrás a algún bailarín en alguna película. Pero eso para Frank era volver a recordar algo que ocurrió en tiempos de las cavernas. El asunto es que cuando llegó Elizabeth ella fue para Frank alguien que comenzó revivirle un poco sus recuerdos que permanecían congelados. Hacerlos emerger desde un pozo oscuro hasta la superficie en ese iluminado salón de baile. Cuando a Elizabeth le tocó caminar con Frank este comenzó a caminar sorprendentemente bien. La segunda vez que trabajó con Elizabeth imitó el caminar de Paul que yo intentaba pero aún no podía. Elizabeth le dijo a Frank que no mirara sus zapatos al caminar. Eso fue el mejor consejo porque a Frank parece que le ayudó sacar recuerdos de alguna parte de su cabeza y a moverse con soltura y delicadeza. Paul y Lolita lo miraron y dijeron, eso Frank, exactamente, has cogido el ritmo. Todos paramos para mirarlos caminar. Frank miraba de frente a Elizabeth con una sonrisa tierna. Este parece otro hombre, dijo Azucena en voz baja. Las lesbianas seguían caminando y no se preocuparon de lo que hacía Frank. Parecían en otro mundo y lo peor es que seguían caminando como el primer día. O sea peor cada domingo. Como no iban al Diner de Straigth tampoco tenían idea de lo que todos sabíamos de Frank y de los demás. Una vez con Ani vimos una película que al observar ahora cómo estaba reaccionado Frank me acordé de ella. La película se llamaba "Charly".

Es la historia de un hombre que vive en un pueblo apacible cerca del Rio Hudson a tres horas de Manhattan. Sufre de un agudo retardo mental. La película comienza cuando Charly asiste a una escuela nocturna por dos años donde su profesora, llamada Elizabeth Kinnian, le enseña a leer y a escribir pero sigue incapaz de escribir y deletrear su propio nombre. Elizabeth lleva a Charly a una clínica en Manhattan donde trabajan los doctores y esposos Richard Kurbi y Anna Kurbi. Ellos han estado experimentando con ratones para aumentar la inteligencia de esos animales. Trabajan en trasplantes de cerebro en un laboratorio moderno de una universidad importante de Nueva York. Recientemente han operado a un ratón y logran éxito al lograr que sea más inteligente que los otros ratones. Ahora desean hacer la operación en seres humanos. Entonces operan a Charly. Luego de la operación comienza a tener efectos positivos. Charly va adquiriendo lentamente un progreso notable en su inteligencia. Elizabeth continua dándole clases a Charly y éste sorpresivamente comienza a sobrepasarla en inteligencia llegando a niveles de genialidad y capacidad compleja de razonar. Empieza a pintar asimilando en un par de meses diversas técnicas abstractas después que Elizabeth lo lleva al museo de Arte Moderno en Nueva York. En el film Charly deja su pueblo por varios meses y recorre Estados Unidos en una moto, experimentando lo que quizás nunca pudo cuando era un retardado mental. Conoce a muchas mujeres que lo adoran por su personalidad, inteligencia y humor. Hace un viaje a Europa y luego a México. En varias escenas se le ve bailando. Es un viaje de aprendizaje porque puede gozar la vida de una manera racional dándose cuenta de todo lo que había perdido desde que nació. Es ahora una persona que goza estar vivo las 24 horas del día. Duerme poco porque quiere aprender y absorber libros, películas, ciencia, arte, música, literatura, poesía. Todo lo que antes era incapaz de asimilar.

Luego de ese viaje vuelve a su ciudad y Elizabeth lo visita en su casa. Ambos comprenden, luego de estar separados, que desean casarse y vivir juntos. Hay escenas de ambos corriendo en un parque, besándose bajos unos árboles. Haciendo el amor en la cocina o en living con la televisión encendida. Los doctores Kurbi presentan su investigación a los científicos sobre el caso de Charly y responden a preguntas con Charly mismo quedando asombrados los científicos por la inteligencia de éste y el dominio científico y teórico que él mismo tiene del retardo mental en los seres humanos. Explica con ejemplos de pinturas, literatura, estudios científicos previos. Pasan otros meses y los doctores le revelan a Charly que el ratón operado, el que perfeccionó su inteligencia, ha muerto deteriorándose su inteligencia y provocando indirectamente un deterioro en sus riñones. Charly comprende que su inteligencia será temporaria y se desvanecerá. El mismo decide trabajar con los doctores para ver si se puede salvar. Charly descubre que nada se puede hacer luego de más investigaciones y teorizar sobre el retardo mental y el alzheimer pero no logra explicarse el deterioro de sus riñones. Comprende que su inteligencia irá apagándose otra vez. Elizabeth visita a Charly y le pide que ambos se casen pero la rechaza y le dice que se vaya. La película termina con Elizabeth mirando a Charly quien juega con los niños en un jardín infantil. El ha regresado a su retardo mental anterior.

No sé por qué estuve pensando todo el rato en el Diner de Straigth sobre esa película luego de ver a otro Frank bailando. Y lo más extraño es que la profesora de Charly en la película se llamada Elizabeth. Cora me dijo en un momento mientras me servía café, cuando aún no llegaban Azucena ni Elizabeth al Diner, que Frank parecía otro. Lentamente recordaba muchas cosas incluso cuando me conoció en el Hospital en California. Comenzó el otro día, decía Cora, a recordar las películas donde había sido reemplazante. Allí entendí que Cora seguía cuidando a Frank porque este vivía en un hospital para personas con deficiencias mentales pero no era un manicomio, me dijo, porque Frank tiene un retardo que consiste en no recordar muchas cosas de su pasado o recordarlas pero estar confundido con esos recuerdos. Incapaz de entender si él vivió esas experiencias o no. Es un síntoma mental donde su mente y cuerpo se divide en dos confundiéndolo. Es como ver doble su propia mente y su cuerpo. Sin embargo puede manejarse un poco en cosas cotidianas pero necesita ayuda. Cora me dijo que gracias a ahorros que él tenía cuando trabajaba en California, y la ayuda del gobierno, Frank podía ir a Instituciones mentales y vivir aquí. Y tener a alguien que lo cuidara. Yo soy la encargada de seguir ayudándolo como una enfermera privada. El estado me paga por llevarlo de ese lugar donde vive hasta las clases de tango, y por eso yo tomo clases no porque me apasione sino para cuidar a Frank. Le compro cosas en el supermercado. Le doy sus medicinas. Lo traigo aquí donde se sienta siempre solo y toma mucho café. Luego cuando yo termino en el Diner lo llevo a su residencia. Por eso, continuaba Cora, cuando vi a Elizabeth me asusté mucho porque ella es el vivo retrato, su cuerpo principalmente, y su rostro, aunque envejecido ahora, de Norma, aquella que él amó y luego ella misma lo abandonó para siempre. Frank cree que Elizabeth es Norma la que conoció en otro Diner en California por eso su memoria ha regresado sorpresivamente con más claridad e inteligencia. Pero ese estado puede ser momentáneo y luego volver a la confusión mental previa. Cree que Norma ha regresado a pedirle perdón y que ella lo ha estado buscando por años y finalmente lo encontró aquí. Y que por amor a él, cree Frank, ella ha tomado clases de tango. Que el baile los ha vuelto a juntar para siempre y ambos han decidido olvidar el pasado y recomenzar de nuevo. Esperé unos segundos luego de lo que me estaba diciendo Cora y le dije, entonces este Frank está más loco que una cabra. Ella me miró muy seria. Esto ocurre a veces. Yo trabajé por años en un hospital de retardados mentales. Casi todos incurables. Pero a veces aparecía algún caso como éste. Es una recuperación de la memoria y la persona puede comportarse normalmente pero las consecuencias pueden ser aún más desastrosas y traumáticas. Como qué, le pregunté. Bueno, o el suicidio o la depresión hacia un nivel que no te imaginas y volver a un estado de retardo peor que el de antes. Transformarse en un vegetal en vida. Luego de contarme rápidamente el estado mental de aquel hombre, entraron Azucena y Elizabeth que se habían ofrecido para traer a Frank en carro al Diner. Entonces Cora me dijo al verlos entrar, me voy a fumar un cigarrillo afuera. Y salió con prisa como si necesitara ponerse lo más rápido posible una inyección de cocaína. Si Cora decía eso de Frank era verdad pues lo conocía desde que él cayó en desagracia mental. Era como su biógrafa oficial que poseía todos los detalles. Quizás sentía un cariño de hermano porque ambos tenían edades similares. ¿Pero por qué Cora no se casó? ¿O decidió dedicarse a cuidar a un enfermo mental toda su vida? ¿Para no sentirse sola ni abandonada? ¿O se enamoró de él cuando se parecía a Henry Fonda y aún está enamorada de él?

Entendí entonces por qué en las clases de tango Cora ni se preocupaba por aprender bien y era la peor pareja para practicar. Ambos eran jóvenes cuando se conocieron y ella se encargó de él en un hospital en Los Ángeles. Pero a ella tampoco le interesaba el cine sino sólo las películas donde Frank anónimamente hacía de reemplazante de actores famosos. Ni siquiera aparecía su cara sino su cuerpo en cerca de 50 películas o más. ¿Debía contarle eso que me dijo Cora a Azucena y a Elizabeth? ¿O quizás Azucena que era bien inteligente se daba cuenta pues sabía más que yo sobre el pasado de Frank? ¿Y Elizabeth debía saber sobre Frank? ¿Debía saber que ella era la imagen de una mujer del pasado de Frank? ¿Mejor decirle, según el diagnóstico siniestro que me dijo Cora, para que Frank no retrocediera a un estado "vegetal" como pronosticaba ella? ¿O no meterme en nada sobre este asunto y que las cosas sucedieran como fueran? ¿Y si el baile realmente no empeoraba a Frank sino que lo rehabilitaba definitivamente y así podría darse cuenta él mismo al regresar a un estado mental más sano, recuperándose finalmente? Pero estaba seguro que cualquier cosa que yo dijera a alguien, incluso a Paul, Straigth, a Alfredo, nadie movería un dedo por evitar lo que Cora suponía. Menos comentarle a las lesbianas pues ésas vivían en otro planeta. Ni yo mismo quería decir nada a Elizabeth. Ella era doctora y a lo mejor entendía el cambio que Frank estaba experimentando, pero por otro lado ella no sabía toda la historia. ¿Y si ella estuviera convencida que estaba ayudando a Frank como una terapista. Viendo que éste experimentaba transformaciones mentales positivas al bailar con ella? ¿Que finalmente el baile era la medicina más apropiada para Frank? Me daban vueltas esas cosas en el Diner pero opté por callarme y que ocurriera lo que ocurriera. Y volví a pensar en la película "Charly" mientras tomaba café y Azucena y Elizabeth conversaban de algo que yo no estaba escuchando.

8

Iba a terminar mi primer mes tomando clases. Era el cuarto o quinto domingo. Comenzaría otro mes de invierno sin que la nieve desapareciera ni menos el frio. Llegábamos arropados como si viviéramos en polo norte. Eso dijo Azucena quien sí había estado en Siberia alguna vez. Es cierto que ella tenía un rostro eslavo que al contemplarlo por primera vez uno pensaba en rostros rusos, ucranianos, georgianos, húngaros, bielorrusos. No podía evitar que me atrajera su rostro. Debe ser el deseo del misterio. De lo otro que es diferente. Eso fue lo que me obsesionó de Ani. Su mezcla de español con lo caribeño. Igualmente me pasaba con Elizabeth y con Lolita. Esta última me parecía un personaje de la película "Las bellas durmientes" basada en esa novela del Nobel japonés. Me acordé de esa historia el primer día de clases que me tocó caminar tomando los brazos de Lolita. No discutimos nunca esta película con Ani y no recuerdo por qué. Quizás era el comienzo de nuestros silencios íntimos. Habíamos comenzado a dejar de tocarnos. Y al ir perdiendo la intimidad cualquier tema que tenga que ver con la desnudez comienza a transformarse en tabú. Como si la parte más importante del amor quedara guardaba en un ropero con muchas cerraduras. Sabemos que está allí. Que las llaves están colgadas al lado de nosotros pero nadie quiere abrirlo. Pasábamos por allí durante el día. Lo veíamos mientras cenábamos o mirábamos la televisión. Mientras cada uno se vestía con pudor evitando ver nuestros cuerpos desnudos. Y ahora esa película me daba vueltas siempre al ver a Lolita dar pasos de baile en cámara lenta. Con su vestido color lila o negro y un pañuelo de seda rojo alrededor de su cuello. O ver el bello rostro de Azucena mientras se reía. Sé que ni saben lo que pienso cuando me hablan. O Lolita cuando me ve que la veo bailar. O Elizabeth en su doble belleza. Ese cambio de la juventud a la vejez y viceversa. A veces pienso si cada uno viera nuestros pensamientos, digo viera porque los míos siempre son visuales y no elaboraciones intelectuales para transcribir en el lenguaje escrito, podríamos llegar a un encuentro ideal. ¿Será eso lo que desean los artistas, los escritores, los músicos? ¿Y el baile? ¿Y bailar tango que es un baile más cercano donde se abrazan íntimamente dos desconocidos? Paul me dijo que el tango es el único baile en el mundo donde la cercanía de dos cuerpos que no se conocen el uno al otro se unen como si fueran dos personas que se aman profundamente. Sus corazones parecen no tocarse cuando bailan pero sienten cada uno una pasión escondida que silenciosamente expresan bailando. ¿Pero realmente se la están confiando al que baila tan cerca de uno, oliendo su aroma, su perfume, su respiración? Por eso pensaba obsesivamente en esa película basada en la novela de un premio Nobel japonés. Quería buscar esa historia y regalársela a Lolita. Pero no sé si ella entendería mi regalo. ¿Y qué quería yo expresar con ese regalo realmente? Ni lo sabía. Además el obsequio de un hombre 40 años mayor que ella. Otra vez me asaltaba una especie de afirmación: nadie sabe el mundo interior que cada uno tiene. Nos acercamos por instinto el uno al otro. Dándonos pedacitos de nosotros mismos y el otro recibe esos pedacitos y nos da algo al azar. Recuerdo aquella experiencia en West Virginia cuando conocí a Karen. O la historia de mi amigo Felipe, el argentino en Minnesota. Recién llegábamos del lejano sur y veníamos programados para bailar a nuestro modo. Ese modo universal que tenemos los hombres de acercarnos a las mujeres donde creemos son vulnerables a nuestros movimientos. Que sabemos todo de ellas y ellas no saben nada de sí mismas. El amante-profesor era Felipe. Y él se lo creía. Tenía suerte, cierto. Así me explicaba Ani cuando conversábamos de aquella historia de Felipe y mis primeras andanzas en este nuevo mundo. Y me acordaba de la esposa de Felipe Morel, Isabella Rossellini, quien era una mujer inteligente y brillante pero se dejaba manipular por ese hombre atractivo y le aceptaba sus aventuras amorosas. El miedo a dejarlo aunque podía vivir sola sin ningún problema ni menos dependiendo económicamente de él.

"Todos somos un misterio", dijo Azucena despertándome de mis cavilaciones en el Diner de Straigth como si supiera lo que pensaba. ¿Por qué dices eso? Le pregunté. Por lo de Frank y Elizabeth. Entonces me di cuenta que mi teoría funcionaba. Ninguno de nosotros tiene la puta idea lo que está pasando por la cabeza del otro. Ni siquiera tenemos un milímetro de intuición. Y aún más misterioso me parecía bailar tango. ¿Por qué estaba yo allí aprendiendo un baile que mi propio país había inventado y que ni siquiera yo mismo me había dado cuenta que se había convertido en un baile universal? Un baile que exportaba intimidad perdida al resto del planeta. ¿O que todos en el planeta necesitábamos de una intimidad o al menos expresarla ante otro aunque fuera desconocido pero que, justamente el tango, permitía abrazarse más que ninguna otra expresión de arte? ¿Bailábamos porque allí todos habíamos perdido la intimidad? ¿O perdimos la posibilidad de expresarla y era una necesidad desesperada recuperarla aunque fuera con un desconocido? ¿Pero por qué Cora estaba aquí y también las lesbianas? ¿Es cierto que cuando al que amas profundamente y luego te abandona, dicen los siquiatras, aparece una desesperada necesidad de que te acaricien todo el cuerpo desde el pelo hasta los pies y que te abracen? En esas preguntas estaba cuando Azucena, despertando también de sus propias cavilaciones me había dicho "todos somos un misterio." Qué profunda frase le dije. No, no es tan profunda pero no sabes lo que me contó Elizabeth ayer. Me llamó a mi celular y hablamos por una hora. Y entonces Azucena me cuenta lo que le contó Elizabeth. De lejos vi a Cora otra vez fumando fuera del Diner. El hispano conversaba con Marilyn. Vi que le tomaba el brazo y miraba sus tatuajes. Como si quisiera leer las inscripciones. Vi que le pasó suavemente la mano por el brazo. El hispano sonreía. Straigth no había llegado aún de nuestra clase de tango ese domingo pero estaría por llegar y seguro vendría silbando el mismo tango de siempre, "El muchacha du cirque" como él pronunciaba.

9

Cuando me senté con Frank aquel día en el Diner de Straigth lo primero que dijo fue: me alegro que regresaras para estar conmigo. Pensé que era porque me sentaba a su lado luego de la clase que habíamos tenido aquel domingo. Mientras me hablaba entrecortadamente, y mirando su taza de café, entendí que yo era para él otra persona. Una cierta confusión mental. ¿Dónde aprendiste a bailar tan bien?, me preguntó. Algo le dije que hacía sólo cinco meses pero me faltaba mucho para poder bailar un tango completo. Le dije que fui abandonada por alguien que estuvo conmigo por 20 años. El era también doctor como yo. Y que el baile me estaba curando de a poco de un desgarro muy grande que me dejó aquella ausencia. Le dije que pasé un año enferma de dolor, encerrada en mi misma. Únicamente tenía energía para seguir trabajando. No pude hacer operaciones quirúrgicas por siete meses. No podía concentrarme bien en algo tan delicado como es operar el corazón. Que ironía, yo especialista en problemas cardiacos y no podía siquiera sanar ni mi propio corazón. Entonces Frank sin entender mi humor me miró con una expresión de quien descubre algo o confirma unas dudas y luego miró su taza de café. Es lo que yo pensaba, me dijo, y ahora vuelves. No sabía que habías estudiado medicina pero eras joven aún cuando me ocurrió lo mismo que a ti: el abandono. Cuando Frank dijo eso de "ahora vuelves" no sé qué quería decir pero no pregunté nada más porque me di cuenta que él parecía que hablaba con un fantasma. Es lo que ocurre con ciertos enfermos mentales. Un estancamiento en el pasado. Se parece a los que emigran a la fuerza a otro territorio o país. Para algunos la nostalgia de lo dejado nunca muere. El pasado se congela para siempre porque es el refugio del origen de su existencia. La madre, la casa original, las comidas que son unos de los reflejos condicionados más fuertes que hacen regresar a ese paraíso perdido. Pero es otra cosa el abandono de alguien que has amado tanto y en un instante, como la muerte, desaparece de ti para siempre. O te dice desde un teléfono de otro país que no volverá nunca más a vivir contigo ni tampoco a dormir juntos en la misma cama. Ese abandono emocional nos lleva a nuestro propio exilio personal. O nos lleva a la demencia como parece es el caso de Frank. Eso pensaba mientras Frank me hablaba que yo era un regreso para él. Luego me dice que por qué me cambié el nombre de Norma a Elizabeth. Siempre me he llamado Elizabeth, le dije. Entiendo que él te lo cambió, me dijo. Los hombres queremos modificar a las mujeres y algunas consienten. El hablaba con un ser imaginario causante del estado en que estaba, así lo entendí. Me quedé pensando, mientras él miraba su taza de café, que yo podría haber llegado a su misma condición pero no. Es un misterio lo que podrá ocurrir mentalmente con uno cuando se sufre una conmoción emocional tan grande. Siempre pensé que estabas viva en alguna parte de este país, me dijo lleno de rencor y sacándome de mis pensamientos. Siempre quise vivir aún en el estado que me dejaron, le respondí pero era para responderme a mí misma. Y luego me preguntó, cambiando de tema como quien se cambia de camisa, si podíamos practicar más tango fuera de la clase. Le respondí que no era problema. Dijo que en la residencia donde vivía había una sala con piso de madera que se usaba para actos culturales y otras actividades. Le dije que los lunes en la tarde podía después de mi trabajo en el hospital. Me dio una tarjeta que tenía su nombre y dirección. Luego supe que a todos los que vivían allí les hacían unas tarjetas y que la llevaran en su cartera. Era por si alguien se perdía en alguna parte. Cora es mi amiga de hace muchos años, me dijo Frank. Yo le dije quién realmente eras tú y ella se quedó callada. Me di cuenta entonces por qué Cora no me miraba a los ojos desde que llegué a las clases. Cuando voy al Diner de Straigth ella me sirve café con la cabeza agachada. He ido varias veces a practicar con Frank en esa especie de hospital para viejos y enfermos mentales. A veces no hemos podido practicar bien porque llegan algunos enfermos y se ponen a aplaudir o se ponen a bailar como monos al lado de nosotros. Frank no dice nada. Es como si los otros no existieran o el ruido que hacen no lo escuchara. Así que le pedí a los que cuidaban allí que queríamos cerrar la puerta por una hora y le explique por qué. He estado en su dormitorio.

En las paredes color blanco no hay nada colgado. Ninguna foto por ninguna parte pero lo poco que tiene estaba perfectamente ordenado. Allí tiene una televisión y muchos casetes de películas. Me dice que tome asiento. Y pone alguna película que saca de un estante lleno de ellas perfectamente organizadas por títulos. No dice nada más y se queda mirando la pantalla con el sonido bien bajo. No me explica que está mirando y allí lo acompaño por unos veinte minutos y luego le digo que me voy. El entonces me mira como regresando de una viaje que le ha enternecido el rostro. No me dice nada. Me toma la mano y me la besa. A veces siento temor que reaccione de otra manera y haga algo que no quiero ni siquiera pensar. Le digo que duerma bien y nos veremos en clases. Y el próximo lunes aquí mismo. El dice que está bien y vuelve a mirar la película que ha puesto. La última fue de un hombre vestido de verde corriendo a caballo por un bosque. Es "Robin Hood", me dijo, cuando yo abría la puerta de su cuarto para irme.

10

Yo creo que fue en el quinto domingo de enero cuando Paul nos dijo que nos tenía una sorpresa. Straigth dijo que ahora los hombres por todo un mes íbamos a caminar hacia atrás. Parece que todos le creímos pero no era eso. Íbamos a bailar, o intentar bailar, un tango completo. Nadie lo creyó porque solamente sabíamos caminar. Paul nos dijo: sí, ahora algunos saben caminar bien y eso es lo más importante para comenzar a memorizar los pasos básicos del tango que son ocho. U ocho tiempos. Uds. han estado caminando y escuchando de fondo la música pero por experiencia esa música, sin Uds. darse cuenta, por repetirse una y otra vez, se almacena en su subconsciente. Todos nos miramos. Sé que algunos han soñado con esta música, continuó. De allí Uds. sacarán la musicalidad para combinarla con tanta caminata que hicieron en las clases anteriores. Yo me puse a pensar si había soñado bailando este mes y ahora recuerdo que sí. Bailaba con Azucena pero la veía tan bajita que la pisaba mucho y ella se reía a carcajadas. También bailaba con Lolita pero en el sueño no podía abrazarla. Siempre estaba distante sin poder acercarme pero bailábamos. Los demás dijeron que siempre recordaban la música cuando estaban solos. Straigth dijo que él siempre estaba silbando un tango así que su cerebro estaba musicalizado, dijo lanzando unas grandes risotadas. Las lesbianas levantaron sus hombros al mismo tiempo sin dejar claro si tenían la misma experiencia o les daba un carajo. Todos creíamos que ellas luego cuando se iban escuchaban solamente rock ácido en su carro que era una camioneta. En la parte de atrás siempre había unos fardos de paja, una montura vieja, aperos para montar a caballo y tarros de pintura. Frank dijo que siempre soñaba bailando. Elizabeth que ella tenía su iPod con música de tango y escuchaba todos los días. Azucena que ella bailaba sola en su apartamento así que estaba musicalizada también. Cora no dijo nada. Eso quería decir que no tenía tiempo fuera de las clases para escuchar música. Yo dije que desde niño escuché a mi madre en la radio poner un programa de tangos así que por ahí yo estaba musicalizado desde la infancia. Todos se rieron porque pensaban que era una broma.

Un domingo en el Diner de Straigth conversando con Azucena me dijo, parece que te gusta vivir solo porque veo que no tienes ninguna compañera de baile. Entonces le respondí que es porque estoy enamorado de ti. Y nos reímos al mismo tiempo que Cora nos miraba mientras seguía sirviendo café a los clientes. Esa vez no estaba Frank ni tampoco Elizabeth. Ellos llegarían en cuarenta minutos más le dijo por celular Elizabeth a Azucena. Luego en casa me puse a pensar eso y me di cuenta que ahora no estaba solo sino que tenía más amigos que nunca. Los que no tuvimos con Ani. Me hacia bien conocer a la gente de nuestra clase. Con Ani cortamos para siempre las relaciones con amigos. Sólo eran las películas nuestras amistades. Conversábamos sobre personajes ficticios. Sí, estaba solo. Sin compañera de baile permanente y sin compañera para pasar tiempo juntos. Probablemente esperaba tener una tranquilidad espiritual o no sé de qué naturaleza para empezar algo. Comenzaba a tener una cierta paz conmigo mismo. Frase que yo me repetía una y otra vez y no sé en qué película un personaje femenino la decía dos o tres veces y últimamente se la había oído a Elizabeth. Y entonces fue esa pregunta de Azucena que me abrió el pasado antes de conocer a Ani. Parecía haberlo escondido porque muy poco hablé de eso con ella. Sólo algunas historias de mi vida en Minnesota o en West Virginia. Probablemente a ella le ocurría lo mismo. Habíamos creado sin darnos cuenta una muralla para no hablar de nuestras vidas con más detalles aunque fueran insignificantes, especialmente cuando uno está en la cama y ha terminado de hacer el amor. Es el momento más secreto y hermoso de una relación. Hablarse bajito debajo de las sábanas. Desnudos y acariciándose el cuerpo. Oliéndose como dos animales. Pasándose la lengua por la espalda o el pecho. Tocarse sin ninguna vergüenza. ¿O uno no debe contarse lo que ocurrió antes? ¿O hay que mutilar esa parte porque uno la puede usar en contra de la otra persona? ¿O es realmente más sano contar cuan feliz se fue en el pasado porque la felicidad no es un estado absoluto que solamente se vive con una persona ni se es feliz únicamente en un sólo lugar y tiempo? Ani sí me contó su viaje a Cuba que entendí como una vuelta necesaria y humana a las raíces de la infancia pero nada más. Lo contó como si fuera un documental. O Como yo a veces también lo hacía. Ambos éramos de regiones al sur de este país. Yo más que ella. Venía de un lejano sur y ella de El Caribe. Ani llegó aquí con 15 años y yo con 25. Y le conté a Azucena lo que hasta entonces no me había dado cuenta. Lo que había vivido hace tiempo. De mi primera llegada a este país que fue en Sacramento, California. Y de eso hacia treinta años. Ojalá se lo hubiera contado a Ani.

11

Venía a estudiar cualquier cosa pero quería escribir guiones de películas. Pasé dos años en Buenos Aires estudiando en la universidad. Arrendaba una pieza en una casa de pensión. Trabajaba en las noches de cocinero en un restaurante. Ganaba para sobrevivir y con la situación militar en Argentina yo quería largarme de allí. Fue un amigo argentino que me ayudó a venir directo desde Buenos Aires. En ese entonces él era un principiante de escritor. Hasta me prestó el dinero para el pasaje que luego se lo fui devolviendo de a poco. No sabía nada de inglés así que él me matriculó en cinco clases al día por seis días a la semana. Había programas gratis para enseñar inglés a extranjeros que lo organizaban los del Salvation Army y la universidad local. Allí había gente de todos los países del mundo tomando clases gratis. Mi profesora de inglés se llamaba Meredith, tenía 21 años y ya enseñaba en una universidad. Me costaba pronunciar su nombre y ella me corregía hasta el cansancio porque yo decía "Meredi" en mi pronunciación con un acento terrible. Como el acento horroroso de aquel amigo llamado Felipe Morel que lo iba a conocer dos años después en Minnesota donde fui a estudiar siguiendo con mi sueño de escribir guiones para películas.

Era la primera mujer rubia, de ojos azules, alta, sonriendo

por todo, que conocía. La primera norteamericana de verdad. Yo trataba de buscar un parecido con alguien de algunas películas que había visto en mi país. Y recuerdo le dije que su rostro se parecía un poco al de Sandra Dee en la película "Un lugar en el verano". Esa película la había visto dos veces pero en California la arrendé y la vi tres veces más porque su música de fondo era lo que yo imaginaba visual y emocionalmente de Estados Unidos. Algo así le dije a Meredith y me dijo que no conocía esa película. Que era de los años 60. Entonces le conté la historia como pude en mi inglés de cuatro meses en California. Ella había estudiado francés y español y me entendía pero dijo que no iba a hablar español conmigo porque quería que yo aprendiera bien el inglés. Ese fue el pacto. Cuando no podía explicarme en mi inglés elemental que sólo lo hablaba en tiempo presente y tartamudeando, ella me decía que podía decirlo en español.

La película aquella es una historia de amor de dos adolescentes de clases sociales diferentes. El es de un país de América Latina que trabaja en una plantación de tabaco durante los veranos. Parece que ocurre en un lugar de Connecticut. En la película él es un joven bien alto, de tez bronceada que habla con acento. Ella es la hija de la familia que tiene tres plantaciones de tabaco. Ella llega en junio a pasar las vacaciones pues estudia en una universidad muy prestigiosa para mujeres en Nueva Inglaterra. Su padre es muy estricto y siempre dice que le costó mucho tener esta fortuna. Eso le dice al muchacho hispano al que le ha tomado cierto aprecio aun cuando tiene él muchos estereotipos de los "Mexicans". Palabra que usa para cualquiera que habla español. La hija es muy bella y le gusta ayudar en la plantación de tabaco como si fuera otra trabajadora más pero todos saben que es la hija del dueño. El asunto es que ambos se enamoran a escondidas. El padre sospecha e indirectamente le dice al muchacho que nadie de otra clase se casará con su hija.

Una noche que pasan juntos los dos jóvenes amantes ocurre

por accidente un incendio en las bodegas donde están secándose las hojas de tabaco. Al parecer ambos estaban fumando un puro y quedó la colilla encendida entre las hojas secas de tabaco. Eso provocaría luego un incendio. Se destruyó casi toda la cosecha de tabaco y el padre supo que era la culpa de ese joven porque su trabajo era cuidar las bodegas durante la noche. La hija, para salvar al muchacho de ser encarcelado y probablemente deportado por trabajar ilegal en el país, le confiesa al padre que no fue culpa de él porque ambos estaban juntos en otra parte. El padre más se enfurece y llama a la policía. La película termina cuando arrestan al muchacho y esposado lo suben a un coche blanco y negro de la policía. Por toda la película se escucha de fondo la música que también se llama "Un lugar en el verano" y luego se haría muy popular en los 60. Cuando terminé de contarle la historia de la película, Meredith me dijo que podríamos verla juntos. Y lo hicimos donde ella vivía que era en una casa al lado del rio Sacramento que arrendaba con tres profesores más. Fue ella que luego me explicó eso de "Mexicans" y que debería aprovechar recorrer todo California para entender más aquello. No me dijo nada más, dándome a entender que yo debía sacar mis propias conclusiones. Mi amigo argentino tenía en California un Volkswagen amarillo del que yo estaba enamorado. El no lo usaba mucho porque su mujer prefería otro carro más moderno. El tenía una moto Vespa, como esas que aparecían en la película italiana "La Dolce Vita" con Marcello Mastroianni y Anita Ekberg. Le dije que me gustaría ahora que venía el verano conocer más California en carro. También que con Meredith habíamos comenzado lentamente un breve romance a través de mi interés en las películas porque conversábamos mucho después de verlas y yo practicaba mi inglés. Ah, sí, veo que estás experto en la lengua, me dijo dando grandes carcajadas. Bueno, te presto el Volkswagen amarillo y cuídalo pero si vas con Meredith. Si vas solo no te lo presto. Debes hacer ese viaje con una mujer.

Así mismo me lo dijo. No sabía qué decirle pero una alegría inmensa, una inexplicable energía sensual me recorría el cuerpo pensando que podría ir con Meredith. Pero si ella no quería tenía que prepararme para el rechazo. Yo vivía con mi amigo argentino que me arrendó por casi nada un cuarto que tenía sobre el garaje de su casa con entrada independiente. Yo entré a Estados Unidos con una visa de estudiante desde Argentina por eso podía estudiar pero trabajaba ilegalmente. El estaba casado con una norteamericana y su vida era apacible y parecía había llegado a la felicidad completa con su pareja. Yo trabajaba medio tiempo en la cocina en un restaurante mexicano preparando platos, especialmente cocinando la carne. Me pagaban 5 dólares por hora que era buen dinero y podía ahorrar. El dueño era chicano y me tenía mucho cariño porque yo le parecía un tipo tranquilo, con mucho humor que respetaba a la gente, la escuchaba y hacia bien el trabajo. Además sabía que no tenía permiso legal para trabajar pero eso en California no era ningún problema. Le gustaba que asistiera a la universidad y fuera chileno-argentino. Él nunca había estado en esa parte del mundo además se reía mucho de mi acento especialmente cuando usaba el vos. Quizás por todo eso fue que llegó a apreciarme mucho y pagarme bien. A veces me daba un bono extra en dólares por el 5 de mayo, Halloween, Thanksgiving, la navidad. Trabajaba cinco horas diarias de las seis a las doce de la noche. A esa hora todavía tenía energía para rato pues el clima era muy agradable y sabiendo que Meredith me esperaba en alguna parte yo podía seguir despierto hasta el otro día y volver a tomar cursos y seguir trabajando en el restaurante. "Era el tiempo de la ardiente canícula. El tiempo en que nos tendíamos en el trigo caliente recién cortado o en las secas hojas llenándonos de besos por el olor de la miel tibia de las abejas que nunca migrarían. Era ese tiempo en que no nos atormentábamos si alguna vez moríamos consumidos por nuestro propio fuego. Era la estación donde el amor y la eterna juventud tenían que ser para siempre y aquello estaba escrito en los árboles cubiertos de fuego. En las piedras calcinantes de las montañas y en todos los caminos." Eso era lo que decía a Meredith, en mi inglés horroroso, sacado de un poema de un poeta norteamericano llamado Raymond Carver que tenía que leer y analizar en mi clase "Composición en inglés 101" que ella dictaba. Lo recitaba mientras íbamos hacia el norte pasando por un puente de color rojo en San Francisco. Era el verano de 1980, a fines de junio, e íbamos en dirección a las tierras de Napa Valley a probar el vino de aquellas viñas. Fue Meredicth quien organizó nuestro mapa para recorrer California todo el mes caliente de julio. El dueño del restaurante me dio permiso por todo ese mes y en un sobre puso cincuenta dólares de regalo. Para la bencina me dijo, sabiendo que iba con Meredith porque ella a veces venía a buscarme en la noche o nos quedábamos un rato tomándonos unos vasitos de mezcal con pedazos de naranja untadas encima con ají y chapulines tostados.

Mientras le recitaba aquello que me había aprendido de memoria, ella con la ventana abierta del Volkswagen amarillo me daba miradas tiernas yo creo más por mi pronunciación que la encontraba "very cute" decía. Tenía sus pies desnudos puestos en la ventana. Un vestido floreado color lila y blanco que levemente por la briza dejaban ver sus hermosos muslos color marfil que yo tocaba tímidamente como si mi mano fuera una pluma. Ella cerraba los ojos y me decía que le recitara otra vez eso de la canícula y ponía mi mano más arriba entre sus piernas, calientes por el sol del verano. Afuera el olor de la hierba amarilla de California nos hacia soñar que este viaje a lo mejor era irreal.

Con sus ojos cerrados, mientras yo manejaba, Meredith me decía en inglés, hablando desde su sueño, "you are my boyfriend and I am your girldfriend, for ever". Luego de dos horas manejando paramos en una viña de Napa Valley donde probamos varios vinos, sentados en unas mesas que estaban en el balcón. Desde allí podíamos ver las extensas viñas de uvas negras y uvas blancas. Recuerdo el vestido de Meredith ese día cuando caminamos por las viñas comiendo uvas. Transparente a veces cuando le llegaba el sol. Horas después estábamos en un hotel en Mendocino. Por la ventana abierta podíamos sentir el oleaje del Pacífico. Oler la brisa que entraba al cuarto con olor a algas, el día de sol, el vino, la caminata por la viña, la imagen de su vestido que subía por sus piernas. Entonces ella empezó a sacarme lentamente la camisa en aquel viejo hotel de California donde se quedaban en el siglo XIX los que iban a hacer fortuna por la fiebre del oro. Me invadió un gran deseo. Una pasión que había acumulado todo el día. Quemándose mi corazón de alegría. Haciéndose frágil toda mi piel cuando ella me tocaba. Cuando me besaba en la boca mojando mis labios con el vino caliente de esas viñas. La luz del sol se reflejada en las copas de cristal. Su vestido delgado que rosaba mi cuerpo en llamas. Me tomaba el miembro erecto y lo ponía en su boca untándolo con su saliva caliente. Pensaba si aquello se repetiría en un futuro lejano con cualquier otra persona. Si alguna vez tengo un hijo tuyo tendrá tu nombre y si es mujer se llamará Beatriz, me dijo cuando viajábamos por California. Ella tomaba píldoras para no quedar embarazada pero a veces se le olvidada. Yo no me preocupaba de usar condón porque ella me dijo que no le gustaba sentir un plástico dentro cuando hacíamos el amor. Meredith tocaba el piano pero nunca me lo había dicho. Fue en ese mismo hotel donde lo supe y nos quedamos tres días porque podíamos ir a la playa que estaba a diez minutos caminando. Era un piano muy antiguo que el primer dueño tenía para divertir a la gente que pasaba por aquel hotel persiguiendo la fortuna en alguna parte de California. Me dejó sorprendido cuando se levantó para ir a sentarse al piano. Tocó "Un lugar en el verano". Cerró los ojos al tocar. Igual cuando estábamos desnudos y me susurraba con mucha ternura cosas incomprensibles en mi oído debajo de las sábanas.

He pensando ahora en todo aquello desde la lejanía a que irremediablemente nos lleva el futuro. En esas mínimas sorpresas que cada uno ofrece al otro. El origen donde crece la pasión para que la relación entre una pareja se mantenga viva. El tedio y la indiferencia arruinan el amor. Recién parecía descubrirlo. Quizás era únicamente un recibidor y jamás fui alguien que dio mucho. Pero fue el tiempo aquel en que nos llenábamos de sorpresas con Meredith. La espontaneidad de hacer dos sándwiches, poner refrescos en un bolso y salir a caminar por un parque de California. O como cuando nos bañamos en un rio un día de mucho sol, desnudos y abrazándonos, excitados a pesar del agua fría. Desde lejos, en un pequeño monte donde había una hermosa casa con pinos a los lados, una mujer anciana nos miraba hacer el amor en el agua. Luego de un rato desapareció. Días antes de terminar nuestro viaje, Meredith dijo que me tenía otra sorpresa. Como te gusta el cine vamos a ir a una playa al sur de California. No dijo nada más. Bajamos en traje de baños a una pequeña playa protegida por una gran roca. Nos sentamos en la arena muy cerca del oleaje. Ella tenía un bikini negro que contrastaba con su piel blanca que iba lentamente bronceándose. El agua volvió a cubrir levemente nuestros cuerpos. Luego Meredith me besó y me trajo hacia ella quedando yo sobre su cuerpo mojado y besándola mientras el breve oleaje nos volvía a cubrir. "Nadie nunca me había besado en la forma como tú lo haces". ¿Nadie? "No, nadie", me respondió. ¿Ni siquiera uno?, le volví a preguntar. "Ni siquiera uno", me dijo dándome un largo beso en la boca. Luego cuando volvimos a la arena a tomar el sol me dijo que lo que hicimos era una de las escenas más famosas del cine de Hollywood de 1952. Que la habían filmado aquí mismo en esta playa de Big Sur. Era la película "De aquí a la eternidad" con Burt Lancaster y Deborah Kerr. Pero luego supe que esa escena no se había filmado en California sino en una playa llamada Halona Beach en una de las islas de Hawai. No me importaba si Meredith sabía eso o no, lo importante fue la sorpresa erótica.

Antes de conocer a Meredith conocí en un bar de California a una mujer que era el vivo retrato de Kim Novak quien junto a William Holden hicieron la película "Picnic" en 1955. Ella se llamaba Marie y me invitó un día a su casa. Mi inglés era terrible porque hacia unos tres meses que había llegado a Estados Unidos y yo me comunicaba en general con monosílabos y gestos. Ella era muy joven y tenía un hijo de 14 años. Era tan parecida a Kim Novak que hasta su misma madre me lo dijo. Una vez un agente de cine la vio y quiso que fuera la doble de Kim Novak para una película pero Marie no quiso y su madre siempre quedó con un rencor contra ella por "no aprovechar esa oportunidad y hacerse rica y famosa para salir de esta mierda en que vive. Abandonada por un hijo de puta que le hizo un crio y jamás quiso saber de él". Ella hablaba así y siempre refiriéndose al padre de su nieto como "ese hijo de puta". Su madre era alcohólica y fumaba mariguana. Vivían de "Food Stamps" que les daba el gobierno. A ella por no sé qué. Quizás por su esposo muerto en Vietnam. A Marie por madre soltera y abandonada. Marie fumaba mariguana. A mí no me interesaba la mariguana sino estar al lado de Marie como si estuviera al lado de Kim Novak. Yo en ese tiempo casi vivía las películas que miraba sin establecer ninguna diferencia entre la ficción y la realidad. Pensaba que así tenían que ser los que escribían libretos de cine. Confundir la ficción con la realidad como era mi sueño pero que al final nunca logré y no me imaginaba que iba a trabajar de cartero toda mi vida.

Cuando visitaba a Marie me dejaba hablando con su mamá en la cocina y ella se iba donde su amiga que vivía en la siguiente casa a fumar mariguana. Y yo tenía que soportar a la madre de Marie que pasaba de un cigarro de mariguana a los cigarrillos mentolados porque no tenían nicotina, decía ella. Sus dedos estaban negros de tanto fumar pero no le rebatí eso de los cigarrillos mentolados. Yo sólo la miraba hablar y llegué en un momento a no ponerle ninguna atención cosa que a ella la tenía sin cuidado porque monologaba como una mujer demente. Yo sólo esperaba a que Marie apareciera en algún momento. Siempre volvía después de una hora como si entonces recordara que me había dejado esperándola en la cocina con su mamá. La mujer tomaba una cerveza tras de otra mientras su nieto jugaba solo con una pelota de beisbol y un guante gigante de cuero en su mano izquierda. La abuela cada diez minutos salía a mirar si su nieto estaba allí y le decía que tomara jugo de naranja. Luego volvía a sentarse conmigo y me decía que le gustaba Julio Iglesias pues sabía que yo era de Argentina pero ella ni tenía idea que era Argentina ni menos de otros países. Ella sólo hablaba de lo que veía en la televisión que siempre tenía encendida en su living. Desde la cocina yo oía el aparato. De repente ella se paraba bruscamente con la cerveza en la mano y buscaba el control remoto. Y daba vueltas por el living. Rebuscaba en el sofá hasta que lo encontraba. Apuntaba el control remoto hacia el televisor cambiando a varios canales. De repente exclamaba, "oh mierda, oh mierda". Me decía algo desde el living. Yo no tenía idea qué es lo que estaba hablando. Luego lo dejaba en un programa y volvía a la cocina a hablarme de Julio Iglesias. Como yo hablaba un inglés muy elemental trataba de poner mucha atención para entender pero no sé cuánta paciencia tenía para estar allí con un ser de otro planeta, me decía a mí mismo mientras ella encendía otro cigarrillo y volvía a salir al patio a ver si su nieto estaba allí y le volvía a decir que tomara jugo de naranja.

Con Marie había una atracción silenciosa. Pero tampoco sabía dónde terminarían esas visitas a su casa. Una vez ella me siguió en su carro y llamó a la puerta de mi apartamento. Escuchamos música. Bailamos. Nos besamos. Y me preguntó que dónde estaba mi cama. Tuve que preguntarle qué me estaba diciendo porque habló muy rápido. Y partimos a hacer el amor. Toda la imaginación de estar con una belleza tan idéntica a Kim Novak como en la película "Picnic" fue un poco decepcionante porque ella se tendió en mi cama desnuda sin decir nada. Muy bella pero no tuvo ningún gesto de ternura. Cerró los ojos y dejó que yo hiciera cualquier cosa. Antes me preguntó si yo no tenía alguna enfermedad venérea que la fuera a contagiar. No entendí qué me estaba preguntando al principio entonces volvió a repetir lentamente la pregunta. Dije que ninguna. Es que no hace mucho tiempo alguien me contagió y estuve dos meses tomando antibióticos. Ah, le respondí. Fue la penúltima vez que nos vimos. Le mentí cuando le dije dos días después en la casa de su madre que me iba a otro Estado en un mes más. Ella me miró con la misma belleza enigmática o deliciosa cuando Kim Novak mira a William Holden mientras bailan juntos en una fiesta de Labor Day en un parque y luego cuando éste tiene que irse del pueblo en un tren de carga porque es pobre. Pero la mirada de Marie era sólo una miraba ficticia, imaginada por mí. Eran como las imágenes que mi madre se hacía cuando escuchaba radionovelas melodramáticas en la pensión donde trabajaba.

Siempre esa experiencia con Marie o Kim Novak me ha seguido por muchos años. Nada le dije a Meredith porque con ella tuve un encuentro más real aun cuando ella misma me regaló una escena muy sensual que había visto en una película. No sé porque no seguimos juntos con Meredith. Ella nunca me dijo que deberíamos volver a vernos en el futuro. Yo tampoco prometí nada. Nos separamos porque tenía que irme de California y la sensación de atarme para siempre me aterraba. ¿No estás embarazada? Le pregunté. No te preocupes, fue su única respuesta que podría ser sí o no. Yo recién había llegado a un país nuevo y quería vivir más. Pensando que encontraría siempre otras Meredith en mi vida. Esa ilusión de que la felicidad estará siempre al alcance de la mano. No sé si podré encontrar otra vez alguien que me bese como tú, me dijo Meredith el mismo día que yo partía de California para West Virginia o para Minnesota. Yo le dije lo mismo. Y me dio de regalo un sobre. Dentro había una copia de la película "De aquí a la eternidad". Aún conservo esa película. Sólo ahora comprendo cuánta razón tenía Meredith en aquella playa de California hace muchos años. No había entendido su mensaje hasta este momento que te lo estoy diciendo a ti.

12

Así terminé de contarle a Azucena mis dos años en California. Nunca hablé de esto con Ani. O muy superficialmente por esa censura que ambos nos fuimos autoimponiendo. La parte sensual quedó guardaba en un baúl. Al compartirlo con Azucena era lo mismo cuando alguien va al siquiatra y éste le pide al paciente que cuente   alguna parte del pasado para luego hacer una evaluación y cobrarnos los 50 dólares por la hora. Azucena se reía cuando dije esto último pero me escuchó todo el tiempo. Nunca apartó sus ojos verdes de mi cara. Yo pensaba que su miraba era un estimulo sensual muy intenso para seguir con mi historia pero no se lo dije. Aún no llegaban Elizabeth ni Frank así que Azucena comenzó diciéndome. ¿Sabes que esa canción "Un lugar en el verano" me la pidió hace poco un hombre en su fiesta de soltero donde me invitaron a bailar? Ya te conté que me contrata gente que quiere una fiesta exclusiva. Y te dije que yo no soy puta. Sino una geisha moderna. Bailé esa música mientras hacia un delicioso striptease. Tuve que repetirla tres veces porque el festejado estaba muy impresionado con mi actuación. Música que deberíamos bailar tú yo alguna vez en mi apartamento, me dijo Azucena bien coqueta mirándome con esos maravillosos ojos verdes, sus mejillas de color del durazno y su sonrisa de dientes perfectos y blancos. Dije que sí, que yo iría a su apartamento a bailar cualquier cosa con ella.

Bueno, siguió Azucena, la fiesta era un día viernes. Esto fue hace dos semanas. Una despedida de soltero. Me llamó mi agente y me dijo que un grupo de amigos querían dar una fiesta sorpresa a su amigo que se casaba en dos días más. Que él era una persona especial. No un ser vulgar sino bien sofisticado. Culto. Amante del cine y la pintura. Tenía una colección de cinco cuadros de Balthus, el pintor francés. Ah, interrumpí a Azucena, ¿es el mismo pintor que mencionó Paul a Elizabeth? Sí. Búscalo en internet. Allí está toda su pintura. Yo me enteré antes para saber quién era y qué pintaba. Tú sabes, yo soy muy culta aunque me gusta la diversión y un poco la vida loca, pero no tan loca, lanzando otras de sus grandes carcajadas que contrastaban con el tamaño de su cuerpo. Con mis clientes, como toda geisha rusa-alemana que soy, me gusta la buena conversación acompañada de un buen vaso de vino, pero no en copas de papel ni de plástico, sino en fino cristal de Polonia o de Hungría. Eso le dije a ese hombre cuando aparecí en aquel restaurante de lujo donde habían arrendado el bar completo por toda la noche con invitados hombres y mujeres. Había tres pantallas grandes de televisión donde se mostraba simultáneamente una película en blanco y negro. No vas a imaginar qué película tenían puesta. Estaba sin sonido. Fue un pedido especial de esos amigos porque el festejado, que era amante del cine, siempre hablaba de esa película. ¿Qué película era?, le pregunté a Azucena. Pues "El Ángel azul". ¿Y qué tenía de especial esa película? Recuerda que te conté sobre ella donde trabajaba una actriz famosa, mi abuela, ¡Marlene Dietrich! Era bastante alto y atractivo el hombre. Podría haber tenido entre 35 y 40 años. Vestía muy elegante. Ropa costosa. Una camisa color azul oscuro y una corbata de seda gris que armonizaban perfectamente con su traje negro y unos zapatos italianos. Eso de los zapatos es un detalle pero es un atractivo muy erótico para mí. Me gusta el tango porque sin unos hermosos zapatos para bailar, el tango es una mierda. Por eso me caen mal las lesbianas de nuestra clase que bailan con zapatos de tenis y más encima… ¡con gorros de béisbol! Es como acariciar a una mujer desnuda con guantes de trabajador de la construcción. Bueno, el hombre hablaba en español con alguien antes de acercarse a conocerme. Mi agente me había dicho que era un hombre latino muy especial y no de esos estereotipos que muestran algunas películas. Me ofreció muy atento su mano al saludarme. Parecía tímido pero noté que yo le gustaba. Como era muy alto, me subí a una especie de escenario que habían preparado para mí. Me dijo si deseaba beber algo, ¿champagne? Le dije que prefería el vino. Y en una copa de cristal agregué. Ese detalle parece que le impresionó porque me miró con si yo fuera una reina. Te trataré como a una reina me dijo mirando de reojo mi escote donde velozmente vio algo que pensó prohibido pero eróticamente atrayente.

No muy lejos en la pantalla sin sonido miraba yo de reojo la escena del profesor viejo que va al cabaret donde bailaba Lola, la Dietrich. No quise decirle al festejado la relación mía con la actriz de la película. Quizás podría haber roto un encanto o aumentado más una atmosfera semidecadente donde me encontraba. Ese erotismo donde todo es muy fino, elegante, pero cada persona piensa por dentro en que ojalá ocurra algo sexualmente perverso durante la noche. Había allí un tipo extraño, a propósito de perversidad. Vino directo hacia mí. Se presentó con un nombre raro, Kurbi. Era su apellido y no mencionó su nombre de pila. Dijo que era de origen norteamericano, inglés, chileno y argentino. Trabajaba en una universidad importante en Nueva York. En trasplantes de cerebro. Decía ser una autoridad en ese campo. Se paseaba por el bar con una copa de champagne y vestía de traje negro, camisa blanca y una corbata roja. No sé por qué comenzó a hablarme de los campos de concentración nazi y de los experimentos que hacían allí con homosexuales, gitanos y enanos. A mí que me digan enana no me importa para nada. Pero él tenía un espíritu maldito. Sentí como si estuviera conversando con el demonio. Era raro porque sólo habló conmigo y luego seguía paseándose solitario por el lugar con una copa de champagne en la mano. Me imaginaba un doctor nazi como una vez me contó mi padre que no era enano sino de estatura normal. Eran mis abuelos los enanos. Mi padre sí sabía lo que eran los campos de concentración en Alemania y bajo Stalin. Yo sólo lo escuché y ni siquiera supo mi propio origen. Kurbi me vio como un ser raro. Como alguien que no tenía el derecho a vivir como ser humano sino condenada a ser un animal deforme para entretener a reyes, príncipes o dictadores o al festejado de esa noche. Era un hijo de puta, perdonando la expresión. Pasaría una hora y no lo vi más por ninguna parte. Yo creo en apariciones raras y quizás ese hombre vino para decirme algo. Como ocurre en los sueños en que hay que descifrarlos al igual que una pintura, me dijo el festejado cuando le hablé de ese hombre en la fiesta. El me dijo que no había visto a ninguno de los invitados con esa descripción ni apellido. ¿Crees que los sueños son un libro para entender lo que hacemos en la realidad?, le pregunté al joven soltero y que en 24 horas se casaría. Es como el arte, me dijo. Hay que analizarlos como si fuera una pintura. Por eso colecciono cuadros. Pero no para analizar mi vida sino por tantos detalles que hay y que el mismo pintor o artista no puede entender. Colecciono cuadros de Balthus, me dijo. ¿Lo conoces? Dije que más o menos. Que había visto algunas pinturas en Internet. Balthus pinta muchas mujeres muy jóvenes. Aquellas que están en el límite entre niña y el comienzo de su adolescencia. Son pinturas bien eróticas que podrían haber sido hechas por un pintor pedofílico. El siempre dijo que no había nada perverso en sus pinturas aunque muchos creen que él tenía una mente artística perversa. Cosa que yo no creo. Lo mismo se podría decir de Lewis Carroll quien fotografiaba a niñas púberes y escribió, por otro lado, Alicia en el país de la maravillas. O Navokov, el escritor ruso, tu compatriota. Puede que las grandes obras de arte en pintura y la literatura tengan sin duda un fuerte componente subliminal relacionado con los sueños y nuestro escondido erotismo animal. Historias que la imaginación deja correr libremente y no sabemos con certeza el origen de ellas. Sólo podemos analizarlas un poco pero transcurren como un río milenario que los seres humanos arrastramos inconscientemente. Es fascinante Balthus y por eso me interesa. Tu baile y toda la imagen que tú proyectas cuando actúas puede ser visto como mi gusto perverso pero no es sólo eso. Es el misterio humano que nos atrae ver algo nada convencional ni normal. Lo que se mueve en el fondo desconocido de nuestro complejo mundo interior. El ser humano puede ser arrastrado por alguna fuerza a lo diferente. O lo que muchas sociedades llaman, con más o menos tolerancia, lo prohibido. Lo más horrible que hicieron el fascismo y los socialismos reales fue impedirle soñar y pensar individualmente a la gente. Los campos de concentración de Hitler o Stalin son un ejemplo indiscutible. Hoy día en la edición del New York Time leí un sorprendente descubrimiento en arte. Se descubrió en Berlín, en excavaciones para construir un nuevo edificio, once esculturas enterradas y muy cerca del lugar donde murió Hitler. Eran obras influenciadas por el cubismo y el impresionismo que Hitler llamo "Arte degenerado" y mandó extirparlas para siempre de cualquier museo. Nadie sabe quién logró esconderlas desde 1942 cuando el edificio donde estaban las esculturas pasaron a mano del Reich que luego por los bombardeos en 1945 las cubrieron miles de escombros de edificios y permanecieron allí enterradas hasta ahora por sesenta y cinco años.

Yo lo escuchaba con los ojos muy abiertos. Luego el miró hacia las pantallas de la televisión y me dijo. Ya sabes que me gusta el cine y la película que está en aquellas pantallas con Marlene Dietrich muestra que cualquiera puede caer en la atracción por lo prohibido aunque sea un prestigioso profesor conservador como ese personaje. A lo mejor por eso me gusta mucho esa película ¿Quieres que te cuente un sueño que sólo tuve hace unos días? Y es un misterio aún para mí porque apareció únicamente ahora, a días de casarme. Y aquí lo que te decía. Debe ser tanto mi interés por los cuadros de Balthus que inconscientemente quizás se han metido en mis sueños. ¿Querrán decirme algo? O como tú me preguntaste si los sueños son un libro para entender lo que hacemos en la realidad. Yo seguía fascinada escuchando al festejado y le dije que sí, total la fiesta es tuya y tienes todo el derecho a compartir y hablar lo que desees. Estaba mentalmente excitada. Entre un placer sensual y un placer intelectual de entender la vida más allá de su superficie y de la aburrida cotidianidad. Ese placer que es la buena conversación que estimula todo tu cuerpo y tu alma. Que sabes que no eres ni una planta ni un animal. La conexión perfecta que siempre soñamos tener con nuestro amante. Ese goce de saber que la naturaleza , o Dios, te ha dado la capacidad de ser inteligente y transformar la vida y lo que está alrededor nuestro a través del arte, del baile y de la conversación.

Bueno este era mi sueño, dijo el festejado tomándose antes un buen trago de champagne. Viajaba yo en un tren con mis primos y primas. Ah, fíjate que yo solamente viajé en tren cuando era niño allá en el país donde nací. A veces viajaba con mi padre que me llevaba en tren con él a otra ciudad más grande donde tenía que hacer unos negocios. Mi familia tenía una hacienda. Era un campo que producía trigo. Había muchos animales que se vendían a los mataderos u a otras haciendas. Mi padre tenía más de 100 caballos y 300 cabezas de ganado. En las tardes de verano los adultos dormían la siesta y nosotros, mis cuatro hermanos, más siete primas y primos jugábamos siempre a las escondidas pero en silencio porque nos prohibían hacer ruido en la hora de la siesta. Nos escondíamos en otros cuartos que nadie usaba pero había camas, sillones antiguos, roperos gigantes donde se guardaba la ropa de campo que se usaba en invierno como mantas, sombreros. Había cajas con pañuelos perfumados. En otros cuartos había muchas monturas que olían a cuero. Aperos de lana de oveja, espuelas, más sombreros, zapatos para cabalgar, sacos de maíz. Todo era un juego mágico porque a veces casi nos perdíamos en aquellos cuartos y no podíamos encontrar a los otros primos. Muchas veces nos encerrábamos juntos una prima y un primo, o con dos hermanas en un ropero o cubiertos por mantas, pero en la oscuridad sólo sentíamos nuestros cuerpos. Usualmente los hombres usábamos pantalones cortos y las primas y hermanas delicados vestidos delgados de verano. Vestidos floreados de color rosado, azul, blanco, celeste. Rosábamos nuestras piernas, brazos o manos unos con otros. Cuerpos calientes por el juego. A veces una luz que entraba por una ventana dejaba ver rápidamente las piernas de nuestras primas o hermanas como una rápida fotografía quedando pegada en nuestros ojos. La imagen de sus vestidos arremangados hasta la cintura con olor a fresas maduras. Entonces en el sueño yo me veía solo en aquel tren y mi padre había desaparecido. También todos mis primos y primas. Bajaba en una estación porque el conductor me decía que había llegado a mi destino final. Yo en el sueño no sabía por qué me tenía que bajar en ese otro pueblo. Caminaba por el campo y llegaba a una casa. En esa casa estaban solamente mis primas y hermanas durmiendo o semidormidas. Estaban desnudas en una cama muy grande. Hacía mucho calor. En unas sillas había unas mantas muy viejas. Sus vestidos estaban en el suelo. Y una prima sin abrir los ojos me decía que no pisara su vestido negro bordado con rosas de color lila porque lo iba a ensuciar. Su piel era blanquísima igual al mármol y también rosada como los duraznos. Ven a dormir la siesta, me decía, pero no me toques el cuerpo. Sólo acuéstate al lado mío. Pero no me toques, volvía a repetir con su ojos cerrados. Yo me quité la ropa y me acosté a su lado sin siquiera tocarla pero sintiendo su respiración y el olor de su sudor. No me dormí sino que miraba un gran sombrero negro colgado en la pared que usaba mi padre cuando salía a caballo por el campo. Bueno, ese fue el sueño. Ahora dime ¿qué piensas? Es muy visual, fue lo único que pude contestarle rápidamente al festejado. ¿Tú ves algún otro significado que tenga que ver con tu nueva vida que comenzará en 24 horas más? Fue una pregunta que le hice. Me quedó mirando y dijo, no lo sé. A lo mejor lo sabré en un tiempo más. A lo mejor es una premonición de algo que aún no entiendo totalmente. No conversamos más porque él quería que bailara por tercera vez aquella canción que le gustaba mucho. La de aquella película con el mismo nombre, "Un lugar en el verano". Esa fue la última vez que lo vi. Me pagaron bastante bien y creo que el festejado agregó más dólares al cheque que me dieron. Se despidió y vi que tenía un tatuaje verde en su mano izquierda.

13

Aquel quinto domingo comenzamos a bailar un tango completo. Habíamos caminado un mes por tres horas cada domingo dando vueltas alrededor de la amplia sala de baile. Paul eligió las parejas. Frank bailaría con Elizabeth. Straigth con Azucena y Cora con Alfredo. Las lesbianas dijeron que ellas bailarían juntas y que una sería la líder. Paul entendió el mensaje de que ambas eran una pareja y no quiso desilusionarlas. Como quedaba yo solo me di cuenta que Lolita sería mi pareja. Azucena me miró como diciéndome que me había sacado la lotería. A lo mejor Paul se daba cuenta de cuánto yo miraba a Lolita. Pero dijo allí que había progresado mucho y estaba llegando a un estilo muy argentino al caminar. A poner delicadamente los pies sin arrastrarlos por el piso. Había logrado un buen equilibrio y postura. No caminaba tambaleándose ni encorvado como era en mis primeras clases. A todos les hizo una evaluación justa sin ofender a nadie, incluso a Cora y a las lesbianas que no habían progresado mucho durante el mes. A Elizabeth le dijo que tenía condición natural para el baile. A Frank que gracias a Elizabeth mostraba una musicalidad al caminar. A Straigth que finalmente había eliminado totalmente su estilo hollywoodense. Ahora sí que tenía un caminar al estilo argentino. Straigth se sintió tan contento, además era un tipo feliz las 24 horas del día, que invitó a todos al Diner a comer un plato griego que él prepararía. Para mí fue un alago que no me esperaba pero me di cuenta que Paul era un buen profesor porque había estado observando nuestro progreso por todo un mes. Pero había cierto misterio de por qué elegía parejas permanentes para entrar ahora a la parte más importante del tango. Íbamos a aprender el abrazo más cerrado combinándolo con el abrazo un poco distanciado y seguir el ritmo de una música que era necesario ser internalizada por dos personas para que el baile resultara perfecto y además fuera bello verlo desde la distancia.

Me di cuenta entonces que Lolita era sólo un poco más baja que yo. Con una cintura muy delgada que podía abrazar y guiarla sin problema. No me veía bailando con una de las lesbianas porque eran gordas. Paul dijo que pasaríamos otro mes bailando con nuestra pareja elegida. Que en cada clase elegiría diversos tangos y por tres horas íbamos a bailarlos hasta perfeccionándolos con varias figuras que él nos daría. Media hora antes de terminar la clase cada pareja bailaría sola un tango al azar ante todos para mostrar su progreso. Paul mostraría primero con Lolita los 8 pasos básicos y luego cinco figuras más. Las íbamos a repetir una y otra vez. El estaría observando a cada pareja y corrigiendo los errores. Ese era el plan para todo el mes con tres horas cada domingo. Ah, agregó Paul, durante el baile nadie debe hablar. Debe ser una concentración absoluta de la pareja y en completo silencio. Sólo la comunicación de los cuerpos, y principalmente la concentración del líder que debe indicar hacia donde se moverá o qué paso debe hacer su pareja. Lolita sólo me hablaba cuando yo cometía errores al dar los pasos. Fue un sufrimiento esas tres horas porque esos ocho pasos básicos del tango hay que hacerlos de la manera más perfecta posible donde muchas posturas del cuerpo del líder deben ser precisas. Controlar el peso de mis piernas para indicar que pierna moveré al caminar.

Luego el abrazarse y poner mi mano en una parte especial de la espalda de la mujer que debe ser igualmente precisa para no apretarla con violencia ni tampoco que sea flácida porque ella necesita recibir claramente el mensaje en su cuerpo y saber para dónde se moverá o se detendrá. Junto a eso, seguir la música.

Cuando termínanos esas tres horas yo estaba frustrado y creía que no podría manejar tanta información para llegar a la comunicación perfecta con mi pareja de baile. Terminamos la clase y nuestra demostración al final. Los únicos que lo hicieron medianamente bien fueron Frank y Elizabeth. Los demás no podíamos, principalmente los líderes, coordinar el baile. Fuimos a cambiarnos los zapatos para irnos. Le dije a Lolita si quería ir a al Diner de Straigth porque nos había invitado a comer un plato especial preparado por él. No, me dijo, pero de una manera que no quería que me sintiera mal. Además yo pensaba que no aceptaría. Era sólo mi estúpida fantasía. Además una casi niña iría a aburrirse en un Diner hablando de cosas que quizás ella aún no tenía por qué hablar ni pensarlas. Todos los que tomábamos clases éramos gente sobre los 50 años y con corazones quebrados, decía Azucena. Y algunos bastantes quebrados. Pero no sólo eso, muchos pedazos del corazón habían desaparecido para siempre por eso era imposible reconstruirlo. Esto último lo dijo Elizabeth en el Diner de Straigth. Juntar piezas que no existen es un trabajo emocional desgastador. Estamos todos ahora en una edad con nuestra vida sentimental un poco arruinada porque alguien nos abandonó o lo abandonamos. Somos el club de los corazones en ruinas donde cuesta encontrar los repuestos porque no existen. Todos nos reíamos por el sentido de humor de Elizabeth que no lo había demostrado mucho. Parecía siempre muy tranquila con gestos muy finos y sumamente educados. Eres como una princesa, igual a Marlene Dietrich, le dijo Azucena. Siempre Azucena sacaba a la Dietrich. Era una referencia obsesiva en ella. Pero fue esa vez que Elizabeth habló un poco de su propia historia a Azucena y a mí. Frank como siempre, estaba sentado en el mesón de espaldas tomando su café que le servía Cora. El hispano vino a nuestra mesa y nos trajo el plato que Straigth había preparado para nosotros para festejar el primer examen de tango que nos dio Paul en la clase de hoy. "Son berenjenas a la parmesana", gritó desde la cocina Straigth . El hispano dijo hola en inglés y nos sirvió a cada uno. Azucena se fijó en los brazos del hispano que tenía dos tatuajes de color verde. ¿Qué es?, le preguntó Azucena en inglés. El dijo en español que era una serpiente emplumada. Yo le traduje a Azucena y a Elizabeth lo que dijo el hispano. Se sonrió y se fue. Vi que Marilyn miraba al hispano que hablaba con nosotros. Yo intuía que algo había entre ellos pero no quería comentarlo con Azucena ni con Elizabeth. Luego vi a los dos reírse mientras preparaban algo en la cocina. Straigth no se daba por enterado lo que ocurría entre su bella esposa joven y el hispano. Yo imaginaba una tragedia cuando supiera Straigth porque éste aunque era un alma de Dios, generoso hasta lo imposible, alegre, podría despertarse un demonio dentro de él, pensaba yo, y producir una tragedia. Azucena un día me dijo que los griegos eran muy celosos y dominantes. Como yo sabía español quería hablar con el hispano y prevenirle que no estuviera jugando con juego porque él lo iba a pagar muy caro. La bella esposa de Straigth vivía en otro planeta, distinto al mundo tanguero de nosotros. No le interesada bailar tango sino escuchar música de los 50 y los 60. Siempre sonreía y realmente era el vivo retrato de Marilyn Monroe, especialmente en la película "Algo un poco caliente". Yo creo que el Diner de Straigth era popular por ella. Allí paraban todos los camioneros para verla y le decían cosas pero nunca eran groseros. Me la imaginaba bailando con Straigth aunque éste era un poquito bajo por eso Paul lo eligió para ser pareja con Azucena. O la imaginaba que era mi pareja y a veces me inventaba fantasías y envidaba al hispano que probablemente tenía un affaire secreto con ella y solamente yo lo sabía. Yo imaginaba que en algún momento el Diner ardería en llamas para siempre cuando Straigth se enterara y él mismo le pusiera fuego.

14

Después de 40 años casados, desde un teléfono de otro país, mi esposo me dijo que tenía otra mujer y que quería el divorcio. Así comenzó Elizabeth a contarnos su vida y por qué estaba tomando clases de tango. Emigramos hace 30 años desde África del Sur durante el apartheid. Llegamos primero a vivir a Manhattan un caluroso junio de 1980. Yo una mujer rubia y él un hombre negro. Nos conocimos a los 18 años y fuimos a la escuela de medicina juntos pero no podíamos ser novios en público. Era prohibida por ley la relación entre blancos y negros. Nos casamos en Inglaterra secretamente en un viaje de estudios. Al regreso ocultamos por un año nuestro matrimonio cada uno viviendo en un lugar diferente. Cuando ambos nos recibimos de médicos dejamos el país. No conocí antes a ningún otro hombre en toda mi vida. Me dediqué enteramente él, a nuestros dos hijos y a mi carrera. Imaginen que Uds. tienen junto a su corazón la otra mitad del corazón del otro que se incrustó por más de 40 años en tu cuerpo y en una llamada de tres minutos te lo arranca o intentan arrancarte esa parte pegada, unida a tu propio órgano. Sé que hay dolores más grandes, torturas más insoportables como las que vi en mi propio país. Campos de concentración en muchas partes del mundo. Por eso tampoco hablo de mí misma porque sé que alguien dirá que lo mío es algo personal y no comparable a otros mayores sufrimientos de la humanidad. Es cierto que distanciamos problemas personales con problemas que sufre un grupo mucho más grande de seres humanos. Pero es cierto que cada caso particular horroroso que ocurrió en los campos de concentración los sufría el cien por ciento de la gente encerrada allí. Un llamado telefónico de tu esposo que destruye tu vida no tiene comparación. Pero yo creo que no se puede plantear de esa manera el sufrimiento, sólo estadísticamente. Por ejemplo ¿cómo interpretamos una simple decisión de un hombre que tiene poder absoluto y que creará luego un holocausto? Las decisiones personales de Hitler, Stalin, Videla, Pinochet, ¿por qué no son también comparables a una llamada telefónica privada que derrumbará tu vida para siempre? ¿Acaso no hubo llamadas personales de esos dictadores que arruinaron únicamente una o dos vidas para siempre como los enviados al Gulag? ¿O que una llamada impidió que alguien entrara o saliera del país y eso afectó a padres, hermanos, hijos, para toda la vida?

Todas esas preguntas que se hacía Elizabeth nos dejaban pensando y no sabíamos cómo responderlas. Quizás había que volverlas a conversar, repensar. Yo poco sabía de asuntos políticos. Siempre estaba metido en la ficción del cine. Con Ani hicimos lo mismo. La vida era el mundo nuestro, el trabajo y el cine. Cuando cayeron las torres gemelas en Manhattan estábamos cada uno en sus trabajos. Ni nos llamamos por teléfono cuando eso estaba ocurriendo y la catástrofe era televisada directamente por todos los canales del mundo. Cuando volvimos a casa miramos hipnotizados una y otra vez cómo se habían desplomado aquellas torres. No teníamos respuestas sino que estábamos sorprendidos por lo que no entendíamos. Si hubiera sido la historia de una película esas caídas de las torres, seguro estaríamos hablando toda la noche de aquella ficción. ¿Por qué? Le pregunté a Elizabeth y a Azucena luego que Elizabeth nos contó brevemente de su abandono y todas esas preguntas que eran mucho más profundas que las mías. ¿O es que yo aún no tenía claro la explicación del abandono de Ani? O quizás la había abandonado hace mucho tiempo sin darme cuenta. Le había estado arrancando esa aparte pegada a su corazón. Elizabeth dijo que siempre recordaba un poema de un poeta negro de su país. Lo había escrito en la cárcel. Era muy breve y lo sabía de memoria: "Tengo un dolor como si el más cruel torturador me hubiera mutilado./Pusieran electricidad en mis músculos./ Me quebraran mis huesos./Me sumergieran en agua./ Me sacaran mis uñas./Me desfiguraran el rostro./Me pegaran con un fierro hasta adormecer mis últimos nervios./Me pusieran música con el más alto volumen mientras me azotan/con un látigo de fuego./Todo eso es posible que lo resista./Pero será más doloroso/cuando quieran arrancarme / esa parte tuya que pegaste junto a mi corazón."

Creo que decidí tomar clases de tango porque quería buscar una especie de consolación por ese abandono. No tenía idea del tango ni menos de Argentina pero su música me atrajo por su tristeza. Creo que bailando la tristeza me ha ayudado a salir de ella. Parece contradictorio pero esa es mi propia experiencia con el tango. Antes de tomar clases lo escuché por varios meses. Llegué a él por un programa en la televisión. Una pareja bailaba un tango y luego buscando en Internet compré varios CD. A veces bailaba sola sin saber ningún paso de tango. Sólo moviendo mi cuerpo. Pero sin tomar clases yo nunca sabría qué es bailar esta música. Tomé medicinas antidepresivas por un año e iba dos veces a la semana a conversar con un terapista hombre. Fui a unas clases de Yoga, meditación, pero la tristeza seguía en mi cuerpo y continuaba mi depresión sin sacarla de mi corazón. Lo más curioso es que no necesitaba, ni necesito aún, otro hombre en mi vida para olvidar al otro. Las mujeres podemos vivir sin un hombre por mucho tiempo y eso los hombres no lo entienden. En sociedades donde se reprime culturalmente a la mujer, esta no tiene otra opción que olvidarse para siempre de tener un nuevo hombre si se queda viuda o la abandonan con uno o tres hijos. Las estadísticas dicen que la mujer que vive sola vive mucho más tiempo que el hombre que se queda solo. Si Uds. leen o ven algunos documentales donde las mujeres solas han tenido que sobrevivir y sobreviven, entenderán lo que digo. Debe ser algo atávico en la mujer desde milenios. Yo lo vi tantas veces en África que podría dar muchos ejemplos de la capacidad de sobrevivencia de las mujeres en condiciones terribles.

Me di cuenta de muchas cosas que yo no había pensado ni tenía idea mientras Elizabeth nos hablaba. Era impresionante como cambiaba su rostro a veces dando vuelta la cara para mirar hacia la ventana del Diner. Pasaba a una juventud comparable a Lolita, y luego cuando nos miraba de frente aparecía una mujer de 85 años. No sé por qué sólo en ella vi ese cambio. Azucena parece que no lo notaba porque nunca me dijo nada. Ella la escuchaba como hipnotizada. Es que lo que decía Elizabeth era como si estuviera contando un poco la vida de Azucena, a la que jamás había visto antes y ni sabía nada de ella

15

A mí nadie me abandonó en la vida sino que los dos grandes amantes y compañeros que tuve se murieron justo cuando una parte de nuestros corazones se habían pegado, como tú dijiste Elizabeth. El primero era trapecista y salió como superman rompiendo la carpa, pegándose en la cabeza en un poste de la luz que estaba fuera. El segundo era el payaso más cómico del circo y murió de un ataque al corazón mientras bailaba merengue con un oso de Siberia en medio de la pista. Todo el circo se venía abajo riéndose de los grandes zapatos mientras bailaba y porque creían que era parte del número cuando cayó muerto al suelo. Como era de mi mismo tamaño, se veía más cómico con esos grandes zapatos, un sombrero gigante de guajiro cubano y vestido con ropa tropical. Cuando Azucena comenzó de esa manera yo miré a Elizabeth y no pude contener la risa que casi me atraganté con el café. Elizabeth quería reírse pero creía que debía mostrar un pésame atrasado por la desgracia doble de Azucena. Muchos miraron donde estábamos porque yo no podía parar de reírme. Azucena me miraba como sonámbula pero luego ella misma se puso a reír. Fue una tragicomedia tu vida sentimental, le dije cuando estaba más recuperado. Bueno, sí, dijo Azucena. Pero ya para de reírte, me dijo, y escucha, parece que a estos argentinos les gusta burlarse de todo.

Azucena tomaba su vida sin grandes tragedias quizás por su propia personalidad alegre, tierna. Amaba tanto la vida que no quería gastar un minuto en pasar deprimida. Creo que era la única en el grupo de baile que estaba para ser feliz bailando y no le interesaba para nada la melancolía o la tristeza del tango.

Pues sí, continuó Azucena, era cuando trabajé en un circo ruso en Moscú en los años 80 antes que se cayera el comunismo. Podíamos salir fuera del país pero bien vigilados para que nadie se asilara o se arrancara como había ocurrido con muchos artistas soviéticos que iban de gira al occidente. Viajamos por varios países de Europa y América Latina. Hasta en Cuba. Allí fue que Dimitri, el payaso que era más bajo que yo, aprendió a bailar el son cubano, salsa y merengue y los incorporó a un número muy divertido. Fue la primera vez que un circo ruso incorporaba algo latino y muy caliente como lo anunciaba el director del circo. Fidel Castro asistió a una actuación nuestra en Habana y le gustó mucho que un circo ruso famoso asimilara la música cubana, le dijo al mismo Dimitri cuando invitó a todo el circo a una cena con mucho ron y daiquiris. Pero esa vez yo estaba con Vladimir, el trapecista más bajo del mundo, decía el anuncio del circo. Era tan maravilloso verlo a él en las alturas de la carpa que parecía un pajarito de colores volando de un trapecio a otro. Yo en ese entonces no hacia striptease porque no era permitido en un circo socialista, sino que bailaba sobre un caballo blanco y usaba mi nombre ruso, Svetlana. Siempre tuve un equilibrio perfecto y podía caminar y darme vuelta sobre el caballo. Y el caballo giraba alrededor de la pista y luego galopaba más rápido y arriba iba yo sin moverme. Parecía pegada con cemento en el lomo del caballo blanco. Eso le gustaba mucho al público y por eso se enamoró Vladimir. Dice que me miraba desde arriba del trapecio. Decía que desde las alturas la perspectiva era mágica cuando iba parada sobre el caballo.

Vladimir no era muy comunicativo verbalmente sino a

través de gestos. Era de esos seres que adivinan lo que deseas. Pequeños detalles cotidianos que son los más importantes en la vida de pareja. Por ejemplo, yo sentía de repente deseos de tomar té y sin decirlo Vladimir salía de la carpa y regresaba con una taza de té caliente y algún dulce. Cosas así. A veces se levantaba donde estábamos sentados como si alguien lo hubiera llamado con urgencia y volvía con una manta que me ponía en los hombros porque pensaba que tenía frio. Y yo sí había comenzado a tener frio pero no decía nada. Para que les cuento, dijo Azucena sonrojándosele sus hermosas mejillas, cuando estábamos en la cama. Adivinaba lo que quería me hiciera o apretaba justo el botón donde está el placer más delicioso cuando uno está desnudo con un hombre. Elizabeth miraba a Azucena y a mí como si por primera vez escuchara a alguien que hablaba tan directamente de asuntos sexuales. Elizabeth tenía esa personalidad inglesa tan formal que contrastaba con la forma desinhibida de Azucena. Vladimir, continuaba contando Azucena, tenía siempre el rostro serio pero él a veces se reía muy fuerte de mis ocurrencias y locuras. Pasaba de la seriedad en su rostro de estatua a grandes carcajadas. Le gustaba escucharme y mirar mis ojos como un gato contento. Sé que estaba enamorado pero no decía nunca "te amo" sino que lo expresaba con gestos, adivinándote lo que querías, o sintiendo de verdad cuando estabas deprimida por algo. El desaparecía por unos minutos y te traía algo que te suavizaba el alma. No sé, algo que te hacia quererlo mucho más porque te dabas cuenta que te cuidaba sin decírtelo con palabras. Así era con otras personas por eso todos querían a Vladimir. Nunca encontré más en mi vida un hombre como él. Ni en Dimitri, el payaso que fue mi segundo y último amante.

Vladimir murió un día domingo cuando saltando de un trapecio al otro algo pasó que sólo lo vimos volar como un pequeñito misil ruso hacia la carpa, hacer un hoyo, y luego un ruido contra un poste de la electricidad fuera del circo. Murió en Paris porque allí estábamos de gira el verano de 1980, en junio exactamente. Eran las diez de la noche y aún estaba claro en Paris. Fue en Montmatre. El director del circo no autorizó llevarlo a una iglesia ni siquiera a una iglesia ortodoxa rusa. Solamente lo enviaron en un ataúd que parecía una caja de zapatos en avión directo a Moscú donde lo iba a recibir su padre y su madre. Yo me quedé en Paris porque teníamos que seguir en gira por Europa. Tampoco yo era su esposa sino su amante pero siempre me quedé con el recuerdo de un pajarito volando como un colibrí de un trapecio a otro. Había perdido a un gran compañero y no sólo a un amante. Como todos sabemos, no falta el que viene rápidamente a consolarte incondicionalmente. Y este fue el payaso Dimitri. Pasó dos meses consolándome o mejor divirtiéndome con sus chistes y ensayos. Yo como no soy muy dramática, me sentí muy agradecida de él por esa ayuda que me hacia olvidar un poco a Vladimir. Fue allí que aprendí a bailar la música cubana que él había asimilado cuando estuvimos en el Caribe. El necesitaba una pareja para practicar los bailes. Y así empezó nuestra relación a través de ese ritmo latino. Dimitri era el payaso con una memoria impresionante para imitar cualquier cosa con su cuerpo así que el baile era algo natural en él. Bailando con Dimitri más pronto que tarde fui a dar a su cama bien contenta y seguimos bailando desnudo merengue toda la noche y muchas más hasta que se murió. Azucena contaba todo eso con una naturalidad, sonriéndose, y yo no podía dejar de reírme de la manera que ella hablaba de su vida sentimental. Elizabeth rompió su herencia inglesa y comenzó a reírse conmigo.

Pero Dimitri era lo opuesto de Vladimir. El sol y la luna. Dimitri hablaba hasta en los sueños. Hasta cuando hacía el amor. Yo tenía que taparle la boca y que se callara por un rato por favor, le decía. Tenía tantas aventuras suyas o inventadas así que era un hombre bajito pero con una imaginación de unos veinte gigantes. Recuerdo una historia que me contó y me dijo era verdad, pero yo sabía que había algo de invención. Realmente no me importaba si era cierto no, a uno le gusta que le cuenten historias. Me alegraba mucho la vida y lo pasamos muy bien juntos, riéndonos de todo. Cada amante que uno amó mucho siempre es diferente al otro. Uno quisiera encontrar a uno solo con todas las características juntas de los otros. Pero eso es un sueño. Bueno, y Dimitri me contó esto. Dice que en Siberia una vez, porque de allí era él, iba caminando un día de primavera por un bosque. Entonces frente de él aparecieron dos osos pardos recién nacidos. Y a Dimitri le entró un pánico terrible porque sabía lo que iba a ocurrir. Que en alguna parte estaba la gigante mamá osa de color pardo, la especie más peligrosa de todos los osos, vigilando muy de cerca a sus cachorros. Y eso él lo sabía. Era como encontrarse con la muerte porque ella se iba a lanzar sobre él despedazándolo en un par de minutos. Los celos de una osa en Siberia por sus recién nacidos son mortales. La osa tiene un olfato poderoso y sabe distinguir entre el olor de un animal y el olor del hombre. Este último lo percibe en su mente como alguien que matará a sus crías porque ha aprendido a relacionar el arma de fuego con el hombre. Ha guardado en su memoria cómo huele el metal. Nadie puede escapar de ella aunque corra porque la osa correrá más rápido y lanzará su gran garra con uñas filudas rompiendo como un papel la espalda del hombre. Pero Dimitri había escuchado de su abuelo, y éste de sus antepasados, qué hacer en Siberia cuando estabas a centímetros de una osa parda gigantesca. A segundos que te rompa la cara y te parta el cuerpo en pedazos. Dimitri no llevaba ninguna arma de fuego y eso lo salvó. Se lanzó al suelo y se quedó quieto hasta que la osa apareció y comenzó a olerlo por todo el cuerpo. El vio las gigantescas uñas como garras de acero filudas que salían de sus patas. Luego de olerlo, la osa se fue con sus cachorros y se perdió en el bosque. Eso había escuchado de sus antepasados y es lo que había que hacer. La osa sólo quería estar segura que Dimitri no iba a matar a sus cachorros. Eso le cambió la vida. Llegó a quererla más porque en segundos comprendió, mientras la osa le olía la cara, cuan afortunado era estar vivo y que a lo mejor en segundos iba a perder para siempre esa facultad de pensar. Y en segundos pasó por su cabeza toda su vida y el deseo de no morir. Además aprendió a querer a los animales por esa facultad atávica de no matarlo sino matar por defensa propia y matar para cuidar a sus cachorros. Y por eso llegó al circo nuestro. El otro acto que tenía Dimitri era jugar en la pista con los tres osos pardos amaestrados que siempre llevaba el circo. Pero Dimitri tenía una enfermedad genética que venía de su madre. Un colesterol muy alto y aunque se cuidaba no podía llegar a los niveles normales. Le vino un ataque fulminante en una actuación en México mientras bailaba merengue con uno de los osos pardos en la pista y cayó al suelo. No había nada que hacer porque murió al instante. Desde hace más de veinte años que vivo sin pareja. Fue algo misterioso cuando Dimitri no estuvo más en el circo. Uno de los osos pardos parecía buscarlo en alguna parte. Se notaba que extrañaba mucho a Dimitri porque éste lo cuidaba, le daba agua, comida, le rascaba la espalda subido arriba del gigantesco oso. Algunos en el circo inventaron la leyenda que aquel oso pardo era uno de esos cachorros de aquella osa allá en Siberia cuando casi despedazó a Dimitri. Y como los osos pardos tienen el olfato más poderoso de todos los animales, ese cachorro siempre recordó el olor del payaso. La osa lo traía en el hocico luego de oler a Dimitri por todo el cuerpo y la cara traspasándoselos a sus cachorros misteriosamente diciéndoles quiénes eran los seres humanos buenos que nunca les harían daño. Fue el mismo director del circo quien inventó esa leyenda porque él dijo que esos osos eran siberianos. Yo no creía la historia, pero finalmente quise creerla para siempre. Soy adicta a la ficción, a la fantasía, a las leyendas, al juego, al misterio, ustedes ya me conocen. No sé si tendré alguna vez otro hombre a mi lado pero no me preocupa. Como dijo Elizabeth, las mujeres podemos vivir sin un hombre por mucho tiempo. Tenemos la capacidad de mantenernos vivas y querer ser felices aunque estemos solas para siempre a diferencia de los hombres. Y así terminó Azucena de contarnos qué hacia allá en Rusia antes de emigrar a este país. Se quedó mirando por la ventana del Diner de Straigth mientras caía la nieve. Era la primera vez que veía cierta melancolía en sus hermosos ojos verdes recordando quizás la nieve de su Rusia, de sus bosques de Siberia, que había dejado para siempre y donde no pensaba volver nunca más.

16

Parece que fue el tercer domingo del segundo mes cuando me di cuenta que había comenzado a bailar con cierta soltura y musicalidad. Me sorprendí mucho y Paul me dijo que eso me iba ocurrir en algún momento. A otros les toma mucho tiempo o nunca llegarán a otros niveles más complejos del baile. Había comenzado a asimilar varias figuras y podía hacerlas de memoria, combinándolas con bastante naturalidad. Lolita lo notó inmediatamente. Fue la primera vez que experimenté una comunicación especial al bailar con mi pareja. Como dije, Lolita era sólo un poco más baja que yo. Mi estatura es de un metro ochenta por eso era tan difícil bailar con Azucena. Yo estaba seguro que Lolita tenía 16 años pero me dijo en algún momento que tenía 18. Antes había sido bailarina de ballet pero hace dos años que estudiaba tango con la esposa de Paul y quería estar alguna vez en una gran compañía de baile de tango argentino. Yo no quería hablar mucho con Lolita o preguntarle cosas personales sino tratarla como alguien que me enseñaba a bailar bloqueando cualquier otro sentimiento. Pero al estar bailando con ella no podía dejar de pensar en el sueño que contó Azucena de ese hombre en una fiesta de soltero. Azucena había reproducido tan bien lo que soñó aquel hombre que para mí, con imaginación de guionista de cine, cada vez que tocaba su espalda yo pensaba en aquel sueño. Además ella usaba en las clases una blusa delgada color negro, a veces verde o color lila. Yo sentía que tocaba su piel caliente por el baile. O cuando practicábamos el abrazo más milonguero que es cuando la mujer pone su brazo alrededor del cuello del hombre, tocando con su brazo mi cuello desnudo, eso era una sensación muy placentera y volvía a pensar en el sueño de aquel hombre. Lolita usaba un perfume que luego quedaba en mi ropa. Llegué a sentir ese olor por horas después de nuestra clase. A veces muchos días después. Ni aunque tomara una ducha su perfume me seguía. Era un olor a fresas de verano y a duraznos maduros.

Yo a veces veía pasar a Jeanne, la esposa de Paul, que estaba en el otro cuarto bailando con los estudiantes más avanzados. Sólo contemplaba una parte de su cuerpo o su pelo rubio o sus zapatos o cuando bailaba con alguien. Era extraño que no sintiéramos la música o voces del otro cuarto cuando solamente estaba cubierto por una cortina. Quizás detrás de la cortina habría una ventana con un vidrio gigante que impedía escuchar la música o las conversaciones. Nunca supimos quiénes eran esos estudiantes. En un momento Lolita me dijo si yo quería practicar fuera de la clase. Yo estaba concentrado en el baile y no la escuché bien o quizás pensaba que era mi imaginación. ¿Qué cosa? Le pregunté. Y ella repitió la misma pregunta. En mi casa tenemos piso de madera y podemos practicar allí. Tengo mucha música de tango. Vivía con su madre que era divorciada. En una casa grande como esas casas que pintaba Hopper. Yo había averiguado quién era Hopper y también quien era Balthus porque Elizabeth y Azucena hablaron de ellos una vez en el Diner de Straigth. Dije que sí como si no fuera yo quien respondía. Me dio una tarjeta con su dirección y que mañana lunes estaba bien, pero en la tarde desde la seis porque trabajaba y estudiaba durante el día. Guardé la tarjeta en mi bolsillo. Luego en el Diner de Straigth yo estaba un poco silencioso y decidí no contar nada. Lolita quería ayudarme y nada más. Eso me decía a mí mismo mientras me volvían imágenes del sueño de aquel hombre que conoció Azucena.

Fui el lunes y estuve allí a las seis en punto. Abrió la puerta una mujer alta. Era la madre de Lolita. Rubia como su hija. Rostros ovalados muy parecidos. Sus ojos eran verdes. Apareció Lolita en pantalones negros bien delgados y cómodos para bailar. Quizás estaba practicando porque se escuchaba en otro cuarto música de tango. Su madre me ofreció café o té. Dije que té y pasamos a la cocina. Si quería pastel de manzanas. Le dije que gracias, que quizás luego. Lolita me mostró primero la sala donde había muchos libros y cuadros. Eran de su madre que era pintora y profesora de arte. A mi madre realmente le gusta reproducir a pintores famosos y tiene mucho talento. Pasó mucho tiempo estudiando en el Louvre. Y luego me mostró un cuadro que era reproducción de una mujer de Picasso. Y le pregunté si reproducía a Hopper o a Balthus. De Balthus tenía dos reproducciones. Lolita dijo que después me las mostraría. Practicamos cuatro pasos por casi dos horas. Uno era muy difícil para mí pero pude finalmente hacerlo con ella. Repasamos los cuatro pasos de distintas maneras combinándolos en un baile completo. Era como practicar un paso a la vez y luego ensamblarlos todos juntos en el baile. Lolita tenía el mismo perfume que yo tenía pegado en mi memoria. Practicamos el abrazo milonguero y el abrazo más separado según fueran los pasos que ella me hacia practicar. Yo estaba seguro que Lolita me invitaba a su casa porque yo dije que era argentino y ella no había conocido nunca a una persona de Argentina. Pensaba que era lógico conocer a alguien del país donde nació el tango. Me dijo si quería volver el miércoles a practicar más mientras en su cocina me servía té y su madre me ofrecía pastel de manzanas.

La madre me mostró dos reproducciones de Hopper y dos de Balthus y me explicó varias cosas técnicas. Uno era un cuadro de una mujer joven, desnuda, peinándose en frente de un gran espejo. Iba a decir que tenía un parecido a su hija, pero no dije nada. Pensaba que era inapropiado porque a lo mejor la madre pensaba que yo imaginaba a su hija desnuda. Me fui de su casa a eso de las nueve de la noche. Iba no sé si llamarlo contento o con una sensación de haber estado en un lugar que había soñado. Pasé a un Dunkin Donuts a tomar un café y a pensar. Quería estar tranquilo sintiendo lo que había vivido en la casa de Lolita. Revivir la práctica de baile. Los cuadros de su madre. El pastel de manzanas. Su brazo sobre mi cuello. La bella sala con piso de madera color nuez. Olía su perfume que tenía pegado en mi camisa. Recordaba los pantalones negros de Lolita y sus bellos zapatos de baile color lila. Sus cabellos rubios. Sus mejillas color del durazno. Sus ojos verdes. Tan alta como yo con esos zapatos de baile. En el Dunkin Donuts había un hombre muy anciano tomando café. Quizás tendría 85 años. Leía un diario de esos que regalan gratis. El diario era de ventas de casas. Ojeaba lentamente hoja por hoja el periódico. Miraba las fotos de la casas. A veces miraba hacia la ventana. Afuera había nieve acumulada. Y volvía a repasar el diario con fotos de casas. Estábamos los dos solos. Me dijo si yo tenía una casa. No, le dije. El dijo que sí pero no le gustaba porque ahora estaba en un lugar donde había muchos hispanos y estos habían transformado el barrio en un lugar de pandillas peligrosas. Todas las noches se oyen disparos y ruidos de autos. No dejan dormir. Hablan español. Pero soy viejo y no creo que nadie compre mi casa. Mi esposa me dejó hace 20 años y no sé donde vive pero no quiere divorciarse de mí. Espera que me muera para quedarse con todo la hija de puta. Mi único hijo no quiere vivir aquí. Quizás él la venda cuando yo muera. El vive en Charlotte, Carolina del Norte. Su esposa murió hace un mes en un accidente de carro en la carretera. Ella resbaló en la nieve y un auto que venía a mucha velocidad golpeó su carro y la mató instantáneamente. No tenían hijos. El otro carro era de un indocumentado de El Salvador o Guatemala parece. Y la policía dice que luego huyó. Un testigo dijo que tenía tatuajes verdes en sus brazos y uno en la cara, parecido a una lágrima cuando lo vio salir del carro y huir. La policía dice que probablemente el fugitivo huyó del país y a lo mejor está en México o en un país de ésos. Mi hijo me dice que venda la casa y que me vaya a Florida pero quiero buscar otra casa pequeña y quedarme aquí. Vivo solo. No tengo ni siquiera un perro. Los perros dan mucho trabajo. Hay que sacarlos a pasear, a mear y a cagar fuera. Ni tengo fuerzas siquiera para arrastrar un perro chiguaga, dijo sonriéndose con dificultad. Yo lo escuchaba y parece que había oído su historia en alguna parte. Terminé el café y me levanté para irme. Le dije buena suerte en la búsqueda de una nueva casa. Gracias me dijo, mi nombre es Chester, y siguió hojeando el diario mirando fotos.

El lunes volví a la misma hora donde Lolita. Me abrió la puerta su madre. Me dijo que Lolita llegaría en veinte minutos porque había mucho tráfico. Me preguntó si quería tomar té. Dije que sí. Pasamos a la cocina. Ella era muy amable y me hacía preguntas sobre mi país. Cuándo había llegado aquí. Qué hacía y por qué me gustaba el tango. Ella era inmigrante. Cuando tenía 2 años, a comienzos de los años 60, sus padres se fueron desde Inglaterra a Paris y allí vivieron más tranquilos luego que ambos, antes de conocerse, desde 1938 anduvieran escapando de Hitler y luego de Stalin. Lolita es mi única hija, me dijo. En el verano de 1980 cuando yo tenía 22 años conocí a mi futuro esposo en Paris mientras ambos estudiábamos pintura por la mañana en el Louvre y en la tarde recorríamos Montmartre. Pero sólo dieciocho años después tuve a Lolita. Ambos no queríamos tener hijos pero en mis cuarenta me quedé embarazada y a los cuatro años nos divorciamos. Al año siguiente emigré a Manhattan escapando de una situación muy dolorosa para mí que se asociaba con Paris: la muerte de mi padre y mi divorcio. Fui como mi padre quien tuvo una sola hija. Nací en Londres cuando él tenía 60 años de edad. Mi madre era judía nacida en Kiev, Ucrania. Ella alcanzó a salvarse de la matanza de judíos en Babi Yar entre el 29 y 30 de septiembre de 1941. Emigró a Inglaterra y tenía diez años menos que mi padre. Probablemente él no quiso tener hijos cuando era joven y vivía en Berlín en 1938 ni después porque no quería que ellos fueran adoctrinados por el fascismo alemán. Luego tuvo que escapar de alguna manera fuera de Alemania y sufrir también el envío de sus padres desde Gottingen a uno de los campos de concentración. Me gustó siempre el nombre de Lola por una película. Ah, le dije, seguro es donde trabaja Marlene Dietrich. Sí, dijo, ¿cómo lo sabes? Allí le conté rápidamente la historia de Azucena. El nombre completo de mi hija es Dolores Ksenia Hollenback pero a ella le gusta que la llamen Lolita. Mi padre trabajaba en el museo de arte de Berlín en 1938 pero él captó inmediatamente en 1920, a sus 20 años, cuando Hitler lee los veinticinco puntos del partido entre los militantes del partido nacional socialista. Eran bastante atemorizadores para los judíos. El punto número cuatro decía más o menos así, "para ser ciudadano hay que ser de sangre alemana, la confesión religiosa importa poco. Ningún judío puede, sin embargo, ser ciudadano". Mis abuelos maternos eran rusos judíos. Ellos habían vivido de niños la persecución de hordas antijudías cuando vivían en Byelostok y se acordaban del linchamiento a judíos que ocurrió en el llamado "jueves verde", el 1 de junio de 1906. Luego a sus 50 años los enviaron a un campo de concentración donde sólo mi abuela sobrevivió. Fue Dachau, el campo de concentración más inhumano de todos.

Oksana Ivanova me sirvió más té luego de contarme en tan poco tiempo casi toda la historia de su familia. Cuando me fui de su casa volví a pasar al Dunkin Donuts a pensar en lo que me había contado Oksana dándome cuenta que yo no tenía idea de lo que cada emigrante trae consigo a este país. Todos distintos al mío o al de Azucena, Elizabeth, Paul, al del hispano que trabajaba en el Diner de Straigth, Straigh mismo, hasta las lesbianas que parecían eran polacas. Me sentía muy ignorante en la historia de persecuciones en muchas partes del mundo. Justo cuando iba a preguntarle algo a Oksana llegó Lolita. Mientras practicábamos yo la veía de otra manera y nada le dije sobre la conversación con su mamá. Seguro que Lolita sabía muy bien la historia de sus abuelos y sus bisabuelos. Seguro podría darme lecciones de asuntos que yo no tenía idea. Había visto muchas películas sobre los nazis pero siempre las tomé como películas donde había malos y buenos. Me daba cuenta que yo no sabía ni siquiera la historia de mi propio país. Eso pensaba un poco mientras bailábamos en su casa . A veces perdía concentración porque al abrazarla me parecía tener a una nueva persona luego que su madre me contara quiénes eran ellos.

Otro día su madre me volvió a decir que a sus dos abuelos los enviaron a Dachau, el campo de concentración nazi cerca de Munich. Le pregunté a Lolita cuando terminamos de practicar por dos horas en su casa si ella había escuchado de su familia eso de campos de concentración en Alemania. Le dije que yo era bastante ignorante sobre eso y que solamente lo sabía por películas de nazis. Ella se levantó y fue a buscar una libreta de viaje donde escribía sobre sus impresiones y pegaba recortes de diarios. Comenzó a leerme cuando hace dos años fue con su madre a Alemania. Era un recorte de un diario alemán. Me lo fue traduciendo al inglés. "El 9 de noviembre de 1938 una sinagoga judía fue quemada por lo nazis en la ciudad de Gottingen, Alemania. Entre el fuego murieron muchos judíos. Aquella hoguera anunciaba una de las épocas más tenebrosas del siglo XX y los horrores que padecería todo un pueblo que vivía y rezaba de otra manera. Esas llamas comenzaron a aumentar mucho más en los años que siguieron a 1938. Por ellas miles y miles de judíos entraron en trenes a los paisajes horrorosos del infierno. El día 9 de noviembre de cada año, en el antiguo lugar donde estuvo aquella Sinagoga, se congregan cientos de personas a escuchar y sentir una de las más profundas ceremonias de Alemania. Hacía frío ese día martes 9 de noviembre a las 6 de la tarde. La antigua Sinagoga había sido reemplazada por un monumento cuyo diseño simbolizaba muchas cosas. Había un pequeño subterráneo donde estaban algunas placas con cientos de nombres. Sobre ese pequeño hoyo semi-cuadrado se veían unas vigas de metal que representaban unos rieles de trenes que entrecruzados formaban unos pequeños rectángulos. Sobre ellos, una bella escultura de metal plateado que mirándola desde el sótano hacia arriba, hacia el cielo, se veía perfectamente la estrella de David. El frío de aquel 9 de noviembre no parecía entrar por las gruesas ropas de las 600 personas que de pié escuchaban la ceremonia. Hacía un frío que calaba los huesos. Todos imaginaban que hace 72 años ese frío que ahora sentían (quizás comenzaba la nieve de invierno) traspasaría como cuchillos los esqueléticos cuerpos de miles de judíos que enviaban en trenes de los Ghetto a los campos de concentración. El viaje duraba tres horas desde Gottingen. Se salía de un lugar no muy lejos de la calle ahora llamaba Platz der Synagoge de donde ocurría toda la ceremonia. Todo comenzó a las seis en punto con una melodía tocada en flauta por 5 minutos. La melodía se llamaba "Eli, Eli" (canción tradicional hebrea). Luego, y por varios minutos, continuó lo que se llama "Vergessene Namen". Se iba nombrando primero una calle de Gottingen y luego nombres y apellidos de judíos que la policía nazi habían ido a detener. Después se mencionaba el lugar donde toda esa gente fue a parar. Finalmente la voz decía: "asesinado en Dachau" o "desaparecido". Fueron muchísimos nombres. Una letanía u oraciones de apellidos tal si fuera un largo collar de identidades que íbamos escuchando minuto tras minuto. Sólo esa letanía era suficiente para imaginar a cientos de gente con rostros angustiados o una larga caravana de personas por estas calles, apuntadas con pistolas o fusiles, para subirlas en trenes con destino al infierno. Luego en un intervalo -para respirar o suspirar por tantos nombres escuchados y los destinos inciertos de tanta gente- una voz continuaba: "Sarah y Ariel Zimmerman fueron arrestados en junio de 1942, enviados al guetto de Varsovia y al campo de concentración de Flossenbürg. Desaparecidos". La última melodía que tocó la flautista fue triste y melancólica. Se llamaba "Ghetto" y era de un autor anónimo. La ceremonia terminó con una oración cantada por un sacerdote. En cada pausa, una mujer iba mencionando cada Campo de Exterminio Nazi. Se nombraron exactamente 18 campos. Cuando finalizó la ceremonia muchos se fueron cabizbajos a sus casas. Algunos bajaron al sótano a saludar a ciertas personas. Había una mujer de quizás 80 años. Pelo blanco y de mejillas sonrosadas que sonreía con mucha tranquilidad. Ella fue una sobreviviente del campo más horroroso de los 18 campos de concentración nazis: Auschwitz. También había varios sobrevivientes de los 600 trabajadores que en 1944 salvó Oscar Schindler en Cracovia, Polonia. Pero algo siempre fue repetitivo cuando iban nombrando a las personas: muchas se suicidaban en sus casas antes de ser detenidos por los nazis porque sabían que iban a ser enviados a algún guetto o campo de concentración. Las edades de todos esos suicidas eran de los sesenta años para arriba".

¿Por qué te gusta bailar tango? Le pregunté cuando terminó de leerme lo que tenía en su libreta. Me quedó mirando con sus ojos verdes por un buen rato. Quizás la respuesta está en lo que acabo de leerte, me contestó. Entonces supe que sabía perfectamente sobre sus abuelos judíos y que ella había comenzado a tomar clases de tango luego que regresar de Gottingen, Alemania.

17

El cuarto domingo del segundo mes desapareció Elizabeth de las clases y nunca más regresó. Tampoco Frank volvió a ser el mismo. Regresó pero mentalmente estaba en un estado de alzheimer progresivo. Hablaba como si estuviera filmando una película. Decía que no quería saltar el barranco en un caballo. Luego que pusieran más protección cuando él cayera desde el quinto piso a la calle. Luego decía que quería tomar café en el Diner de Chico, California. Luego se paraba y comenzaba a bailar flamenco. El no quiso practicar tango sino que se quedó sentado. Dijo que esperaba a Norma Jeane Baker su esposa mientras miraba la puerta de entrada cada diez segundos. Luego quería ponerse los zapatos de baile pero no podía abrocharse los cordones. Cora tuvo que sacarlo de la clase y llevarlo de vuelta al lugar de ancianos donde vivía. Fue la última vez que vino a las clases. Elizabeth llamó a Azucena por teléfono durante la semana y dijo que no volvería más por lo que le había ocurrido el lunes pasado. Realmente yo pensaba que lo podía ayudar pero cuando me encerró en su pieza con llave para que viera cerca de 50 películas donde él siempre aparecía de espaldas me di cuenta que yo estaba en peligro, le dijo Elizabeth a Azucena. Me mantuvo una hora encerrada y quería que viera en las películas todas las partes donde él aparecía. Me decía que yo estaba presente cuando filmaron las escenas. Luego que cuando terminaban las escenas yo corría a abrazarlo y a besarlo. Que me gustaba morderle los labios hasta sangrar. Ahí me di cuenta que estaba ante un peligro muy grande encerrada en su pieza. No sé cómo alguien comenzó a golpear el cuarto pero Frank no quería abrir. Les dije a las enfermeras que él había cerrado con llave por dentro. Y entonces sentí carreras en el pasillo y la escalera. Frank parece que había perdido la sensibilidad auditiva porque no escuchaba en la puerta los golpes de las enfermeras y seguía el señalándome con el dedo en la pantalla alguna escena donde estaba él. Luego hablaba de un Diner en Chico, California, de Robin Hood en un parque, de cuando nos fuimos juntos, decía, hacia Los Ángeles. Luego me preguntaba que cómo pude matar a ese jugador de beisbol que te arrebató de mi lado. Fue Cora quien vino a rescatarme con tres policías y dos enfermeras para que Frank abriera la puerta del cuarto. Fue ella quien luego me contó todo el pasado de Frank. Cuando reemplazaba a actores famosos en Hollywood. Fue Cora que comenzó a hablarle a través de la puerta. A convencerlo que la abriera y me dejara salir. Yo no supe como abrió finalmente la puerta porque me produjo a mí un pánico muy grande. Una soledad muy profunda en esa pieza que parecía estar soñando una pesadilla. Me vino el recuerdo cuando me abandonó mi esposo y me lo dijo desde otro país por teléfono. La misma sensación. Cuando se abrió la puerta, la primera persona que me ayudó y abrazó fue Cora. Esa misma mujer que en las clases de tango y en el Diner de Straigh parecía tan fría, amargada, distante, la que fuma compulsivamente. Las enfermeras y la seguridad policial llevaron a Frank no sé a dónde y no lo vi más. Cora me sacó de allí y me dejó en mi carro pero me habló cerca de una hora contándome todo el pasado de Frank y de ella misma y por qué ha estado toda su vida dedicada a ese hombre. Eso me calmó y pude regresar más tranquila a mi casa. Decidí no volver más a esas clases de tango.

Cuando Azucena terminó de contarme aquello, los dos

miramos a Cora que seguía sirviendo café a los clientes con esa misma impenetrabilidad que le conocíamos. Luego la vimos salir a fumar y por la ventana mirábamos que daba grandes bocanadas a su cigarrillo contemplando la nieve acumulada en aquel día de invierno. Tampoco Cora volvió más a las clases después del cuarto domingo de tango porque no había motivo. Ella iba por Frank y para nada le interesaba aprender a bailar. Su corazón estaba demasiado duro para ser tocado por una música triste de una parte lejana del planeta donde ella ni tenía idea donde estaba Argentina. Frank tampoco volvió más al Diner de Straigth.

18

Comenzábamos el segundo domingo del tercer mes de clases y sólo quedábamos Straigth que bailaba con Azucena, yo con Lolita, y las lesbianas que no se enteraban de nada. Cuando no vieron a Elizabeth ni a Frank ni a Cora en las clases ni siquiera preguntaron. Ellas seguían sin aprender mucho y mi curiosidad era de por qué estaban allí e insistían en ir cada domingo sin mostrar ningún progreso. Paul era siempre muy amable y volvía a repetirles una y otra vez que debían caminar de cierta manera y no de otra. Y éstas no podían caminar de forma recta ni paralela ni menos en forma cruzada. Straigth se enteró por Cora lo que había ocurrido con Frank y Elizabeth pero tampoco le afectó mucho. El mundo había que gozarlo de la mejor manera posible, decía él. Entonces me di cuenta que bailaba tango porque esa música le permitía adquirir una destreza con los pies y nada más. Silbaba siempre el mismo tango, "El muchacha du cirque", pero al igual que Cora las letras de los tangos y Argentina eran para él unas estrellas muy lejanas en el universo. Yo no estaba seguro cómo reaccionaria cuando se diera cuenta lo que ocurría secretamente entre el hispano que trabajaba en la cocina y su bella Marilyn Monroe. Eso sí que era una historia perfecta para un tango, me decía a mí mismo y seguro a Straigth no le haría mucha gracia silbar ese tipo de tango. Ese

114

domingo llegué temprano al Diner de Straigth después de la clase. Azucena me dijo que llegaría más tarde porque tenía que arreglar otro compromiso de un baile privado con otros clientes para el próximo viernes. Estaba el hispano en un descanso comiendo su cena en una mesa. Marilyn estaba haciendo algo en la cocina, parece que sacando del horno sus famosos pasteles de manzanas. No había nadie aún en el Diner. Lo saludé y le dije si me sentaba con él. Cora me sirvió café y yo estaba dispuesto, indirectamente, a aconsejarle sobre el problema en que se estaba metiendo con la mujer de Straigh. Pero antes quería empezar con la típica conversación sobre su país, el mío, qué hacíamos aquí. Y luego iba a entrar a darle consejos. Yo no sabía por qué quería meterme en esto. Quizás por la simpatía con Straigth y por la belleza de Marilyn. Yo veía claramente una tragedia donde Straigth podría asesinar al hispano y a su propia mujer y luego ponerle fuego al Diner. Me acordé de lo que me contaba Ani que los griegos eran muy celosos llegando al crimen si alguien los engañaba, y especialmente si su bella y joven esposa se acostaba secretamente con otro hombre que era hispano y trabajaba para él.

Hace cuatro años que estoy en este país. Sin papeles. Entré por el desierto de Sonora. Casi me morí de la sed y de una infección de una araña que me picó. Pero el coyote que me cruzó era buena gente y él traía unos medicamentos para eso porque sabía lo que encontraríamos al caminar por ese desierto. Nos cruzó a cinco y tuvimos que tomar agua por gotas cada día para que nos alcanzara hasta llegar a alguna ciudad norteamericana. La migra seguía con helicóptero alumbrándonos en la noche pero persiguió a otro grupo y así nosotros nos arrancamos por unos arbustos y no nos vieron. Pero yo vengo desde El Salvador y pasé varias fronteras: la de Guatemala y la de México. Desde Guatemala a México hay que cruzar un rio y en Tapachula hay que subirse a unos trenes de carga para llegar a la frontera con Texas. Un viaje de dos mil millas de viaje tratando de que inmigración de México no nos agarren y nos deporten hacia nuestro país. Es terrible porque suben mareros a los trenes de carga a robar a la gente. Como el tren de repente disminuye velocidad en alguna parte allí es donde ellos suben con pistolas, machetes y te dicen que les des todo el dinero que llevas. Algunos llevan unos dólares escondidos en la suela de los zapatos y los mareros ya saben el truco y a todos nos hacen sacarnos los zapatos. Yo tuve suerte porque uno vio mis tatuajes y no me revisó nada. Entonces allí el hispano me mostró sus tatuajes del brazo derecho mientras miraba a Marilyn que no nos miraba. Yo le pregunté qué significaba esta M, la S y el número 13. No te puedo decir, me dijo, pero quiero borrármelas y sé que hay médicos que lo hacen aquí pero es bien caro. Por eso el marero en el tren no me dijo nada cuando vio estas letras. Pero no puedo decirte, me volvió a repetir mientras miraba de reojo a Marilyn que seguía trabajando en la cocina en sus pasteles de manzana. Me repitió lo que antes me había contado Straigh que trabajó en California haciendo lo mismo en una cocina mexicana de un peruano que le dio trabajo por 5 dólares al día y podía quedarse a dormir en el sótano donde guardaban cajas de vino y cervezas. De allí se fue a Nueva York porque había una comunidad grande de salvadoreños en Long Island y podían resolverle el asunto de papeles para que estuviera legal y trabajara tranquilo. Pero no le ayudaron y partió a Connecticut con otro salvadoreño que sabía que en un hotel necesitaban gente para lavar platos y limpiar los cuartos. Y de allí al Diner de Straigth porque necesitaba un cocinero. Straigth siempre contrataba a indocumentados porque quería ayudarlos y le recordaba cómo habían llegado sus abuelos de la misma manera a este país. Era generoso pero seguía siendo un griego cien por ciento y seguro podía matar al hispano si sabía que su esposa tenía un affaire secreto con él.

El salvadoreño era hijo de un ex guerrillero y poeta que

peleó en la guerra en los 80. Se llama Otoniel Guevara, dijo el hispano, pero su nombre dentro de la guerrilla era "Roque". Fue muy conocido y sobrevivió a todo. Una vez estaba mi padre en la montaña, era junio de 1980, y le agarró una infección por todo el cuerpo porque lo picó una plaga de mosquitos. Había que sacarlo de allí o se moriría. Lo disfrazaron de campesino y lo pusieron encima de un burro. Así paso secretamente por entremedio de un cordón de 50 militares armados hacia San Salvador donde lo llevaron a un hospital. Aún mi padre tiene temblores en el cuerpo y dice que es como si le picaran muchos mosquitos a la vez. Sus huesos quedaron afectados pero él sigue vivo y muy alegre. Organiza encuentros de poetas en mi país. Yo me quedé muy niño con mi madre. Nací en 1985. Cuando él se sintió mejor volvió a meterse en la montaña. A veces regresaba en forma clandestina a ver a mi madre y al día siguiente desaparecía. La primera vez que lo vi tenía 6 años y la guerra estaba por terminar. Después de la guerra a mi padre le vino una depresión y se dedicó al alcohol, a las drogas, a las mujeres. Vivía como suicidándose. Vio muchas muertes de amigos en la montaña y también las masacres que hacían los militares. Cuando mi padre aparecía por la casa después de meses se sentaba un rato y me miraba. Le dejaba algún dinero en un sobre a mi madre que todavía era muy joven. Una vez él me vio estos tatuajes y no me dijo nada. El sabía qué significaban. Seis meses después regresó y me dijo que debía irme de El Salvador y que él podría ayudarme a cruzar las fronteras hasta llegar a Arizona. Y aquí estoy desde hace 6 años en este país.

En ese momento que paró de contarme algo de su vida, iba a intentar suavemente decirle que tuviera cuidado con Straigh y su relación con Marilyn pero justo llegaron clientes y Marilyn lo llamó para que comenzara a trabajar en la cocina. Y recogió sus platos y me dijo riéndose que le gustaría a aprender a bailar tango argentino. Sólo sabía bailar salsa y bachata. Marilyn le sonrió cuando regresó a la cocina y le dio una palmada en el hombro. En ese momento entraban Azucena y Straigh. Este venía cantando ahora el mismo tango de siempre, "El muchacha du cirque" pronunciándolo en un español horroroso. Y como siempre parece que no se enteraba de lo que estaba ocurriendo entre el hispano y su bella esposa parecida a Marilyn Monroe.

19

Yo volví el tercer lunes a la casa de Lolita. Su madre me invitaría otra vez a tomar té mientras esperábamos a su hija. Oksana me enseño más cuadros que había reproducido. También hacia clases en el departamento de arte de una universidad. Sabía cada detalle de muchas grandes obras y me explicó algunos en los cuadros de Balthus que ella había reproducido. Es impresionante como una pintura puede tener tanta información, me decía Oksana. Es como un arqueólogo cuando analiza una vasija de hace mil años. Se puede determinar hasta el comercio de pinturas, la importación de telas de otros lugares, la influencia en la arquitectura. O la dieta de algunos grupos privilegiados como en los cuadros de Rembrandt o en los fabulosos cuadros del neerlandés Johannes Vermeer. Yo hice una reproducción de tres cuadros de Vermeer que quiero mostrarte, me dijo. Yo le pregunté, recordando la historia que me contó Azucena, si Balthus tenía una obsesión sexual al pintar mujeres muy jóvenes en actitudes bien eróticas. Le dije de mi afición al cine y había directores que incluían consiente o inconscientemente un subcódigo sexual muy sofisticado llegando a la perversión en tomas y escenas de mucha belleza visual. Pero no era la perversión criminal sino algo que provoca un desconcierto sensual en los espectadores como lo hace Balthus en sus cuadros. Casi veo poco cine porque mi pasión es la pintura, me respondió Oksana. Las películas que me han interesado tienen que ver con la historia de algún pintor pero no es lo mismo. Siempre se retrata en el cine a un genio con problemas emocionales muy fuertes y de allí su genialidad. Esa forma de analizar a un artista es muy superficial o más bien toca el tres por ciento de toda su personalidad.

Mientras Oksana hablaba yo me decía si realmente con Ani discutíamos bien las muchas películas que vimos juntos o eran solamente juicios subjetivos que no tenían ninguna relación con la complejidad de una obra de arte. Oksana me confundía pero eso me hacía pensar que con Ani vivíamos dos mundos sin ninguna relación. Por un lado hablando ingenuamente de ficciones y por otro ocultando lo que éramos como parejas y amantes. O eran las películas un escape para no hablar de nosotros. Para huir de nosotros mismos hasta ser insensibles, invisibles y olvidar tocarnos. Oksana me explicó lo que ella entendía de Balthus y que podía ser una teoría solamente porque el proceso de hacer arte es como introducir un siquiatra en el cuerpo de un artista. Seguro, me dijo con mucho humor, que al salir de ese viaje el siquiatra tendrá que buscar el mismo a otro siquiatra para armar un complejo laberinto. Balthus odiaba la complejidad en el arte. Se aburría leyendo poesía hermética por ejemplo. Sus cuadros son muy claros y allí Picasso jamás estará por ninguna parte en su obra como influencia, principalmente el cubismo. Su segunda esposa, Setsuko, era una mujer japonesa y mucho más joven que él. A los 82 años Balthus tenía una hija adolescente de 16 años de Setsuko. El nunca le permitió a su hija Harumi que entrara a su cuarto donde pintaba cada día ¿por qué? El dijo, refiriéndose a su propia pintura y personajes, que las niñas entre 13 y 16 años son las únicas criaturas que todavía pueden pasar por pequeños seres puros y sin edad. Creo que a él le interesaba la pureza pero no desde la beatitud, sino desde su capacidad negativa. La pureza como acción corruptora. Como una condición amenazadora y atávica. Y aquí piensa en lo que te dije. Que Balthus se trague a un siquiatra y este recorra como un submarino toda su mente y su cuerpo. Seguro el siquiatra al regresar escribirá tres artículos pero traerá maletas de información que no tiene idea cómo empezar a armar el puzle y le pasa las maletas a su propio siquiatra que con información de segunda mano sacará las más especulativas interpretaciones. ¿Así hablaría con Lolita? Estaba seguro que no sólo era una madre sino una mujer sabia para su hija. Y Lolita siempre silenciosa con su bella sonrisa y yo que la había mirado como lo habría hecho mi viejo amigo de Minnesota, Felipe Morel.

Oksana era judía rusa pero no practicaba esa religión sino que se consideraba una mujer espiritual sin pertenecer a ninguna iglesia, me dijo. A veces iba a alguna catedral cristiana y se sentaba por una hora como puede hacer un budista o un mahometano o un cristiano o un judío en sus propias iglesias o templos. Allí me di cuenta, continuó Oksana, que el único amor que hubo entre mi esposo y yo fue el estar solamente juntos aun cuando de allí salió una bella hija. Mi esposo no quería hijos y cuando quedé embarazada él me dijo que me hiciera un aborto y eso me dejó muy resentida cuando tuvimos la discusión en nuestra propia cama. Nuestra vida íntima, aunque nos gustaba a ambos el arte, siempre fue fría o muy formal desde el principio. Me di cuenta después de divorciarnos que yo no había tenido nunca ningún interés en una intimidad física con mi esposo. Lo peor que me dejó desbastada fue cuando me dijo que tenía una relación secreta con una mujer más joven. Yo tuve que obligarlo a confesar porque sospechaba. Busqué ayuda en algunos amigos y ellos me confirmaron que sí, que mi esposo tenía una relación secreta en la misma compañía donde él trabajaba como arquitecto principal. Caí en una depresión muy profunda y muy desorientada porque de alguna manera quería a mi esposo pero no sentía ninguna atracción íntima que me acercara a él. El amor es muy extraño e infinitamente diverso porque cada uno es un universo. Cuando firmamos los papeles del divorcio nos dijimos el uno al otro, lo que te decía, que el único amor que hubo entre nosotros fue el estar solamente juntos. Eso fue cuando Lolita tenía 6 años. Desde entonces me dediqué a ella y a mi vida académica, a mis pinturas. Me siento feliz ahora y no había pensado, ni siquiera imaginaba, que podría existir un estado de paz interior en mí viviendo sola. No necesito de un hombre a mi lado. Quizás me equivoque porque aún está Lolita conmigo y es la más bella compañía de mi vida. Somos distintos a los hombres, sea la civilización que sea, pero Uds. no pueden vivir solos. Una vez se divorcian inmediatamente buscan a alguien con desesperación. Quizás teman quedarse solos porque no están hechos para quedarse sin nadie a su lado y eso parece atávico en los hombres. Las labores cotidianas de la casa siempre las ha hecho la mujer. Es ella la que hace sobrevivir a la familia como sea. Y eso es universal en la historia humana. El hombre sale a cazar, a la guerra y vuelve a casa a esperar la comida que está preparando la mujer. Cierto, hay excepciones donde el artista hombre quiere vivir solo y en al arte hay algunos casos pero por lo general el artista quiere tener a su lado una compañía. No más te menciono el ejemplo más conocido que es el de Picasso. Pero hay muchos más y muy patéticos donde el artista hombre ha usado a su mujer casi como una esclava aunque en público la presente con mucho amor pero esas han sido las apariencias públicas. Lo que importa es la vida privada que nadie sabe. Basta leer las biografías de mujeres que vivieron con grandes artistas o pensadores, incluido el intocable Marx, Einstein o el magnífico Diego Rivera y su relación con Frida Khalo. O León Trosky con su mujer.

Mientras Oksana me hablaba con una gran confianza y

sabiduría yo intentaba ubicar mi vida en este momento en todos esos ejemplos. Pero me dejaban confundido porque a lo mejor yo era el típico hombre muy parecido a su esposo. Yo pensaba que su vida tenía cierta relación a la mía. Yo le conté brevemente mi vida con Ani y ella me escuchó atentamente mirándome siempre a los ojos. No sé por qué le dije que tenía una bala al lado del corazón. Oksana pensó que era una metáfora que significaba un dolor permanente por mi historia con Ani o mi infancia. No, le dije. Es verdad. Cuando joven en mi país alguien me disparó en el pecho. Fue un amigo que tenía problemas emocionales con una mujer y ese día quería matarse y llevaba en su bolsillo una pistola pequeña. Estábamos varios amigos en una casa conversando y el sacó la pistola y se la puso en su cabeza. El disparo no salió, luego apuntó a otro amigo, el disparo tampoco salió. Luego dirigió la pistola hacia mi pecho y salió la bala. Me salvé por milagro. Aún hay un pedazo de bala incrustada en la vena aorta. Para siempre, me dijo el doctor. Es mejor dejarla allí. Tengo realmente una bala al lado del corazón. Cuando terminé miró mi pecho tratando con su miraba ver aquel pedazo de metal dentro de mi cuerpo. ¿Será por eso que empecé a tomar clases de tango para sanarme de la separación de Ani como si hubiera sido un disparo al lado del corazón? Le pregunté. Es muy posible, me dijo. Parece que tú hace muchos años andas con tu corazón adolorido. Pero sólo tú lo sabrás por más respuestas que yo te dé o que un siquiatra analice tu caso. No digo que un analista no nos ayude. Yo creo que sí ayuda porque te pone las cosas al revés y te sugiere que mires en ti lo que no habías pensado mirar. Yo fui a una analista mujer sólo por tres meses y fue suficiente. ¿Sabes lo que me dijo finalmente?, siga pintando. Sólo eso fue su respuesta. Yo había dejado de pintar desde antes de divorciarme porque no le encontraba ningún sentido reproducir pinturas que otros habían pintado. Me parecía una pérdida de tiempo. Algo bastante mecánico. Pero el analista me dijo que pensara lo que iba reproduciendo cuando pintaba. Y eso hice y aquí tú me ves. ¿Entonces necesito un analista? , le pregunté a Oksana. No. No necesariamente. Por lo que me dices nunca tuvieron amigos sino que eran solamente ustedes dos. Ahora me dices que conoces a varias personas en tus clases de baile. Probablemente las vidas de ellos te pueden dar luces para que entiendas por qué Uds. no eran felices realmente aunque me dices que vivieron un amor especial pero desapareció lentamente hasta quedar en la nada y ella se fue de ti. Te abandonó, como me dijiste. Te sientes abandonado. Y cuando uno se siente abandonado es porque fue incapaz de tener amigos con quien relacionarse. Perdiste esa parte humana. O ambos la perdieron juntos.

Mi abuela paterna me contaba que en los campos de concentración todos sentían un abandono imposible de describir. Que alguien te trate como a un animal y te lance a un lugar cercado con alambres de púas, perros que te ladran sin parar, soldados que te maltratan hasta dejarte casi muerto. Los que algunos hacían era contarse sus vidas. Las partes más felices de su vida pasada. Eran narraciones simples que en ese lugar y en aquellas condiciones inhumanas ayudó sobrevivir a muchos. Eran simplemente historias individuales que se transformaban en algo universal para todos ellos. Volvían a mirar las flores. El mar. Los amigos de infancia. La madre preparando algo. El padre jugando con ellos. Algún paseo a un campo. Cabalgar en el verano. Buscar fresas silvestres en un bosque. El beso de alguien que te amaba. Caminar libre por una calle. Claro, había muchos que no querían escuchar nada sino morir. A cientos o miles los salvaron esas historias breves, tiernas, con muchas imágenes que no podían ver desde el campo de concentración. Así pudieron resistir un poco más cuando finalmente terminó toda esa pesadilla del fascismo alemán. Quedamos un rato en silencio mientras yo miraba a Oksana. A lo mejor tú has sido ahora mi analista y sin pedirte que me tomaras como paciente, le dije. Justo llegaba Lolita para nuestra clase de tango.

20

El tercer domingo del tercer mes Paul nos tenía otra sorpresa a los que habíamos comenzado hace tres meses, desde enero. Aún había nieve acumulada y el frío no disminuía pero había más luz en las tardes cuando a las seis nos íbamos al Diner de Straigth. Quedábamos Straigth, Azucena, las lesbianas y yo. Dijo que el segundo viernes del próximo mes habría una milonga muy importante en Manhattan. Explicó que milonga era un baile de tango donde iban los bailadores a bailar formalmente. Era común tener milongas y a veces se invitaba a una orquesta de tango argentino. Dijo que de nuestra clase había seleccionado a dos parejas para que ese día hicieran una presentación pública de un tango. Estarían rodeados por los mejores bailadores de tango de Nueva York y Boston quienes aprobarían con sus aplausos su "graduación" para pasar al nivel más avanzado si queríamos seguir aprendiendo más. Ya sabíamos qué pareja no iba a mostrar lo que aprendió durante tres meses en esa milonga próxima. Las lesbianas no habían avanzado mucho y Paul les dijo cordialmente que si querían podían seguir otra vez en el nivel básico el próximo mes. Ellas no dijeron nada ni tampoco les afectó no ser seleccionadas. Movieron la dos la cabeza al mismo tiempo y nadie supo qué significaban esos movimientos. Paul les dijo que luego de la clase podían hablar privadamente con él. Así que Azucena y Straight sería una pareja, y la otra era Lolita y yo. Como no había otra mujer de nivel básico, solamente Lolita podría ser mi pareja aunque fuera la instructora ayudante. Además, me dijo Paul, lo importante en tu caso es que demuestres que eres un buen líder en el tango. Cada pareja desde ahora seleccionarán dos tangos que más les gusten pero en la presentación solo bailaran uno el primer viernes del mes que viene. "El muchacha du cirque", dijo Straigth en voz alta antes de que quizás yo lo eligiera. Todos reímos porque ese era su tango favorito aunque nadie entendiera la letra. Y luego Azucena dijo "La cumparsita". Yo le había dicho a Lolita en su casa que a mí me gustaba el trango "Madame Ivonne" porque Paul me la nombró al contarme su historia en Paris. También elegimos otro tango.

Azucena estaba feliz y saltaba como una niña por la noticia de Paul. Yo me vestiré como una reina y mujer fatal al mismo tiempo, dijo riéndose. Y yo, dijo Straigh, me compraré el mejor traje de chaqueta cruzada en Nueva York, una camisa negra y una corbata roja. ¿Y tú?, me dijeron todos, ¿cómo irás vestido? No sé dije, aún ni he pensado, pero sí quiero encontrar los zapatos más hermosos para bailar tango. Esa es la parte principal del baile. Sé qué estilo de zapato quiero, pero es un secreto, dije riéndome. Bueno, dijo Paul, cada pareja va a ir a una sala distinta aquí y practicarán solos. Yo estaré yendo de una pareja a otra para ayudarlos. Tenemos sólo tres domingos, o sea nueve horas de ensayo para que ustedes finalmente se luzcan en la milonga ante unos doscientos bailadores que estarán mirándolos. ¡Doscientos!, grito Straigh emocionado. Azucena le dijo, yo he actuado ante mil personas cuando viajaba en un circo así que doscientos no es nada, mientras hacía unos pasos de tango apegándose sensualmente al cuerpo de Straigh. Cada pareja partimos a nuestras salas individuales donde había un equipo con música. Comenzamos ese día a practicar el segundo tango que elegimos. A las seis Azucena, Straigth y yo nos fuimos al Diner. Lolita volvía a su casa. Ella nunca fue al Diner de Straigth y yo ahora podía entenderlo mejor. ¿Qué iba a hacer con nosotros allí una mujer joven? Era mejor así. Además cuando yo iba a su casa olvidaba el Diner de Straigth y entraba a otro mundo que sentía me curaba el corazón aún herido por la partida de Ani. Esa bala incrustada que llevaba pegada al lado del corazón. Allí en la casa de Oksana yo percibía algo que seguía sintiendo por Ani pero sin embargo sería imposible resolver y volver juntos otra vez. Además había recibido hace dos meses una carta de su abogado mencionando la fecha en que nos veríamos ante la corte para firmar definitivamente el divorcio. La casa de Oksana era otro refugio cálido. No era mejor que el Diner de Straigth sino diferente que me permitía ver varias perspectivas de vida entre los amigos que había hecho desde hace tres meses. Los trabajos de reproducciones de Oksana estaban más conectados a la realidad, a la historia de carne y hueso que viendo películas con Ani. Oksana tenía un espíritu amplio que no dividía sus predilecciones artísticas entre buenas y malas, perversas o políticamente correctas. Por eso no juzgaba las pinturas de Balthus como las de un pedófilo encubierto. Esa creo era una gran atracción que sentía por Oksana. Por otro lado, yo bailaba en esa casa con Lolita, mirándola de otra manera. Como si ella bailara con un dolor muy viejo que lo transmitía, sin proponérselo, desde su propio cuerpo al mío. Una mujer de 19 años (en la casa de Oksana supe la verdadera edad de Lolita) quien parecía de 16, tenía una sólida conciencia histórica de un holocausto que sufrieron sus propios abuelos. Eso contrastaba con la ignorancia de un tipo como yo, 31 años mayor, que poca idea tenía de lo ocurrido en Chile y Argentina, éste último era el país de mi madre y luego también mi país adoptivo. Fue Oksana quien le transmitió esa memoria a su hija. Yo recordaba entonces la historia que me contó Paul cuando en Paris conoció a Felipe Ángel Villoldo, el que tocaba el bandoneón y cuando los militares torturaban a gente en Argentina. Un día se la conté a Oksana y ella me contó historias parecidas que también hicieron los nazis. Ella sabía que la amistad mía con Lolita era estrictamente de amigos de baile. Y era cierto. Como era cierto que Lolita era muy bella y bailar juntos era muy sensual pero yo no quería pasar imprudentemente una línea que me estaba prohibido cruzar porque iba a herir a una mujer joven. Las fantasías de los hombres de mi edad por las mujeres mucho más jóvenes son reales. Son casi las mismas que pintaba Balthus o las que escribió aquel Nobel japonés. Todas han sido siempre fantasías masculinas. Me explicaba Oksana que el hombre es más visual respecto a cómo ve a una mujer y quizás eso explique también a artistas tan visuales como Balthus o Picasso donde proyectaron esa mirada estrictamente masculina al pintar mujeres. Hay que entenderlo de esa manera porque los que obligan a ser políticamente correctos son muchas veces unos fundamentalistas que no comprenden aquel mecanismo masculino que es propio de la especie. Las mujeres somos lo opuesto. Casi siempre miramos o describimos nuestro propio cuerpo. No hay ninguna pintora famosa o no famosa que haya pintado a hombres desnudos ni menos a jovencitos de 14 años que podrían ser sus hijos. Claro, la sociedad debe controlar esa imaginación visual que los hombres tienen de la mujeres para que no se transforme en una perversión generalizada pero a veces es imposible como ocurre ahora con las miles de páginas que hay en Internet. Si Balthus existiera y viera los allí los millones de fotos de muchas muchachas de la misma edad que él pintaba en poses parecidas aún no puedo imaginar qué pensaría. Lo mismo con Picasso y otros. Oksana me quedaba mirando, esperando la reacción de lo que me había dicho. Le respondía que muchas cosas tenía que reflexionar porque lo que ella me decía no lo había pensado nunca por no leer más y sólo ver películas toda mi vida y trabajar en un correo. Creo le gustaba mi respuesta porque era sincera. Si no hubiera tomado estas clases de tango, seguro que seguiría siendo muy parecido a mi amigo Felipe Morel, el amante latino que venía del sur como yo mismo. ¿Y si Lolita me hubiera invitado para que yo realmente conociera a su madre? ¿A lo mejor antes le habría hablado de mí, de un argentino tomando clases de tango? No sé. Quizás sí. O quizás sólo fue una coincidencia que conociera a Oksana. En eso iba pensando mientras manejaba hacia el Diner de Straigth. Al llegar pensamos que había que celebrar la noticia de nuestra próxima graduación. Straigth era el más feliz y entró a su Diner bailando unos pasos de tango y fue directo a abrazar a su esposa besándola y dándole la noticia. Ella se alegró y se notaba que no era fingida su alegría. El hispano sonreía aunque no entendió muy bien cuál era la noticia. Straigh sacó de alguna parte una botella de Champagne y la tomamos los tres mientras Straigh preguntando todo el tiempo qué les perecía si compraba un traje color negro o café o rojo para su baile. Qué camisa sugeríamos nosotros. Azucena se reía y le dijo que le mostrara antes cuál traje quería comprar porque no quería bailar con un hombre vestido de payaso. Le dijo a Azucena que podían practicar durante la semana aquí en su casa. Su casa estaba a una cuadra del Diner. Allí tengo piso de madera y discos de tango, dijo. Pero tendría que ser el miércoles porque mañana lunes y el martes mi mujer y el hispano van en un viaje a New Jersey a comprar algunas cajas de hamburguesas congeladas a la misma fábrica procesadora de carne. Cuando dijo eso yo inmediatamente supuse lo que antes imaginaba. Yo creo que Azucena pensó lo mismo pero ella no iba a hacer ningún comentario porque ahora Straigh era su pareja de baile. Si este descubría algo antes de la graduación el baile se iría al carajo y Azucena habría perdido para siempre la oportunidad de bailar ante los mejores bailadores de tango en Manhattan. En el lujoso salón de baile que está al lado del Empire State. Y ella como era histriónica, amante del espectáculo, exhibicionista y coqueta, jamás se perdonaría eso.

Además le importaba un carajo si no tenía la altura ni las piernas de su famosa abuela, según ella, la Marlene Dietrich. Así que Azucena permaneció muda sin hacer ningún comentario de lo que yo pensaba iba a ocurrir cuando Straith supiera la relación secreta entre Marilyn Monroe y el hispano.

21

Habían pasado cinco meses desde aquel email que recibí en El Salvador y los mismos sin tener ningún contacto con Ani. Únicamente una carta de su abogado donde me decía que si yo estaba de acuerdo con lo escrito en el documento, entonces sólo quedaba fijar la fecha para ir a la corte y firmar los papeles del divorcio. Pero un día después de venir de la casa de Oksana había un email de ella. No era muy largo. Decía que no teníamos que dividir nada. Ni menos la casa que habíamos comprado. Que me quedara con ella y yo pagara la hipoteca. Tampoco no quería ningún mueble. No decía nada de los gatos que estaban conmigo. No me importaba pero yo no quería vivir toda la vida con ellos. Ella fue la que amaba los gatos y no yo. Pero yo nunca la contradije en eso. Total eran unos animalitos que no molestaban. Ya vería qué haría con ellos. En la parte final del email escribía otra vez que me había despreocupado de ella como esposo. Sólo esperaba y esperaba que volviera a ser como cuando la conocí. Y esperé en silencio por dos años y no te diste cuenta, decía su email. Luego repetía la carta de su abogado sobre la fecha para la corte donde ambos teníamos que estar presentes. La cita sería un día viernes a las nueve de la mañana. Me quedé mirando otra vez su mensaje en la pantalla. Esta vez yo no era el mismo que recibió su email en El Salvador. Escribí lo que había estado haciendo estos tres meses pero me arrepentí y borré el párrafo entero. ¿Para qué? Me dije. En cambio le escribí dándole las gracias por lo de la casa y que estaría aquel día a esa hora en la corte. Leí otra vez mi mensaje y me daba la impresión que ahora cerraba un capítulo de mi vida porque estaba en otro. Recién me daba cuenta que no volveríamos a reencontrarnos nunca más aunque sabíamos que habían algunos sentimientos que jamás desaparecerían. Un amor que fue importante jamás desaparece, me dije, y a lo mejor era la letra de un tango que yo estaba repitiendo. ¿Había estado bailando ese sentimiento triste porque no quería que desapareciera lo mejor que viví con Ani? ¿Todos los que bailan tango hacen finalmente lo mismo en silencio, moviéndose abrazado junto a otra persona por una sala de baile escuchando una melodía bastante desgarradora? ¿Y Frank que era un demente aún así bailaba lo que había vivido hace muchos años con aquella mujer llamada Norma Jeane Baker? Pero Azucena ¿bailaba porque era feliz o porque esa felicidad era una forma de recordar a sus dos grandes amantes Vladimir y Dimitri pero también para expresar su sensualidad que le salía por todo el cuerpo y no la podía clausurar para siempre quedándose en su casa mirando fotografías viejas? ¿Y Paul y su misteriosa mujer Jeanne que conoció en Paris y aquel argentino que fue torturado y que tocaba el bandoneón según la historia que me contó? ¿Y Elizabeth bailaba para estar en paz consigo mismo como ella siempre repetía? ¿Y Lolita por qué quiso aprender a bailar tango luego de su experiencia en Gottingen? ¿Y Straigth, el griego? ¿Bailaba porque era solamente griego como Zorba el griego aquel viejo personaje lleno de vida? Cuando me dije esto último me puse a reír por meter a Straigth en un estereotipo que había visto en aquella famosa película con el actor mexicano Anthony Quinn. Y me di cuenta que esto que había dicho del griego, Ani no lo habría aceptado por burlarme de alguien sin captar que era parte de mi humor, pero sí Oksana, Azucena, o Elizabeth se habrían reído mucho. Esa era la parte que no podríamos reconciliar con Ani. Era una descoordinación dentro de la cotidianidad que enrarecía la relación y que podía aparecer en el momento más inesperado. ¿O era la descoordinación entre yo que había crecido en un sur lejano con otra persona que por más cubana que fuera sin embargo pertenecía al norte del planeta?

Quizás por eso se me fue metiendo lentamente un rencor en el alma que Ani llamaba "mi indiferencia". Eso fue que la hizo huir con violencia. Arrancando de la casa cuando yo estaba lejos. Llevándose toda su ropa, sus fotos, dejando vacio sus armarios, bolsas de cosas que no quería ver más pidiéndome las botara a la basura.

Eso encontré a las tres de la mañana cuando regresé a casa desde El Salvador. Una casa como si hubiera sido asaltada o los dueños se hubieran mudado dejando todo en desorden y bolsas de basura por todas partes. Y unos gatos dando vueltas, siguiéndome mientras a esa hora yo cargaba con las bolsas para hacerlas desaparecer de la casa. Ambos nos incomunicamos por las cosas más simples que hace una pareja cada día. Hacíamos por nada una tempestad en un vaso de agua, pero en otro nivel estábamos muy unidos cuando conversábamos sobre películas. A lo mejor para un analista habría sido fácil solucionar eso pero no fuimos a ninguno por orgullo. Pensábamos ¿qué podría saber una analista de uno mismo. Un extraño metiéndose en nuestras almas heridas? Tampoco teníamos amigos porque nuestros amigos eran personajes de películas. ¿Y por qué yo no huí primero? ¿Miedo que tenemos los hombres de quedarnos solos? A veces nadie quiere irse para no sentirse abandonado. Nos acostumbramos a la cotidianidad aburrida pero no fuimos capaces de abrir la puerta y marcharnos. No sé, me dije, pero quiero seguir bailando tango y tener de amigos a Azucena, Straigth, Oksana, Lolita, Paul, Alfredo y muchos más. Miré lo que le había escrito a Ani en mi email. Le agradecí por dejarme la casa. Dije que estaría ese día viernes a la nueve de la mañana para firmar el divorcio. Al final de la breve respuesta escribí mi nombre, Humberto. Apreté el botón de envío y apagué la computadora.

Los dos domingos siguientes, antes de presentar nuestros tangos en Manhattan, practicamos mucho. Yo iba los lunes y los miércoles a la casa de Oksana y repetíamos una y otra vez con Lolita los pasos de los dos tangos. Muchas veces en cámara lenta y luego todos los pasos juntos. Ensamblándolos y siguiendo sincrónicamente el ritmo de la música. Azucena y Straigth practicaban en la casa al lado del Diner unas horas en la tarde. Se abría inexplicablemente una maleta de recuerdos para mí. Aparecía constantemente el de mi madre. Su vida en el sur de Chile y Argentina . Tomando mate y escuchando radionovelas en la tarde y luego tangos. Había un tío que comerciaba productos de contrabando por el lejano sur entre Argentina y Chile. Compraba y vendía escobillas para lavar ropa, jabón, calcetines, calzones y sostenes de mujer, cremas para la cara, perfumes, cigarrillos, cuchillos, navajas, relojes, hojas de afeitar, peinetas. Eran productos que vendía a bajo precio. Me maravillaba ver tantas cosas que no conocía cuando abría los sacos al llegar a la pensión donde trabajaba mi madre. A veces él me pasaba, sin que me viera ella, un paquete de cigarrillos argentinos o unos calcetines que yo mostraba a mis amigos como si fuera algo de otro planeta. Estos me envidiaban que yo tuviera cosas que no se veían en los almacenes del pueblo. Mi tío pasaba todas esas cosas en sacos que ponía en un caballo y así cruzaba la frontera pero no decía nunca cómo se las arreglaba para que no se las quitaran. Entraba y salía de ambos países por pasos ciegos de la frontera, decía. O quizás por donde no había guardia o los guardias de la frontera se hacían los tontos a cambio de unos regalos de mi tío. No sé si era tío pero mi madre me decía que le dijera tío y que estaba emparentado con mi abuelo alemán que nunca reconoció a mi madre como su hija legitima. Quizás fuera medio hermano de mi madre pero ella nunca me dijo eso. Se llamaba Segundo. El decía que su madre que era argentina le puso así por el santo San Segundo. Entonces mi tío Segundo aparecía cada tres meses por la pensión donde trabajaba mi madre. Luego de pasar la frontera viajaba en tren con tres sacos de cosas y su maleta. Paraba en algunos pueblos por un día o dos para vender algo y otra vez tomaba el tren hasta llegar a Santo Tomé. Luego en la estación de nuestro pueblo contrataba a tres muchachos por unos pocos pesos para que les llevaran al hombro los sacos con cosas a la pensión donde se quedaba por una o dos semanas. Vendía todo lo que traía. Antes de partir hacia el sur compraba otras cosas y así era su vida desde que lo conocí. En invierno llegaba con una manta muy bonita y un sombrero negro. En el verano siempre usaba un terno delgado color negro a rayas, chaqueta de botones cruzados que había comprado en el lado argentino. Oksana y Lolita me escuchaban como hipnotizadas. Esa intimidad que me ofrecía Oksana y Lolita parece que me sumergía mucho más en sacar recuerdos que no tenía idea que estaban metidos en lo profundo de mí y no había hablado nunca con Ani. Y se me ocurrió decirles, les voy a contar la historia de mi tío Segundo que bailaba tango y que es más interesante que su vida de contrabandista de escobillas de lavar ropa.

Mi tío Segundo siempre llevaba una maleta de cuero donde ponía sus cosas personales, ropa, dos ternos, calzoncillos, tres camisas y unos zapatos de baile muy hermosos que había comprado en Argentina. Siempre al llegar a la pensión me pedía le llevara la pesada maleta a su cuarto que le tenían reservado. Yo siempre esperaba ese momento cuando aparecía sorpresivamente cada tres meses. Sabía que al abrir su magnífica maleta me daría algún regalo que me traía porque me quería mucho o quizás me tenía lastima de vivir en ese lugar con mi madre cocinera y sirvienta cuyo único salario eran las propinas que recogía. El veía en mí un futuro donde me perdería para siempre en algún duro trabajo de obrero. El no veía nada más para mí por eso me quería mucho. A veces le decía a mi madre que me dejara ir con él y me enseñaría el oficio de comprar y vender. No decía contrabandista porque sonaba que yo iría a parar a la cárcel muy seguido. Pero mi madre nunca quiso. Yo me habría ido con mi tío Segundo sin pensarlo. El me trataba muy bien como si fuera un padre que regresaba después unos meses de viaje. Me traía regalos y me daba unos pocos pesos para comprar un refresco o unos dulces. Pero mi tío era soltero y nadie ni siquiera mi madre me explicó nunca porque no tenía esposa o hijos. Pero a veces me decía que el tío Segundo sí tenía hijos en el lado argentino y una mujer que lo quería mucho y ese realmente era su hogar pero la verdad es que nadie sabía mucho del tío Segundo ni menos sobre su vida personal. Fumaba mucho y le gustaba tomarse sus vasos de vino tinto. Me mandaba a comprar tres litros en una botella grande a la casa de "la viuda Soto" que vendía alcohol en forma clandestina y también vendía comida sin tener permiso legal. Era un secreto pero todo el pueblo sabía lo que ocurría en "la casa de la viuda Soto" y eso me confundía en esa época porque hasta los policías pasaban secretamente a comer y a tomar vino que ella compraba en un campo muy cerca del pueblo. Mi tío Segundo contaba historias hasta altas horas de la noche en la pensión. Yo estaba escondido para que mi madre no me viera porque no quería que escuchara historias que no eran para mi edad, decía ella. Pero mi tío Segundo era un bailador de tango. Puedo ahora visualizar sus bailes en la pensión con varias mujeres jóvenes que para mí en ese entonces eran muy mayores pues yo tendría sólo unos 14 años. Y es allí donde se ponía esos hermosos zapatos de baile, finamente hechos a mano. De cuero negro y cuero blanco. Una vez apareció Sonia, aquella mujer de 25 años que me dio el primer beso un día de verano. Esa historia se la había contado a Ani cuando le hablé sobre mi madre en aquella pensión y sobre mi amigo Casanova.

El asunto es que mi tío Segundo un día invitó a Sonia a la pensión a una fiesta donde mostró con varias mujeres sus destrezas en el tango, pero especialmente como un bailador de milongas. Mi tío era el único que bailaba en esas fiestas que él mismo organizaba. Otros amigos un poco movían los pies pero preferían tomar vino, comer y mirar a mi tío bailar. Envidiarlo cómo las mujeres coqueteaban con él. Admirar sus maravillosos zapatos de baile. No sé cómo mi tío Segundo conocía a tantas mujeres pero aparecían como sus invitadas. Parece que las embaucaba cuando iba vendiendo sus cosas por los cerros de Santo Tomé. Muchas aceptaban las invitaciones, especialmente mujeres solteras, algunas viudas o mujeres que el marido no les daba atención y partían escondidas al baile de mi tío. Mi tío era buen conversador, divertido, capaz de conquistar hasta una monja, me decía mi madre. Pero más de alguna vez vi a una de las mujeres que se metía sigilosamente al cuarto de mi tío y eso sucedía como a las doce de la noche cuando se terminaba la fiesta. Mi madre se hacía la desentendida pero yo me daba cuenta que algo ocurría porque yo no me iba a acostar hasta que terminaba la parranda aunque mi madre a cada rato me decía que me fuera a dormir porque mañana debía ir a la escuela. Yo decía que sí y hacia que me iba pero volvía y me escondía detrás de una silla para seguir mirando a mi tío bailar milongas. El metía en sus maletas unos discos grandes como platos negros pero nunca se quebraban. Los traía de Argentina y por eso quizás los otros amigos no bailaban porque por primera vez escuchaban esa música en Santo Tomé y no sabían cómo mover los pies.

Sonia una vez quiso bailar conmigo y mi tío Segundo me dijo que bailara pero a mí me dio mucha vergüenza y me puse rojo. Me negué y me arranqué a la puerta de la calle. Sonia me siguió. Fue allí la segunda vez que dio otro beso en la boca muy suave que me dejó igualmente viendo las estrellas cuando hacia unas semanas atrás me había besado por primera vez cerca de la playa. Pero en la fiesta de mi tío Segundo yo sentí mis primeros celos porque entonces le dije que ella era la novia de mi tío. Me dijo que no, que era sólo un amigo para ella. Pero yo no le creí porque luego volvió a la fiesta y bailó con mi tío y se apretaba a su cuerpo. Mi tio le enseñaba tres o cuatro pasos para que bailaran con él y él aprovechaba de tocar sus cuerpos y así las iba encandilando. Y yo allí mirando y Sonia como si jamás me hubiera conocido en la vida. Creo que fue el primer dolor que sentí en el corazón por el despecho de una mujer a mis 15 años. Lo extraño es que no sentía celos ni rencor contra mi tío Segundo sino contra Sonia. Sé que Sonia una vez entró a escondidas al cuarto de mi tío. Aquel verano pasaron varias cosas en mi vida de sólo 15 años. Conocí a mi otro tío Segundo, el bailador de milongas y el que con sus historias y su humor conquistaba a mujeres y se metía con algunas a su cuarto. Conocí a Sonia quien por primera vez en la vida una bella mujer mayor que yo me besaba en la boca, metiendo su lengua dentro, lamiéndome el cuello y poniendo su mano caliente entre mis piernas. Quién sabe qué les diría mi tío Segundo en su cuarto a sus invitadas pero sé que les regalaba perfumes y jabones aromáticos que traía de Argentina. Sonia entró ese verano sensualmente en mi vida. Una mujer que me llamaba "lolito" mientras me besaba. La que me rompió por primera vez mi corazón cuando yo aún no traspasaba el cambio de la infancia a la adolescencia o quizás yo estaba en la frontera de ese cambio.

Allí terminé de contar la historia. Ambas me miraban pensativas. Entonces Oksana me dijo: probablemente sea esa relación infantil con Sonia es porque te atraen mucho las pinturas de Balthus. Me puse rojo cuando me miró Lolita luego que su madre dijo eso. Mientras regresaba a mi casa fui pensando indirectamente en lo que me dijo Oksana. Quizás bailar tango esté conectado misteriosamente cuando mi tío Segundo bailaba sus milongas y luego llevaba a su pieza mujeres muy jóvenes que seguro metía en su cama y las acariciaba desnudas o sólo las contemplaba. Mi tío dejó de venir a nuestro pueblo hasta cuando yo tenía 18 años y luego no apareció nunca más. Supimos después que lo habían matado en un bar en el sur muy cerca de la frontera con Argentina. Alguien le robó su dinero y luego le dieron unas puñaladas. Otra versión es que en un baile por ahí un hombre se puso celoso porque había cortejado mucho a su esposa mientras bailaba una milonga y el marido le descargó todas las balas de una pistola en el pecho. Yo ahora desde el futuro creo que mi tío Segundo murió luego de bailar. De eso estoy seguro. El misterio es que han tenido que pasar años hasta ahora, luego de rescatar toda esa memoria, para saber la verdad de su muerte. Cuando terminé de pensar eso me dije que hay cosas en la vida de uno que sorpresivamente iluminan de otra manera nuestro propio pasado y presente cuando las recordamos mucho tiempo después. O cuando somos muy viejos. Le comenté eso a Oksana días después cuando volví a su casa para seguir practicando con Lolita. Es cierto, me dijo, cada vez que hablo con mi madre que aún vive me cuenta algo de su pasado en Alemania. Me dice que recordar es aprender a comprender mejor lo que le ocurrió a su familia. Por eso será que desde milenios a los seres humanos nos gusta que nos cuenten historias de sus vidas. Todo el arte no es más que contar algo. Todo el arte es la historia del propio autor pero muy bien encubierta por una poderosa imaginación para ver de otra manera la realidad que a su vez es soñar con lo que quisiéramos ser. Todos podemos contar historias, pero no todos pueden ser artistas ni crear obras de arte. Tu tío, a través del baile, sabía contarles historias a esas mujeres que ellas querían escuchar. O nadie en ese lejano pueblo del sur de tu país se las había contado nunca. Ni sus propios padres, maridos o novios. A lo mejor bailar para ti significa contar una historia. Retroceder en el tiempo bailando. Redescubrir tu propia historia personal escondida en ti mismo por mucho tiempo y no necesariamente sanarte de una relación sentimental donde te abandonaron hace cuatro meses, según me contaste. Para otras personas debe tener otro significado. Lolita te dijo, por ejemplo, que ella comenzó a bailar tango luego de esa experiencia que tuvo en Gottingen.

22

Era el último domingo. Habíamos pasado quince domingos en clases con un total de cuarenta y cinco horas bailando. Esta era nuestra última clase con Paul antes del segundo viernes del mes donde iríamos a Manhattan a bailar un tango por pareja. Paul iba de una sala a otra viéndonos practicar y corrigiéndonos cuando era necesario. En general él estaba satisfecho de nuestro progreso y creía que lo haríamos muy bien. Yo tenía la gran ventaja de practicar con Lolita que era una gran bailarina. Realmente sin ella, y practicando extra en su casa, yo no sé si habría estado listo para la presentación en Manhattan. Straigth, Azucena y yo comenzábamos a ponernos nerviosos. Yo había comprado unos zapatos negros de tango. No quería ningún zapato de color. Paul me dio la dirección de una tienda. Straigth dijo que hoy en su Diner me mostraría el traje que había comprado en Manhattan gastándose cerca de 400 dólares. Azucena lo había visto y dio su aprobación. Dijo que era un elegante traje negro con chaqueta de botones cruzados. Eso me hace ver más delgado, dijo Straigth. Azucena dijo que tenía un vestido muy sensual y unos zapatos taco alto color azul y negro.

Cuando finalizamos la última clase ese domingo nos fuimos como siempre al Diner de Straigth. Azucena dijo que llegaría una hora más tarde porque iba a pasar a su casa a buscar los

zapatos que había comprado para mostrarlos. Straigth dijo
que estaría en su Diner en una hora y media más porque
debía ir a otra parte. Así que yo llegué primero. No había
mucha gente. Vi por la ventana que Cora había salido a fumar.
Cora se había alejado para siempre del tango y de nosotros.
Como si jamás nos hubiera conocido. Una extraña total me
parecía. Sólo servía café. Tomaba órdenes de los clientes. No
hablaba con nadie. A penas con el hispano cuando le pedía
los platos. O murmuraba algo cuando ella salía a fumar y el
hispano iba a botar la basura en unos grandes contenedores.
Straigth había contado a Azucena que Frank estaba ahora en
una silla de ruedas y había perdido la memoria. Lo único que
decía era que pusieran películas en su máquina de videos. Y
allí pasaba horas mirando sin volumen las películas donde él
siempre aparecía de espaldas y jamás mostraban su rostro. En
el Diner estaban Marilyn y el hispano en la cocina hablando
muy bajito para que Cora no escuchara. Yo sabía que el lunes
y el martes pasado ambos se habían ido a New Jersey en el Van
de Straigh. No habían regresado hasta el martes en la noche. O
sea que el lunes en la noche durmieron en New Jersey. Estaba
claro que entre ambos había ocurrido algo. Pero Straigth muy
contento sin enterarse de nada. Azucena en el descanso en la
clase de hoy me dijo que Straigth quería contarme algo sobre
el hispano pero luego me dijo que mejor hasta después de
nuestra presentación del viernes. Ella no dijo ni preguntó nada
más. Estaba segura que Straigth sabía lo que ocurría entre el
hispano y su esposa. Parecía muy tranquilo, me dijo Azucena,
pero quizás la procesión iba por dentro e iba a estallar una vez
terminara de bailar conmigo el próximo viernes. Entonces
veríamos la tragedia. Habrá dos muertos y luego le pondrá
fuego al Diner y jamás volveremos allí a conversar tú y yo.
Me miró bien seria y compungida y luego se puso a reír. Me
senté y vino Marilyn a servirme café y dijo si yo tenía tiempo
porque quería hablarme de algo importante que tenía que ver

con el Hispano, Straigth y ella. Inmediatamente me imagine que me iba a confiar algo tomándome por un confidente o ser intermediario entre ellos y Straigth. Estaba seguro que iba a escuchar lo que Azucena y yo temíamos. O que esa misma noche, acelerándose mi imaginación,   arrancarían los dos antes de llegar Straigth o yo iba a ser el cartero (bueno ya lo era) de algún importante mensaje que debía entregar al griego. Marilyn entonces me dijo que iba a llamar al hispano y por primera vez ella mencionó su nombre. Se llamaba Otoniel como su mismo padre y con el mismo apellido, Guevara. Como yo hablaba español quería contarme algo muy confidencial y como Otoniel no entendía mucho inglés quería que luego yo le diera la información a él. En segundos otra vez mi imaginación corrió muy veloz y yo estaba seguro que tendría que traducir detalles muy personales, quizás direcciones de algún lugar donde se encontrarían secretamente.

Marilyn comenzó diciéndome que cuando estuvieron ambos fuera de la ciudad por dos días no era para ir a comprar hamburguesas congeladas principalmente sino por otro motivo. En ese momento la llamó Otoniel de la cocina urgente y le dijo algo con las manos que Marilyn intentaba descifrar. Me dejó ella con la frase sin terminar pero cuando dijo que fueron por otro "motivo" tuve la película bien clara. Además Otoniel parecía muy nervioso diciéndole algo en la cocina. Cora entre tanto seguía fumando porque aún no había casi nada de clientes. Ella estaba quizás en otro mundo aún más distante que Frank. Trabajaba en el Diner como si fuera una autómata así que por más que hablara Marilyn con el hispano ella no se enteraría de nada. Parece que al saber que Frank se estaba convirtiendo en vegetal sin saber quién era y pasar pegado a la pantalla de su televisión viendo unas viejas películas, para Cora era también su propio final. Quizás mantuvo un sentimiento muy profundo por Frank pero éste jamás le prestó atención. El tango ahora no tenía ningún significado ni quizás su propia vida. Parecía mucho más envejecida en sólo un mes desde que Frank atacó a Elizabeth. Yo la seguía mirando mientras Otoniel le hablaba a Marilyn. Cora en quince minutos parecía que había vaciado una cajetilla de cigarrillos. Era más patética su imagen a través del ventanal del Diner con la luz de afuera y la nieve que permanecía acumulada en la vereda. Ella se parecía a la actriz Bette Davis antes de morir. La que fumaba cerca de cinco cajetillas de cigarros al día. La que tenía el rostro más hermoso de Hollywood y que en una última entrevista a los 80 años su cara parecía un jamón ahumado, deformado por tanto humo.

Entonces volvió Marilyn y continuó hablándome. Como tú sabes Otoniel es un indocumentado y trabaja aquí en forma ilegal además tiene esos tatuajes en sus brazos. Ambas cosas son un peligro muy grande para él. No sólo lo pueden deportar sino que antes estaría en una cárcel de alta seguridad para averiguar su conexión entre esos tatuajes y un reciente asesinato cometido por un hombre muy parecido a Otoniel, igualmente de El Salvador, que el FBI anda buscando. Alguien parece que en este Diner, algún camionero vio esos tatuajes de Otoniel y las letras MS y el número 13. Como los camioneros siempre escuchan noticias en sus radios o se transmiten información entre ellos por varias razones y por seguridad en las carreteras, alguno escuchó de un asesinato que cometió un pandillero matando a dos hermanos que eran de El salvador y había asesinado antes a otras cuatro personas más en la ciudad de Charlotte, Carolina del Norte. Dice la policía que lo hizo para ganar más reputación entre su pandilla, la Mara MS 13, porque estaba encargado de reorganizar esa pandilla en aquella zona. Un camionero le preguntó ese día a Straigth en forma privada de qué parte eral cocinero y si era de El Salvador. Straigth le dijo que era de México y tenía sus papeles en orden y que hacía cinco meses que trabajaba aquí. Pero no sabemos si el camionero se tragó la mentira de mi esposo y podría

144

haber dado esa información al FBI y estos pueden aparecer en cualquier momento aquí. Cuando Marilyn me dijo eso fue como si todo lo que yo imaginaba de ambos no sólo era una perversa influencia de tantas películas que tenía en mi cabeza, sino un choque bastante fuerte por ignorar lo que ocurría en este mismo país donde yo vivía sin saber la vida de otros que también venían de países al sur del Rio Grande. Marilyn dijo que viajaron a New Jersey por dos cosas, aparte de pasar a comprar hamburguesas congeladas que más bien era una buena excusa para despistar a algún camionero por la ausencia de Otoniel y Marilyn. Fueron a arreglarles los papeles a Otoniel diciendo allí en inmigración que él tiene un trabajo estable aquí en nuestro Diner. Y lo otro, muy importante, pagarle a un médico que trabaja con rayos laser para que le borre esos tatuajes. Eso no es barato pero nosotros le pagaremos al médico. Si ahora te fijas, verás que de sus brazos desaparecieron la M y el número 13. Se los borraron el lunes y el martes. Hoy recién llamó el médico desde New Jersey por eso Otoniel me llamó porque no entiende bien el inglés. El doctor dijo que Otoniel tiene que hacer cuatro visitas más para borrarle todos los otros tatuajes y por eso quiero que tú le expliques en español a Otoniel lo que dijo el médico. Y que le digas que nosotros pagaremos todo y no se preocupe. Entonces llamó a Otoniel que estaba mirándonos medio asustado. Cuando vino Otoniel a sentarse en mi mesa le expliqué todo y sentí en ese momento un deseo de ayudarlo. Él venía del sur como yo.

Cuando llegué a mi casa comencé a buscar por todas partes ese DVD sobre pandillas de El salvador que había comprado hace cuatro meses y no había visto porque no me interesaban los documentales. Pasé 80 minutos mirando "La vida loca" y supe con más detalles no sólo sobre el pasado de Otoniel sino la historia de violencia donde él había crecido. Me acordé de lo que me había contado mi colega en San Salvador cuando fue a un bar. Luego de un Club llamado Silencio que no recuerdo si fue un sueño por lo cansado que estaba cuando volvíamos en carro al hotel porque uno de mis compañeros me dijo que no habíamos pasado a ningún bar de ese nombre. Ahora entendía un poco mejor a ese policía de reacciones nazistas que llegó con el gerente el día antes de irnos de El Salvador, el mismo día que recibí el correo electrónico de Ani. Tenía varias confusiones en mi cabeza. Luego de una mujer norteamericana asesinada cerca del hotel donde estuvimos. Ya le contaría a Azucena, a Ksenia y a Lolita todo sobre Otoniel. Pero no hasta que termináramos de graduarnos el viernes en Manhattan bailando nuestro tango. O quizás no les contaría nada porque eran historias de mundos bien lejanos para ellos. Me puse a pensar que si no hubiera sido por estos amigos yo jamás me había enterado de la historia de Otoniel y seguro habría tirado a la basura el DVD que me obligaron comprar en El Salvador. Llegó Straigth al Diner silbando como siempre su tango preferido. Marilyn lo llamó a la cocina y le contó lo que había pasado. Straigth vino a mi mesa y me dio la mano por la ayuda de traducirle a Otoniel. Lo miré a los ojos y comprendí que ninguna mujer realmente podría hacerle lo que yo imaginaba porque tenía un corazón y una generosidad sin límites. El sólo la mostraba a través de su risa tierna, de sus chistes. Me di cuenta que Marilyn miraba a Straigth con mucho amor. Yo siempre pensé que eran indiferentes el uno al otro pero no era cierto. Era mi problema de estar confundiendo guiones de cine con personas reales.

Y luego apareció Azucena bien contenta con deseo de mostrar sus zapatos de tango y sin ganas de deprimirse por la desgracia de otras personas. Trajo en una caja el vestido que usaría. Yo pensé que iba a traer un vestido de gitana rusa, le dije riéndome. Pero era un vestido negro con tirantes que dejaba ver los hombros y la espalda desnuda. En el lado izquierdo tenía bordadas unas flores rojas y azules. Era un poco abierto en el lado derecho para mostrar la pierna y pudiera cómodamente caminar y hacer figuras con los pies. Alrededor de la parte de abajo del vestido tenía una franja roja. Sus zapatos eran negros y azules. Todo el conjunto era de una gran belleza y seguro que Azucena parecería una reina destacando sus hermosos ojos verdes y su bella sonrisa aunque fuera enana. Straigth se quedó un poco congelado de la impresión por el gusto que tenía Azucena. El dijo que había arrendado una limosina blanca a una compañía de unos amigos para llevarnos a todos. Me pidió que le dijera a Lolita que se fuera con nosotros. Le dije que Lolita había invitado a su madre así que nos acompañaría. Paul y Jeanne nos estarían esperando en Manhattan. Quedamos que partiríamos desde el Diner mismo porque aquí vendría la limosina a buscarnos. Otoniel y Cora quedarían esa noche a cargo del Diner. Seguro que íbamos a regresar de madrugada porque Straigth luego de la gran milonga en Manhattan había dicho que pondría unas botellas de champagne en el refrigerador de la limosina para celebrar nuestra graduación.

23

El miércoles, dos días antes de nuestra presentación en Manhattan, practicamos por última vez con Lolita en su casa. Ensayamos varias veces los dos tangos preparados pero no decidíamos cuál de los dos quedaría fuera pues sólo teníamos que bailar uno. Lo íbamos a decidir tres minutos antes de salir a la pista de baile. Así acordamos luego de terminar la práctica de dos horas en su casa. Como siempre Oksana me invitó a la cocina a tomar té acompañado de su pastel de manzanas. Me dijo que le hablara más de mi madre. Ella percibía que esa bala incrustada al lado de mi corazón era metáfora de mi madre abandonada y también de mi abuela. Yo le había contado antes la historia cuando mi madre trabajaba en una pensión junto a la graciosa y trágica vida del padre de mi amigo Juan Casanova y también la de mi tío Segundo. Pero entonces me acordé de otra historia. Cada vez sentía una atracción más fuerte por Oksana porque mostraba un interés muy verdadero por mi vida y querer saber quién era yo. Al hablar con ella me invadía un sentimiento de protección muy fuerte. El síndrome de la madre abandonada y que a su vez abandona a su hijo, me dije. No sé si sería un síndrome pero algo de cierto había en eso que recién pensaba. No buscaba una madre sino la ternura de una mujer. Eso era algo que creo no había tenido nunca. Quizás un poco con Meredith hace 30 años en California. Entonces le conté lo siguiente. Cuando mi madre vivió en el pueblo de Santo Tomé, y trabajaba de empleada doméstica en aquella pensión, los días de fiestas de celebración de la independencia tenía que trabajar en un negocio junto a otros cien negocios más que llamaban "ramadas". Estas ramadas eran construcciones bien baratas hecha de palos, cubierta de ramas de pinos, eucaliptus y a veces con un piso de madera. Dentro se instalaba una cocina portátil a gas donde se freían únicamente empanadas, un mesón para poner vasos y platos para los clientes. Se instalaban algunas mesas de plástico y sillas. El piso en algunas ramadas eran varias tablas puestas sobre la tierra. Era importante el piso de madera porque allí bailaban los clientes que pasaban por lo general a tomar vino y a comer empanadas. La fiesta de independencia en mi país era una borrachera general. Hasta lo perros andaban embriagados porque en vez de tomar agua bebían de las sobras del vino que botaban a la calle los que trabajaban en esas ramadas. En las ramadas de piso de madera, y como estaba mal construido, muchos borrachos se caían al suelo por tan desniveladas que habían puestos la tablas. Caían como un saco de papas al piso. Todos se reían como locos cuando alguien caía al suelo. Era otra entretención y a veces bastante cruel porque nadie ayudaba a ningún borracho cuando sabían que se estaba tambaleando en ese piso y en dos minutos caerían como un pesado saco de cebollas. En esas ramadas aparecía, el día de la inauguración, el alcalde quien hacia un discurso de media hora bastante tedioso. Luego le ofrecían un vaso grande de chicha y finalmente lo obligaban a bailar el baile nacional inaugurando así los próximos tres días de juerga y borrachera general. El primero que se emborrachaba era el alcalde porque tenía que visitar en dos horas las cincuenta ramadas y allí, para no desairar a la gente porque eran votos posibles para su próxima reelección, se tomaba un vaso de vino en cada sitio que hacia escala.

De las cincuenta ramadas, la mayoría eran ramadas muy

modestas para no decir ramadas pobres. Estas eran las de piso de tierra y no de madera. Estas por lo general tenían solamente dos o tres chuicos de vino. O si había suerte tendría una pipa con vino de la zona que parecía de nunca acabar porque duraba los tres días seguidos. Algunos decían, y sin que nadie se diera cuenta, que el dueño de la ramada arrojaba allí sobras de vino que dejaban algunos borrachitos en sus vasos. Para el público de la ramada modesta se instalaban dos o tres mesitas sencillas, varias sillas de mimbre y una victrola. A veces esa ramada pobre podía contratar un conjunto de tres cantoras, casi abuelitas, que amenizaban por una hora con bailes nacionales nunca antes oídos en la radio. O valses rescatados de la época de la independencia. Las abuelitas cantoras, luego de su actuación, se iban a servir algo detrás del un mesón y allí esperaban su segundo "show" comiendo empanadas y tomando mate. Mi madre, que trabajaba como empleada doméstica en la "Pensión Santiago", pasaba los tres días en la ramada instalada por la dueña de aquel hotelito de pueblo. Claro, pertenecía a las ramadas modestas. Sin embargo esas ramadas pobres no superaban nunca a las ramadas de los ricos, como decía mi madre. A ésas iban los jefes de las dos grandes Fábricas de Ropas que tenía el pueblo, los dueños del comercio, la clase media y la clase alta pueblerina. Todos eran de piel blanca y algunos tenían apellidos españoles, italianos, alemanes, libaneses. Había dos conjuntos de música que se alternaban. También tenían un fabuloso tocadiscos con parlantes monumentales. Solamente se ponía música nacional y raramente algún baile de otro país. Mi madre me dijo que en esos mismos días había llegado mi tío Segundo por el pueblo y era cosa rara porque siempre venía del lado argentino en los meses de invierno. Parece que apareció sorpresivamente para galantear más a una mujer. Le había enseñado a bailar milonga y antes de irse para el sur la dejó encandilada con el baile y otras cosas más. El trajo esa vez a la ramada donde trabajaba mi madre, por si acaso, sus discos de tango con la idea de bailar unas milongas. Hasta se había puesto su mejor traje y sus zapatos de cuero blanco y negro. Muchos pensaban que aquel caballero elegante con traje a rayas, chaqueta de botones cruzados, zapatos nunca vistos en esas fiestas, era un forastero adinerado que pasaba por el pueblo. Pero el tío Segundo viendo que no había ni la más remota posibilidad de poner su música, y dándose cuenta que el piso no era de madera sino de tierra porque un milonguero como él no iba a bailar tango o milonga allí, se marchó llevándose sus discos de tango. Pero también porque desde fuera de la ramada le hacia señas una mujer. Por eso no fue testigo de lo que iba a ocurrir una hora después

A la ramada de la "Pensión Santiago", instalada siempre muy lejos de las ramadas ricas, llegaban sus clientes habituales: campesinos a caballos que venían desde pueblos cercanos, empleadas domésticas que eran jovencitas con vestidos nuevos y olor a jabón de jazmín, tinterillos, profesores primarios de zonas rurales, estudiantes pobres, mendigos, prostitutas, un grupo literario anti-todo practicantes de un arte realista socialista llamado "La hoz y el martillo", pescadores y muchos obreros de las dos fábricas de paños. Mi madre pasaba esos tres días, junto a otras dos cocineras más pobres que ella, haciendo montañas de empanadas fritas. Ella era alta, rubia y de manos grandes. La mitad de su sangre era de su padre emigrante alemán que se alió con una indígena que vivía entre la frontera con Chile y Argentina pero que jamás la reconoció como hija legitima. Ella se ocupaba de darles unos gritos a los borrachitos que medio tambaleantes se querían echar a dormir en la ramada o se "propasaban", decía mi madre, con la diversa clientela femenina que aparecía por allí. Una vez uno de ellos empezó a "toquetearle y sobarle" el culo a una de las ancianas cantoras y mi madre lo cogió rápidamente por la espalda, como si fuera una mosquita, y lo dejó fuera de la ramada pero antes le dio una patada en el culo. Otras veces, sabiendo de su fuerza le decían, luego de escuchar su grito, "está bien señora Amelia, ahorita nos íbamos yendo". Y entonces, por un extraño milagro que había producido la fuerte voz de mi madre, dos o tres salían caminando, derechitos, cuidando de no tambalearse por la tremenda borrachera que llevaban encima. Sin embargo, uno de esos días, alguien estuvo a punto de caerse sobre el palo principal de la ramada de la "Pensión Santiago" que siempre las construían como si fuera la carpa de un circo. Esa vez faltó muy poco para que la modesta ramada se desarmara y se viniera toda al suelo produciendo una crujidera de palos, ramas de pinos, boldos y eucaliptos. Menos mal que nunca se vino abajo la ramada donde trabajaba mi madre, pero sí una de las ramada de los ricos.

Ocurrió que el alcalde y el director del único banco del pueblo comenzaron una pelea entre ellos en una de las ramadas de los ricos y nadie sabía por qué. Otros dijeron que era por asuntos políticos o que el director le dijo al alcalde que había ganado la elección comprando votos a la gente pobre. Así que ambos se trenzaron en una pelea en medio de la pista como si fueran boxeadores. El alcalde le tiró del traje nuevo que recién estrenada el director y le arrancó la manga de la chaqueta y una parte de la camisa quedando semidesnudo en medio de la pista. Al verse con el pecho al aire y en ridículo, su traje nuevo rajado, el director tomó una silla de mimbre y la quebró sobre la espalda del alcalde que se reía de lo que le había hecho al director del Banco. Pero la risa le duró poco porque el alcalde dio un salto como si fuera un acróbata aunque era gordo y le lanzó una patada en el estomago al director del banco dejándolo casi pegado como una mosca donde cocinaban las empanadas y saltándole aceite caliente en los pantalones. El aceite estaba tan caliente que sintió dolor en las piernas y quiso salir fuera de la ramada buscando agua para calmar el dolor. Mientras iba corriendo como loco tropezó con unos que miraban la pelea y estos se agarraron del poste principal de la ramada que con el impacto toda la débil construcción se vino al suelo. Ramas de pinos y eucaliptus, luces de colores, botellas de vino, empanadas, los parlantes, el tocadiscos, vasos y platos, todo caía encima de los que estaban dentro produciendo un ruido como si fuera un terremoto moviendo una casa de ladrillos. Al otro día la gente en el pueblo contaba la historia agregando más cosas al suceso, ciertas o inventadas, pero todos estuvieron riéndose por un año del alcalde y del director del banco de Santo Tomé. Lo curioso es que por esa pelea el alcalde se hizo más popular y lo volvieron a reelegir al año siguiente.

Aquí terminé de contarles a Oksana y a Lolita esa parte cómica dramática que era la vida cotidiana de mi madre pobre y la mía durante mi infancia en aquel pueblo del sur del mundo. Ellas no pararon de reírse por la manera cómo había contado mi historia. Oksana me dijo que debería mantener ese humor porque ayudaba mucho a conservar un corazón joven que resistiría cualquiera bala que quisiera destruirlo. La alegría nos limpia siempre el corazón de todo lo viejo y ayuda a reconstruirlo si alguien lo ha quebrado, me dijo mientras me servía otra taza de té y Lolita miraba a su madre como quien contempla el comienzo del amanecer sentada frente al mar.

24

L legó el día viernes. A las nueve de la mañana tenía que estar en la corte y vernos con Ani para firmar los papeles finales del divorcio. Y el mismo día en la noche teníamos nuestra graduación de tango con Azucena, Straigth y yo en Manhattan. Habían pasado cinco meses de aquel mensaje electrónico que recibí de Ani en El Salvador. Y tres meses aprendiendo un baile que se había originado en mi país de nacimiento y el país también de mi madre donde vivimos en la parte sur de Chile. Era el día que se cerraba una de las tantas etapas de mi vida y quizás se abría otra que no sabía a dónde me iba a llevar. Llegué treinta minutos antes y me senté a esperar a Ani en una silla frente a los ventanales de la entrada del edificio donde estaba la corte de justicia. Vi a varias personas, mujeres y hombres solos. Todos miraban la puerta de entrada. Miradas hacia algún punto o quizás solamente pensando que en unas horas más sus matrimonios terminarían legalmente para siempre. Eso pensaba yo también. Desde octubre no veía a Ani. Me dijo por un email que había bajado de peso. Y entonces la vi cuando entraba por la puerta. Es cierto que estaba más delgada pero siempre hermosa aunque no dejaba de decirme que estaba deprimida. Nos abrazamos y sus ojos verdes tenían lágrimas. Igual que los míos. Subimos en ascensor al tercer piso buscando la sala donde nos encontraríamos con su abogada y luego la jueza. Nos sentamos a esperar. Su abogada traería más papeles que firmar antes de entrar a la sala donde con solemnidad y respeto debíamos estar de pié ante la jueza que nos haría preguntas. Nos preguntaría si estábamos de acuerdo con el divorcio. Si estábamos de acuerdo en dividir los bienes que teníamos. Si teníamos hijo o no. Mientras esperábamos nos sentamos juntos y Ani tomó mi mano. Algo nos dijimos que quizás explicaba nuestra separación definitiva. Que debimos ir donde un analista juntos. Que yo me convertí de a poco en un ser extraño que rehuía tocarla físicamente. Que no tuvimos amigos y vivíamos muy solos. Yo sólo la escuchaba y acariciaba sin darme cuenta su mano. Tenía lágrimas en los ojos y ella me las secó con una servilleta que tenía en su bolsillo. Entonces nos llamó su abogada que debíamos entrar a la sala a esperar nuestros nombres y pararnos ante la jueza. Caminamos hacia la sala tomados de la mano como si no fuéramos a divorciarnos.

La sala estaba llena de parejas y daba la impresión que jamás se habían visto en la vida. Era como entrar a una iglesia donde uno se sienta al lado de otra persona y nadie se mira ni se habla. Ani seguía tomada de mi mano como si estuviera aferrada por última vez a alguien que partirá muy lejos. Quizás a una guerra y uno no sabe si volverá. Yo pensaba lo mismo y me acordaba de varias películas donde alguien parte en un tren y nunca más vuelve. O en el final de la película "Casa Blanca" cuando Ingrid Bergman con muchas lágrimas en sus ojos va a subir al avión y Humphrey Bogart muy serio, con una frialdad impresionante, fumando un cigarrillo, vestido con un impermeable color crema, le dice que suba al avión y se vaya. Es el fin de la película y sabemos que nunca más en la vida se volverán a ver. Yo creo que lo menos que pensaba Ani en ese momento era en alguna película. Esperamos una hora antes de que nos llamara la jueza. Pasaron cinco parejas que se pararon ante ella. Todas eran separaciones terribles. Ani cada vez que escuchaba a cada una de las partes contar lo que le preguntaba la jueza me miraba y me apretaba la mano. Quería decirme que nosotros jamás habíamos tenido esas terribles experiencias. Eran parejas donde la violencia física era la causa de las separaciones. Hijos maltratados por el padre. Mujeres abusadas. Hombres drogadictos. Mujeres que habían abusado de sus hijos pequeños. Mujeres y hombres que eran infieles. Había un caso que ni siquiera recordaba haber visto en ninguna película que vimos con Ani o las que yo vi sin ella. Era el caso de un anciano de 85 años. Le costó pararse ante la jueza pero tenía que hacerlo por ley. Lo sostuvieron de los brazos dos policías que estaban dentro de la sala. Los policías estaban allí porque a veces ocurrían ataques de nervios y una de las partes se lanzaba con odio contra su esposa para estrangularla o matarla y tenían que actuar rápidamente los policías para separarlos. La jueza le preguntó su nombre, dirección, donde vivía. No estaba su esposa. Tampoco no había nadie de su familia. El dijo que se llamaba Chester y su apellido parecía polaco. Que había vivido en un lugar del Medio Oeste. Parece que mencionó Wisconsin o Minnesota o Iowa. Que ahora vivía aquí en una casa pero que el barrio estaba lleno de gente hispana y había mucha violencia cada noche en las calles por las pandillas. Que muchas noches escuchaba gente que rondaba su casa para robarle. La jueza le dijo que se atuviera a las preguntas y le prohibió hacer referencias a situaciones que nada tenían que ver con la anulación de su matrimonio. Le preguntó la jueza que si tenía hijos y qué edad. El dijo que el único que tenía había muerto en Charlotte, Carolina del Norte, asesinado por alguien de un país de Centro América. El ahora quería vender su casa e irse de allí. Quería irse a un asilo de ancianos porque estaba solo y ya era muy viejo. Tenía problemas de los riñones y quizás tendría que hacer un trasplante pero no había riñones disponibles.

La jueza lo volvió a interrumpir levantando mucho la

voz porque otra vez estaba hablando de otra cosa que nada tenía que ver con su divorcio. El dijo, perdón señora jueza y continuó. Su esposa lo había abandonado hace 20 años pero ella no quería darle el divorcio ni firmar ningún papel. El creía que ella esperaba que se muriera para obtener su casa y los pocos ahorros que tenia. El hombre dio unos sollozos y un policía le pasó unos pañuelos desechables para que se secara las lágrimas. Hubo un silencio de varios minutos en la sala mientras el hombre viejo se limpiaba la nariz y luego no sabía dónde tirar el papel sucio y se lo pasó al policía que hizo una mueca rara de asco. Ani me apretaba muy fuerte la mano comunicándome el dolor que sentía por la historia de ese hombre viejo. Yo pensaba en alguna película pero no encontré ninguna en mi cabeza que se pareciera a esta historia que estábamos escuchando y viendo en vivo. La jueza luego llamó al abogado de Chester y hablaron en voz baja. La jueza por lo general siempre tiene toda la información en su mesa de todos los casos que están en la sala esperando. Cada abogado le ha dejado previamente toda la historia de cada pareja. La esposa del hombre viejo no estaba en la sala. La representaba su abogado. La jueza finalmente dictaminó que la presencia del abogado de la esposa no era suficiente y ella por ley debía estar aquí. Dijo que se procediera al divorcio y que el hombre viejo no dividiera ninguna parte de sus bienes ni menos su casa. Además ordenó que el estado, a través de sus programas de ayuda a los ancianos, se preocupara de buscarle una residencia permanente y arreglara legalmente la venta de su casa y le ayudara el hospital de la ciudad a un posible trasplante de riñón a pesar de su edad. Todo ese dinero se traspasaría a la residencia donde tendría una atención digna. Ani me miró con sus ojos llenos de lágrimas. No sé si por el caso que se solucionaba parecido a un fin de película francesa o porque ella no quería que yo fuera ese mismo viejo en el futuro.

Ani siempre me decía cuando vivíamos juntos que estaría

toda su vida conmigo hasta que la vejez nos matara a los dos. Y entonces fue en esa sala que me di cuenta que no había pensado mucho en eso que Ani varias veces me dijo. Eran muchas emociones juntas para mí y para ella en la sala. Como si sólo recordáramos los días felices en que nos conocimos. No quise decir nada. Sentía una tristeza por esta separación definitiva. Estaba seguro que ella sentía lo mismo pero tampoco íbamos a arreglarlo todo en estas dos horas antes de que la jueza nos llamara. Cuando nos tocó nuestro turno todo fue tranquilo y muy rápido porque estábamos de acuerdo en todo. No había nada que dividir. Nos despedimos de su abogada y salimos a la calle. Pensábamos tomar un café juntos en un Dunkin Donuts que estaba cerca de la corte. Pero Ani cambió de opinión y me dijo mejor que no. Me dio un beso en la mejilla y me miró con sus ojos aún con lágrimas. Los míos también tenían lágrimas. Nos despedimos. La vi caminar tranquila con su figura más delgada. Seguía siendo hermosa y parecía que nunca iba a envejecer. Llevaba un abrigo negro. Su cabellera castaña sobre el abrigo. Ese día no había nieve pero el cielo estaba gris. Era una tarde gris. Caminaba segura hacia su propio futuro. Hasta que desapareció de mi mirada al doblar una esquina. Era justo el medio día y en siete horas más saldría a Manhattan para nuestra graduación de tango. Nada le conté a Ani lo que había hecho en estos meses. No mencioné para nada que me había transformado en un bailador de tango. En un milonguero. No sé si habría sido importante para ella que le contara. Ella sí mencionó que ahora había conocido a otra persona pero no entró en detalles.

25

Desde el Diner partimos todos a las siete de la noche a Manhattan en el limo blanco que arrendó Straigh. No conté a nadie lo que había ocurrido en mi vida entre las nueve y el medio día de hoy. Pero estaba tranquilo, contento, y también con cierta nostalgia o delicada tristeza que cubría todo mi corazón. No podía evitarlo. Al ver a Oksana que sonreía con mi nuevo traje de tanguero me sentí protegido por la amistad. Y es lo que necesitaba ese día. O sea no estar solo. Creo que ya no lo estaba. Me acompañaba una nueva amiga muy importante. Y esta amiga nueva era la música de tango. Era un estremecimiento nuevo que había descubierto en mi propio cuerpo. La que ayudaba a curar mi corazón y abrirlo a otras dimensiones. Straigh no quiso esperar mucho para abrir una de las cuatros botellas de champagne que había puesto en el refrigerador del limo. Así que nos tomamos cada uno dos vasos que nos dejaron muy contentos y con ganas de reírnos durante todo el viaje. Lolita iba tan hermosa que su belleza hería los ojos de cualquiera. Oksana sabía que yo miraba la belleza de su hija pero yo me daba cuenta que no me reprochaba que la contemplara. Entonces yo pensaba en Balthus. Azucena parecía la muñeca más bella de la colección que quizás tendría alguna emperatriz de la vieja Rusia o del Imperio Alemán. Se reía mucho e iba más feliz que todos. Por primera vez estuve cerca de Marilyn que abrazaba a Straigh con mucha ternura. Era cierto que tenía un parecido impresionante a la Monroe. Yo por más que intentaba ahora no confundir cine con la realidad, me costaba mucho no hacerlo. No podía evitar el placer de embriagarme con la ficción del cine, entremezclándola con la realidad. Gozar la belleza de imaginar y ahora la belleza de bailar. El ballroom de Manhattan estaba lleno cuando llegamos a las ocho y media de la noche. Había más de doscientas personas. No sabíamos cuántos allí eran expertos tangueros. La gente ya estaba bailando. La presentación sería en treinta minutos más. Estábamos nerviosos. Paul había llegado antes con Jeanne. Ambos en bellos trajes. Por primera vez vi a Jeanne compartiendo con nosotros. Pero era una mujer distante y misteriosa a la que jamás lograríamos conocer totalmente. Ella no tenía interés en saber quién éramos. Tampoco le importaba la historia de ninguna otra persona. Paul nos dijo que nuestros tangos ya los había entregado en un iPod al encargado de la música. Antes de comenzar nuestros bailes, un tango por pareja, él haría una breve introducción de su academia diciendo que cada semestre se presentaban los mejores estudiantes de tango aquí. Y entonces empezaríamos. Hizo un sorteo entre nosotros para decidir quién comenzaba primero a bailar. Lolita y yo empezaríamos.   Vestido de terciopelo negro, descubierto en la espalda, unas rosas color rojo bordadas en el centro. El vestido rasgado que dejaba ver su pierna izquierda. Unas medias transparentes mostraban el color blanquísimo de su piel. Piel color mármol con tonos rozados. Unos bellos zapatos de tacones medianos negro y rojo que nadie como ella podría haber elegido para tan bello traje. Así estaba Lolita al lado mío. Le habíamos dicho a Paul que bailaríamos el tango que yo había elegido. Diez segundos antes de comenzar a bailar, teniendo a Lolita abrazada, mirándome con una sonrisa como si ella estuviera sonámbula o semidormida, tomando su mano y con la otra apretando delicadamente su espalda que pareció estremecerse al poner mi palma tibia, pasó veloz por mi mente los ojos llenos de lágrimas de Ani esta mañana. También mi viaje a El salvador donde supe que me abandonaba y varias horas de pesadilla y recuerdos en el cuarto de un hotel. Un viaje en carro a una parte lejana de la ciudad de San Salvador. Un crimen sin resolver de una mujer rubia norteamericana. Una piscina a las tres de la mañana. Un Club donde parece que bailaban dos mujeres, sueño o realidad aún no lo sé. Y la imagen de hace unas horas cuando Ani se fue caminando y yo miraba, quizás por última vez, su cabellera color castaño y su extremada belleza desapareciendo para siempre de mi vida. Y comenzó el tango. Hice una salida con el pie izquierdo hacia el mismo lado. Luego doblé levemente el cuerpo de Lolita con mi brazo derecho y con mi torso. Suavemente hice un cruce con mi pie derecho para salir caminado siguiendo la música. No sé a qué futuro iba pero caminado de una manera diferente hacia adelante mientras comenzaba la música del tango.

SEGUNDA PARTE:
SAN SALVADOR

1

Era la primera semana de octubre y de mi cuarto caminé a la sala de computadores del hotel. Había un mensaje en mi correo electrónico. "Tengo algo importante que decirte." Al terminar de leer el título del mensaje me vino en segundos un dolor que comenzaba en alguna parte del pecho. "He arrendado un apartamento en otro lugar. No te sorprendas si al llegar no me encuentras. He llorado todos estos días. Llevé sólo mi ropa y otras cosas personales. No necesito nada más ni siquiera la casa. Después hablamos qué haremos con los dos gatos".

Me quedé mirando la pantalla. Empecé a sentir con más intensidad el dolor que iba desde la cabeza al pecho y viceversa pero se quedaba detenido justo donde está el corazón. También sentía un dolor en los ojos porque unas lágrimas me caían por las mejillas mientras seguía contemplando la pantalla. Miré de reojo si había alguien observándome. Era medio día. Nadie de la conferencia estaba sentado en el lobby esperando que yo terminara de revisar mi correo. Por la ventana veía turistas tomando el sol en la piscina. Una muchacha morena se reía. Algunos estaban felices nadando. Otros bebiendo piña colada o cervezas. Yo tenía mi traje de baños puesto porque luego de revisar mi correo iría a tomar sol y a nadar. Estaba feliz hace diez minutos. Pero todo cambió para mí aquel medio día en San Salvador. Me miré el traje de baño. Luego la toalla blanca. El bronceador. Los lentes oscuros. El libro que iba a leer en la piscina. Nada tenía ninguna importancia. Mi vida en segundos era otra. Y me seguían cayendo lágrimas. Era un hombre que miraba un computador y lloraba en silencio. Nunca pensé que luego de ese correo electrónico, leyéndolo en un lugar que parecía el mismo infierno de tanto calor, varios meses después me iba a convertir en otro. En un bailador de tango.

Nunca bailamos con Ana María. Yo venía de un país donde jamás bailé con nadie. Mi familia no tenía interés y menos mis amigos por eso nunca me interesó. Ana María era cubana. Había salido a los 15 años de su país. Su familia tampoco bailaba. Sólo en fiestas sociales pero ellos siempre permanecían sentados mirando a los otros. Ella venía de una familia que antes de 1959 tenía una finca de café. Todo les fue requisado y partieron al exilio. A lo mejor por eso perdió contacto con el baile, pero no le interesaba. No tenía ritmo para mover los pies, me decía. No podía seguir la música. En las fiestas ambos no bailábamos así que nos quedábamos sentados contemplando como extraterrestres a nuestros amigos moverse por una gran sala de piso de madera. No sé si decir amigos porque tampoco teníamos amigos. Vivíamos el uno junto al otro. Los últimos años llegamos a vivir como dos hermanos. O como dos amigos íntimos. Ella me comenzó a decir eso constantemente, tres años antes de aquel email que recibí en El Salvador.

Estuve unos treinta minutos mirando en la pantalla el mensaje que había leído cinco veces. Hacía calor pero no tenía ganas de sentarme en la piscina. Quería irme al cuarto del hotel. Tomar agua. Fumar o comenzar a fumar yo que hace cuatro años había dejado el cigarrillo. Pero no lo hice. La nicotina me producía nauseas. Tomar algún licor. Cerveza, ron. Tampoco. Decidí irme al cuarto y me senté en la cama mirando unos diarios y revistas que estaban sobre la mesa. Luego miraba un sillón viejo. La lámpara. La televisión apagada. El control remoto. Seguían cayendo lágrimas y eran imparables. De repente unos sollozos que no sé cómo se producían en mi cuerpo. Fui al baño a buscar papel para secarme las mejillas. Miré por la ventana y allá afuera gente bañándose contenta. Vi a unos colegas riéndose. Luego me quedé mirando una palmera. Después el cielo azul. Volví a sentarme en la cama contemplando sonámbulo otra vez el televisor apagado. Creo estuve dos horas sentado. Alguien golpeó la puerta en algún momento pero no abrí. Parece que media hora después volvieron a golpear bien fuerte y alguien dijo que era el gerente. Cuando él se fue de mi cuarto sentí un impulso de regresar a la computadora y escribir algo. Me acordé que no había respondido a su email. Partí de nuevo al lobby. Volví a leer el mensaje buscando otros significados. Respondí que aceptaba su decisión. Que era cierto que vivíamos como amigos. Envié el mensaje. Y volví a quedar hipnotizado frente a la pantalla.

Pero con Ana María desde el principio tuvimos en común conversar sobre películas. Así fue que nos conocimos. Hacíamos fila esperando comprar boletos para "La belleza americana". Estaba delante de mí y fue por una llamada de su celular que me fijé en ella. Hablaba en español con alguien. Por el acento supe que podría ser de un país del Caribe. Inmediatamente le dije que yo también hablaba español. Si hubiera sido una mujer norteamericana quizás me habría mirado con indiferencia y dado una respuesta corta para dar por entendido que no hablaba con extraños. Pero me sonrió. Me preguntó tres o cuatros cosas. Luego cada uno entró a la sala por su cuenta. Ni siquiera supe su nombre ni ella tampoco el mío. Me dijo que era cubana y había llegado de quince años a este país. Yo no tenía idea de Cuba ni menos de su gobierno. Sólo había escuchado una canción que se llamaba Guantanamera. Del "Che" Guevara que era argentino. De

Fidel Castro que usaba barba y fumaba puros cubanos. Cuba para mí era un país de otro planeta. Ani era muy simpática y de una extrema belleza. No había hombre o mujer que no la mirara. Yo pensaba que todos en Cuba eran negros pero ella era blanca y de pelo color castaño. Ojos claros que con la luz se tornaban verdes. Tenía una bella sonrisa. Me atrajo su calidez y la ausencia de timidez frente a un desconocido. Pero su excesiva belleza era algo que cualquier hombre podría caer en la demencia si ella lo abandonaba por eso quise olvidarme de Ani mientras miraba la película que era sobre una familia suburbana norteamericana.

La historia era sobre las ideas materialistas de una sociedad de consumo destruyendo a las personas. Transformándolas en cínicas, solitarias, extrañas e insensibles. Incapaces de relacionarse humanamente con los demás. Ni menos saber quiénes eran sus vecinos. Siempre pensando en sí mismos. Algunos personajes eran adictos a las drogas. También había homosexuales y asesinos. Un hombre mayor tiene fantasías sexuales con una muchacha rubia de 16 años y se masturba pensando en ella. La esposa siente que él está masturbándose cuando ambos están acostados en su misma cama. La esposa se pone furiosa pero ella tiene un affaire secreto con otro hombre y el esposo no lo sabe. La película quería decir que teníamos el derecho a ser libres y ser uno mismo. Vivir cada cual su propio sueño. Pero toda esa libertad creaba más problemas. En la película había un cartero que se suicidaba. Luego de dejar unas cartas se mete en la parte de atrás del camión y suena un disparo. La cámara avanza lentamente como si fuera una persona y mira dentro. Se ve mucha sangre que chorrea sobre cartas y paquetes. Luego la cámara enfoca el camión de correo y se va alejando hacia el cielo. Vemos desde la altura muchas casas de un barrio suburbano de California. Casas hermosas con pasto verde en el frente y una piscina en la parte de atrás. No se ve a nadie en las calles porque es la una de la tarde. La película no explica nunca ese suicidio ni tampoco se sabe la historia del cartero.

Debo decir que mi oficio es trabajar en un correo. Es un trabajo seguro y muy difícil que me despidan porque pertenece al gobierno. Al comienzo estaba detrás de un mostrador despachando cartas, paquetes, estampillas pero luego ascendí por mi currículo universitario y ser bilingüe. Cada día pasan cientos de rostros y personalidades distintas por un correo. Y eso no me aburre. A veces converso unos minutos con varios clientes de cosas banales. Quería ser escritor de guiones de televisión o de películas. Me gusta leer novelas de ficción y memorias de artistas de cine. Cuando aprendí un poco mejor inglés comencé a leer en el original a Hemingway y a Raymond Carver. A Charles Bukowski y a J.D. Salinger. Los conocí en las clases de inglés que tomaba cinco o seis días a la semana en California. Eran las lecturas obligatorias y después conversábamos sobre el contenido, los personajes, la vida norteamericana. Desde niño en mi país coleccioné por un tiempo estampillas. Mucho más que coleccionarlas me interesaban los dibujos y la historia de cada sello ilustrado. Siempre hablo de películas en mi trabajo y de artistas de cine. De sus vidas personales. Con quiénes salen o se enamoran o se divorcian. Jamás me he perdido los Globos de Oro o los Oscar. Gozo en la entrega de esos premios. Ver a los artistas en vivo como personas reales. Pero a veces no distingo el límite entre sus vidas personales y cuando ellos encarnaron personajes complejos en las películas. Llevo unas carpetas de los actores y actrices que más me interesan junto a las películas que hicieron. Podría escribir un libro sobre eso pero luego me doy cuenta que es ridículo porque todo está en Google. En mi trabajo todos hablan de diferentes cosas. Unos dicen que sus hijos son muy amables e inteligentes. Del jardín de su casa. De sus perros o de sus gatos. De la reparación de su piscina en verano. De la chimenea en el invierno. Todos respetan lo que cuentan los demás sobre sus vidas cotidianas. Nadie habla nunca de problemas íntimos ni personales. Esa es una línea que nadie puede cruzar. A nadie le interesa si estás deprimido o te pones a cantar en el trabajo. Un colega repite cada día su frase favorita con una gran sonrisa antes de atender a la gente. "No se puede estar triste ni enojado cuando hay tanta belleza en el mundo". Todos lo miran y están de acuerdo con él. Yo no sé si estoy muy de acuerdo pero no digo nada. Ani me preguntó por qué el cartero se suicidaba en la película "La belleza americana". A lo mejor yo tendría que saberlo porque trabajaba en el correo. Pero no pude encontrar ninguna respuesta.

2

El lobby del hotel estaba vacío. Todos mis compañeros seguían en la piscina. Había más gente riéndose. Unos salvadoreños jóvenes de color muy moreno tomaban cerveza. Entonces apareció la imagen de una bella piscina en verano. Era nuestro primer apartamento que arrendamos con Ani. La piscina tenía cómodas sillas blancas. Detrás de unas rejas había un hermoso jardín con rosas rosadas y rojas. Y no sé por qué entre lágrimas me vino con mucha fuerza la imagen de esa piscina como si aquella escena la hubiera soñado.

Justo cuando el hombre entraba en el agua comenzó el ruido de una cortadora de pasto. El hombre al zambullirse seguramente no sintió el sonido chirriante de la máquina. Menos que era un obrero indocumentado el que la usaba. Seguro sería de México o América Central. El trabajador era joven y estaba muy quemado por el sol del verano. Tenía una camiseta de manga corta que en el frente decía El Salvador. Se notaban unos tatuajes de color verde en su brazo desnudo. El hombre emergió de las aguas de la piscina y entonces escuchó por primera vez el ruido de la cortadora de pasto. También vio al hombre de la camiseta blanca detrás de las rejas que manejaba la máquina. En su espalda llevaba algo así como una mochila de metal. Luego se dio cuenta que era un estanque de gasolina para hacer funcionar la máquina. El hombre se zambulló otra vez en la piscina. Eran las tres de la tarde del 14 de junio de 2005 y había cerca de 90 grados Fahrenheit. Cuando emergió otra vez del agua vio allí a las dos muchachas salvavidas que lo miraban. Tendrían 16 o 18 años. Eran rubias, hermosas y atléticas ("quizás son nadadoras profesionales", pensó el hombre que ahora nadaba de espaldas). Las dos muchachas estaban sentadas cada una en una silla, frente afrente, como de esas para arbitrar un partido de tenis que se ve en la TV. Una a cada lado de la parte angosta de la piscina. Las separaba toda la parte cubierta de agua. De allí veían muy bien a los bañistas por encima de la superficie y los que se sumergían debajo de esa azulada y transparente agua. A veces alguna de ellas anotaba algo en un papel luego de mirar unos tubitos de laboratorio donde mezclaba el agua de la piscina con el líquido rojo de los tubitos. Escribía los resultados. Luego miraba un termómetro para ver la temperatura del agua y volvía escribir los datos. Todo estaba perfecto y regresaba a sentarte en su silla y mirar a los bañistas. Al otro lado de la reja el hombre seguía cortando el pasto y parece que a nadie le molestaba el ruido. A veces daba una mirada de reojo a los que estábamos en la piscina. A los que nos bañábamos. O sentados en sillas blancas de plásticos reposábamos tranquilos recibiendo luego de una sumergida en la piscina el placer del sol. Algunos leían, otros (como yo) sólo mirábamos desde el agua el cielo azulado que a veces lo cubrían nubes pasajeras. Me gustaba imaginar figuras que hacían las nubes. Un hombre de 75 años, bastante bronceado, parecido a Ernest Hemingway, contemplaba con los ojos entrecerrados a una de las salvavidas. Hacía rato que la miraba. Podría ser su nieta que trabajaba part-time en el verano, o quizás pensaba en algún trabajo semejante que tuvo hace 60 años quien sabe en qué piscina o playa de Estados Unidos.

Ella era de un cuerpo esbelto, piernas largas y hermosas. El hombre pensó que se parecía a Sharon Stone. Luego dejó de mirar y volvió su cabeza hacia el ruido que venía de la reja. El hombre con la máquina seguía cortando el pasto y de reojo volvía a mirar a los bañistas. Parecía un ser de otro planeta con la cortadora en la mano y ese tanque metálico en la espalda. Eso pensó el hombre que antes miraba a una de las salvavidas jóvenes. Se levantó de su silla y caminó hacia la reja y algo le dijo al hombre de la máquina. El hombre que nadaba, que era yo, apoyaba la cabeza en una parte de la piscina y el resto de mi cuerpo permanecía sumergido en esas frescas aguas. Fui el único que vio caminar al hombre parecido a Ernest Hemingway hacia la reja. Desde lejos vi que el hombre mayor parecía hablar solo y mover las manos. El indocumentado paró la maquina y todo allí volvió a la calma bucólica de la piscina antes del ruido, rodeada por los pinos y prados bien cuidados. El hombre regresó a su silla y volvió a entrecerrar sus ojos para detener la fuerte luz del sol y continuar mirando a una de las salvavidas jóvenes. Perecía sumido ahora en el recuerdo de una película donde Sharon Stone nadaba desnuda y en cámara lenta en una piscina de California. El otro hombre que miraba apoyado en la piscina, que era yo, volvió a sumergirse en las deliciosas aguas. Las salvavidas lo miraban nadar y luego miraban a los otros. El extraterrestre de la camiseta blanca y con tatuajes verdes en su brazo había desaparecido para siempre detrás de la reja de la piscina.

Luego volvieron a rodar lágrimas por mis mejillas. Yo quería terminar esta relación hace tiempo pero no deseaba ser el primero en tomar la iniciativa. Temía que ella cayera en una desesperación por dejarla. Trataba de ver así el problema para calmar mi tristeza en aquel hotel. Eso me ayudó un par de horas, pero luego volvía un dolor en el pecho. Estaba sufriendo por algo que yo quería hacer hace tiempo. Me cuesta hasta ahora explicar esa reacción. Volví al cuarto pero no sabía qué iba a hacer allí. Podría caminar a cualquier lugar automáticamente y me daría igual. Quizás eso era lo que todos sentían cuando se rompía una relación. O era mi único caso porque había visto películas donde el personaje abandonado por la otra persona no le pasaba nada. O le pasaba algo pero no se descontrolaba mucho. Era lo que ocurría en una de mis películas favoritas, "Casa Blanca". O había otras donde el personaje abandonado recurría al crimen y mataba con violencia a su amante. Eso había ocurrido en el caso del jugador de futbol norteamericano que siempre me pareció una buena película. Debió ser el primer "reality show" de la televisión global cuando todos los canales, y muchos canales en otras partes del mundo, se conectaron en vivo. Iban siguiendo en helicópteros a O.J. Simpson por todo Los Ángeles. Millones pensando en qué acabaría esa persecución de su auto blanco por las carreteras de esa ciudad. Luego la marca del auto, el Ford Bronco, se hizo popular y hubo una gran demanda de ese tipo de carros. Era Hollywood imitando la realidad. Como otra película que siempre veo y que conversamos varias veces con Ani, "El show de Truman". Curioso que esta película fue hecha cuatro años después del caso de O.J Simpson. Eso lo dijo Ani y fue una de las más interesantes conversaciones que tuvimos por varias horas tomando café. Luego la conectamos a nuestra primera película cuando nos vimos por primera vez. Era el tiempo del inicio del fuego entre los dos. Pero se fue enfriando como una mala película que luego de comenzar bien, en la mitad se hace tediosa y aburrida.

En mi país un cartero o quien trabaja en el correo es un perdedor, decían. El que vivirá de un salario miserable y mirando a su esposa como a un ser de otro planeta que trata de hacer milagros para sobrevivir. Con hijos que no podrán ir a la universidad o se perderán en las drogas, el crimen, convertidos quizás en sicarios, o serán vendedores de frutas en un mercado público. Pero soy feliz como cartero en mi nuevo país. No me quejo y aunque sé que muchos carteros aquí se han suicidado no tengo interés en caer en una depresión. La verdad es que nunca me he deprimido por nada. Pero no sé si lo que hizo Ani me deprimió o era otra cosa que aún no tengo claro. Pero soy como una taza de leche decía mi madre. No me altero por ninguna cosa. Me da lo mismo lo que piense la gente o tenga cualquier opinión política o religiosa. Volviendo al oficio de cartero recuerdo a uno en mi pueblo cuando yo era niño. El era muy pobre. Siempre tenía el mismo traje gastado. Iba de casa en casa con un maletín de cuero lleno de cartas y las entregaba en persona luego de llamar dos veces a la puerta. Mientras entregaba las cartas cantaba un tango y siempre me acuerdo la primera línea porque era lo único que cantaba "Che, papusa, oí" y luego la volvía a repetir. María, la empleada de la casa, siempre recibía al cartero y conversaban un poco después que dejaba de cantar la única frase del tango. A veces le daba un vaso de agua o una copa de vino. Al cartero, los bromistas del pueblo le pusieron el sobrenombre de Jesús. El asunto es que nadie supo cómo la empleada quedó embarazada del cartero. Y María se fue de la casa a vivir con él en un cuartito miserable en una población marginal. A veces venía María a visitarnos. Luego apareció con su nueva hija. Su marido seguía repartiendo cartas y cantando esa única frase de tango. Luego María dejó de venir y también el cartero. Más tarde alguien contó que el cartero había dejado abandonada a su mujer y se había ido a una parte lejana del país con una mujer viuda. A Ani no le importó que yo fuera un cartero en este país. Le gusté porque conversaba de cosas diferentes que a ella le interesaban y porque hablaba de películas. Cuando recibí ese mensaje diciéndome que se iba de mi yo seguía siendo cartero. Pero había avanzado a una posición más importante. Como hablaba español me enviaron a América Central para ayudar en el sistema de correos e intentar sugerir cómo hacerlo más eficiente. El mismo El Salvador había pedido que fuéramos un grupo que hablara español y compartir experiencias. Pero fue una ironía recibir un mensaje por correo electrónico donde Ani me comunicaba que desaparecía para siempre de mi vida.

3

egresé dos semanas después al mismo cine a ver "Forrest Gum". Era domingo. La había visto pero es una película para ver más veces. Una buena película siempre está llena de detalles escondidos. Una mala no. Yo pienso lo mismo, me dijo Ani. Es la historia de un hombre mentalmente incapacitado que se enamora de una mujer a través de toda su vida. Desde la adolescencia hasta que ambos son mayores. Sus vidas pasan por varias décadas que cubren parte importante de la historia de un país donde me tuve que venir a vivir. Somos privilegiados de ser normales, inteligentes, mentalmente sin problemas para darnos cuenta de la complejidad de la vida. Eso dijo Ani que parecía una frase de una telenovela colombiana. Comentamos por dos horas la película. Fue esa vez que empezamos nuestra relación de amigos. A la salida de la sala nos encontramos de casualidad en el lobby y nos saludamos. No fue difícil ir de allí a tomarnos un café en Dunkin Donuts que muchas veces después fue nuestro lugar para conversar sobre películas. Ambos analizamos esa aparte donde ambos hacen el amor. Entre una mujer bellísima, inteligente, creativa, compleja, con un hombre que quizás jamás podría terminar de leer media página de una novela o entender un artículo de un periódico. Ni siquiera analizar lo que nosotros hacíamos en ese Dunkin Donuts. Es un misterio el amor, me dijo Ani que parecía un poco cursi su manera de analizar ciertas cosas pero me gustaba como lo decía. Además yo también a veces me enganchaba con alguna telenovela de los canales hispanos en este país. Como no sabía mucho inglés tampoco quería despegarme cien por ciento de mi lengua nativa. El deseo, continuó Ani, la pasión, lo que te dicta el corazón no tiene ninguna explicación científica. Yo pensaba lo contrario. Que esa parte de la película era muy irreal. Se necesita cierta inteligencia para llevar una relación sana, permanente y así se llega finalmente a la pasión. Pero Ani no estaba de acuerdo.

Nunca fui a ver películas sobre bailes porque nunca me interesaron. La única que vi fue una llamada "Bailando en la lluvia" con un actor que bailaba todo el tiempo. Otra fue la película más horrible sobre bailes latinos que vi. Era "Copacabana" o "A la Habana me voy" con la actriz portuguesa-brasileña Carmen Miranda. Fue allí que Ani me habló un poco de Cuba cuando mencionamos "El Tropicana". Me dijo que sus padres a veces iban a ese club nocturno en Habana a escuchar a cantantes norteamericanos que llegaban allí. Como Nat "King" Cole en 1958. También Frank Sinatra, Edith Piaf y Pérez Prado. Un día por casualidad encontré una vieja película en un remate y pensé en Ani y la vimos juntos en mi apartamentito que arrendaba. Era "Nuestro hombre en Habana" que se había filmado en 1959 cuando Ani tenía como trece, dos años antes de salir de Cuba. Era impresionante como su memoria recordaba Habana, viendo esa película, filmada en las calles de esa ciudad que había caminado con sus padres en algún momento. Me decía que su padre se acordaba de Nat "King" Cole cantando "El bodeguero" en aquel club nocturno. Fue la primera vez que hablamos de Cuba y de películas sobre bailes. Eso me trajo el recuerdo cuando pasé varios Halloween en este país. Pero fue el primero donde asistí a un fiesta de disfrazados en un bar y vi un baile que quizás por eso no me interesó para nada ningún tipo de danza.

4

Era común que en Halloween (era en West Virginia donde yo viví por un tiempo) los bares se llenaran de gente disfrazada en la noche de la celebración. Yo tenía una novia medio tiempo si se puede decir que se llamaba Karen. Las otras dos que conocí antes de Karen en Estados Unidos fueron en California y de allí me fui a Minnesota y después a West Virginia o fue al revés. El asunto es que Karen era muy atractiva pero muy independiente. "Mira, me decía, tú y yo lo pasamos bien, pero yo a veces quiero salir con mis amigas a divertirme." ¿Qué iba a hacer yo? Pues decirle que sí. Que yo también era liberado y que entendía su punto aunque no quería admitir que lo entendía hasta cierto punto. Así que ese día en la noche me quedé sin pareja pues mi amiga se iba a pasar el Halloween con sus amigas. Probablemente irían a un bar. Yo me imaginaba que iría disfrazada de Eva o algo por el estilo. Así que me comían los celos latinos que no se sobreponían a eso que le dije a Karen: "Sí, sí, yo también soy liberado. Te entiendo y no te preocupes". A Karen le gustaba hacer el amor pero diferenciaba el mal gusto y la perversidad sexual. Yo le ponía mucha atención y luego cuando estaba solo le daba vueltas a sus frases. Me decía "me gusta más lo erótico que lo sexual animal". Esto último lo anduve pensando varias semanas sin poder encontrar la diferencia. Yo era un tipo que leía novelas de ficción, algunas bien pornográficas, pero casi todas escritas por autores hombres y allí no se explicaba esa diferencia. Ella me conoció trabajando en un restaurante argentino donde yo era el segundo maestro de cocina. Karen era más culta. Había viajado mucho a otras partes del mundo y con ella aprendí muchas cosas mientras ella aprendió de mi cómo hacer una perfecta parrillada argentina. Hace un año que yo estaba por este lugar que ni tenía idea que existiera. A mi me daba igual con tal que tuviera trabajo seguro y pudiera enviar algún dinero a mi madre. Claro, luego me di cuenta que nuestro restaurante era el único de la ciudad y más allá del pueblo todo era campo y montañitas.

Los dueños eran más o menos pariente de un amigo mío. El era argentino y escritor. Por eso me recibieron y me dieron el trabajo de ayudante de cocinero principal. Yo era medio campesino y en un dos por tres hacia unas parrilladas que volvía locos a los clientes. Y por allí un día apareció Karen con su grupo de amigas. Todas lindas. Yo a veces salía con mi inglés macarrónico y chapurreado a preguntar a los clientes si la carne estaba bien que si los chorizos que si la morcilla. Cosas así. Yo me hacia el chistoso así que por ahí Karen y yo nos gustamos. Ella no era de pegarse a un tipo sino que, como dije, le gustaba su libertad. O sea salir a divertirse con sus amigas por eso aquel Halloween, el segundo o tercero para mí en Estados Unidos, me quedé sin salir con ella. Más aún, me dijo directamente que tenía planeado salir con su grupito. Que lo sentía mucho. Me dio un beso y me dijo en inglés 'That's the way it is". Así que esa noche de Halloween estaba solo. Tampoco tenía ganas de mirar la televisión. Luego decidí ir a un bar del pueblo. Claro que no fui disfrazado pues para qué. Ir solo y más encima disfrazado, sentado en un bar, resulta un cuadro patético. Al entrar me encontré con un payaso que vendía entradas. Al lado una bailarina entre amazónica y árabe ponía los timbres en el dorso de la mano para saber que habíamos pagado y por si queríamos volver a entrar. El bartender, o el tendero del bar (bueno es una mala traducción mía) pero el que vendía tragos en el bar estaba disfrazado de gorila. Me imaginaba el calor que tendría el tipo por dentro con esa máscara, pero él parecía de lo más contento con su mirada estúpida de gorila. A mi lado otra bailarina árabe. Quizás había un Harén aquí me preguntaba y comenzada la libido a funcionar al estilo latino. O a lo mejor era únicamente mi propia imaginación patética. Algunos disfrazados me miraban diciéndome, "Y tú, huevón, ¿no estás disfrazado"? Claro que el "huevón" se me ocurrió a mí pues muchos en esas circunstancias de Halloween no son groseros. Así que sentado en el bar, con una cerveza, miraba pasar a los disfrazados. Pasó uno vestido de elefante. Otro de Tarzán arrastrando de una cadena gigante a un mono falso de peluche. Pasó otro vestido de pollo monumental como ése del programa "Plaza Sésamo". Pasaron y pasaron disfrazados como si fuera un circo sin fin.

Al principio se dudó si era un disfrazado más o no, pero de repente entró un enano vestido de arlequín. Muchos, o casi todo el bar, miraron al disfrazado. O sea todos los disfrazados miraban al enano disfrazado de arlequín que llevaba una capa azul, llena de perlas brillantes que por supuestos serían falsas. El enano se paró en medio de la pista de baile que aún estaba vacía porque todos los disfrazados estaban tomando algo. Y empezó el pigmeo a bailar solo y a jugar con su capa que le cubría desde el cuello hasta los zapatitos de arlequín. En eso entró a la pista una mujer disfrazada de princesa y con un antifaz rojo. Llevaba un vestido transparente que dejaba ver un cuerpo hermoso, semidesnudo. Seguro tenía un traje de baño debajo. No sé porque pensé que yo conocía ese cuerpo y me entraron unos celos raros. Pedí nerviosamente otra cerveza porque supuse que era mi amiga Karen. Desde fuera de la fiesta cinco otras mujeres disfrazadas, amigas de la princesa que realmente se parecía a Blanca Nieves se reían como locas por la escena entre un enano que se movía lascivamente muy cerca de la princesa que también bailaba. Por varios minutos todo el bar de disfrazados comenzó a reírse como si fueran a derrumbar el edificio.

Yo no me había enterado de nada pues sólo trataba de reconocer si la princesa era mi amiga que andaba allí disfrazada y que viéndome en el bar, la muy cabrona, no le importaba que yo estuviera allí. Más celos me daban. Hasta el gorila, el bartender, secaba un vaso una y otra vez. Su cara de King Kong babeaba por la rubia que imaginaba le rascaba la palma de la mano como en la película clásica. Miraba hacia la pista viendo como se contorneaba Blanca Nieves. Entonces fui cuando me di cuenta que el enano abría su capa azul y dejaba ver un gigantesco pene de cuero. Parecía una salchicha polaca o alemana colgando de su cintura y la levantaba, inmenso miembro erecto, con sus manitos el enano y la mostraba a la princesa. Y la princesa como si nada bailaba media sonámbula. Sus amigas casi se caían al suelo riéndose de la escena como todo el mundo en el bar.

La princesa rubia, despertando de un sueño, al ver aquel objeto inmenso, parecido a un largo chorizo hinchado, donde el enano parecía desaparecer detrás de la inmensa pinga, amarrada a su cintura, con un reflejo de una karateca cinturón negro, Blanca Nieves dio una vuelta casi en el aire y le sentó con el dorso de su pie (bailaba a pie descalzo) un increíble golpe en medio del espectacular miembro falso. Y sonó como si se reventara un globo gigante. Como si alguien hubiera dejado caer en medio de la pista una puerta al suelo. Y de entre medio del enano arlequín, o de entre sus piernas diminutas, salía aserrín molido, mezclado con papeles de colores. "Parece que le reventaron una piñata al buey enano ése", me dijo un mexicano, sentado a mi lado en el bar y sin disfraz como yo. Yo finalmente no pude dejar de reírme como todo los que estaban mirando la escena. Hasta el King Kong se reía como mono, con hipos, que me causaban más risas. Luego el enano desapareció de la fiesta como por encanto. Y siguió Blanca Nieves bailando. Pero luego me puse a pensar que algo había de extraño en la reacción de Blanca Nieves. Era la velocidad con la cual dejó en ridículo al enano. Realmente era la velocidad de una karateca que dio un golpe preciso dejando al pobre arlequín como una piñata rota (en la versión del mexicano). Entonces me vinieron unos celos casi incontrolables que moviéndome como un autómata me dio por aliviarlos pidiendo un whisky doble a King Kong. El gorila idiota se tomó su tiempo en servírmelo porque seguía limpiando el mismo vaso y mirando a esa mujer rubia en vestido transparente. Hasta el mexicano a mi lado me decía "Este buey está por saltar a la pista y robarse a Blanca Nieves". Me reí como autómata echándome la mitad del vaso de whisky a la cabeza para que se me calmaran los celos. Sabía que Karen practicaba hace años el karate y una vez me había mostrado un cinturón café. Nunca la vi entrenando pero sabía que esa era su deporte favorito. Ella decía que no era un deporte sino un arte marcial que tenía milenios de antigüedad. Yo como no sabía nada del Oriente porque no más me la pasaba pensando en Argentina, cualquier otro país me era como una estrella muy lejana que no me interesaba entender ni menos visitar. Pero aún así no pude confirmar si era Karen la vestida de Blanca Nieves aquella noche en West Virginia cuando celebré por segunda o tercera vez el día de Halloween. Mientras un arlequín enano bailó pegado a ella y luego King Kong, detrás del mesón del bar, pasó mirándola toda la noche y estuvo a punto de raptarla y esconderse con ella en la punta del edificio Empire State de Manhattan.

5

onté esa experiencia a ese amigo escritor y profesor argentino medio compatriota porque yo luego de pasar la infancia y estudios secundarios en Chile me fui a Argentina por dos años. Y de allí emigré a este país donde conocí a Ani muchos años después. Mi amigo trabajaba en una universidad en California. También era periodista. Gracias a él tuve ese trabajo de cocinero en aquel restaurante argentino de parrilladas de West Virginia porque, como dije, él era pariente del dueño de ese restaurante. Eso fue antes de que luego me hiciera cartero. Fue un periodo de ajuste y desajuste. Un momento que al llegar a este país yo andaba para un lado y para el otro como una bala perdida. Sin saber qué quería y para dónde me iba a llevar el destino. Mi diversión era ir al cine y arrendar películas. Y entonces me envió un correo electrónico tiempo después cuando yo vivía con Ani diciéndome que si me interesaría quizás leer su historia que había escrito hace poco y porque tenía que ver un poco con esa atmósfera de película del director David Lynch que me empezó a gustar desde que vi "Terciopelo azul". La transcribo aquí tal como me la envió. Ambas historias, la de West Virginia, y ésta última una vez las conversé con Ani pero a ella no le interesaban los cuentos escabrosos. O "disturbing" me decía luego en inglés. No tenía ningún interés en entrar en el mundo perverso de la gente. Me preguntó si yo tenía alguna perversión porque le comentaba esas cosas. Le dije que no. Que sólo era así mi humor y que siempre he sido así, jodón, como se dice en Argentina. Pero algo ocurrió quizás en ese entonces cuando comenzamos a vivir juntos. Entre ambos empezaba a desconectarse algo. Unas finas líneas que nos separaba pero no sabíamos qué era. Pero aquí la historia de aquel profesor amigo. Su cuento tenía mucho de biográfico porque incluía algunas de sus experiencias personales como profesor y adicto al Internet.

Cuando vio entrar a la mujercita pequeña, menos de un metro y medio, pensó que era la sorpresa más original que le habían preparado sus amigos en su fiesta de soltero. Su último día de soltero. Realmente sus dos últimos días de soltero porque hoy era un día viernes y el domingo era su matrimonio. Los amigos le dijeron que la fiesta sería en un restaurante elegante y que lo habían reservado desde las 9 de la noche hasta la cinco de la madrugada. La mujercita era casi enana pero de una belleza que no pudo explicarse ni menos encontrar parecido con nadie. Quizás se parecía a alguien de una película italiana donde trabajaba Marcello Mastroianni dirigida por Federico Fellini. O a un personaje que aparecía en un film de David Lynch. Pero recordó, "¡Il Mattatore!". Era una película donde una mujercita enana se disfrazaba de Greta Garbo para estafar a unos periodistas libidinosos. Ahora la hermosa miniatura tenía un vestido color crema. "Pero no, no era un actriz extra", se dijo volviendo a "Il Mattatore". Allí la enanita decía un par de frases y luego no habló más en toda la película. Sin darle más vuelta al asunto caminó hacia ella. "Es mi fiesta de soltero", se dijo. A medida que avanzaba parecía hacerse más grande la diferencia. A cada paso que daba, ella se empequeñecía y la perspectiva de su cuerpo se reducía a la afilada nariz, la limpia frente y el pelo dividido en dos sedosas corrientes que caían hasta los hombros diminutos. Pero ella alzó la cara. Sonrió. Giró levemente el rostro y le ofreció su mejilla para que la besara. Cuando se inclinó para hacerlo sintió como si él hubiera crecido desmesuradamente para llegar con dificultad a esa tersa mejilla. Una piel suave que rozó levemente con sus labios. Ella tenía el tamaño de otra realidad. Gracias, le dijo la hermosa mujer pequeña. Puedes darme otro en la otra mejilla. Me gustan los números pares. Los números desiguales, o las cosas que no tienen par o compañía, una montaña solitaria, una luna sin su estrella luminosa a su lado, mi mano sin otra que me la acaricie, un tango que se baila sin pareja, eso me desespera. Le sorprendió que le pidiera unos besos en ambas mejillas. Pero aún más aquellas frases entre filosóficas y cursis, sacadas de algún dialogo de una película que no podía recordar en ese momento.

En fin, se dijo él, la cursilería es parte de las grandes pasiones amorosas y el arte, la literatura, la música, el bolero, el tango o las historias que cuentan las operas más clásicas se han refugiado siempre en lo cursi. Pero no sólo la mujer era pequeña, bella, sino que hablaba como si hubiera plagiado un guión de algún director famoso o de algunas de las telenovelas venezolanas o colombianas. Tenía acento al hablar y se notaba que era de algún país lejano. Esos lugares que tienen historias que ocurren en Babilonia, Rusia, el mundo árabe, los países escandinavos, China. ¿Sus amigos habían contratado a una actriz de alguna película o de algún circo ruso? Mucho gusto, le dijo, dándole la mano y arrepintiéndose inmediatamente. Se vio ridículo e incomodo al sentir de vuelta una manito diminuta como si fuera una masita de goma que se le pegaba a su palma de gigante. ¿Cómo se llama?, le preguntó inmediatamente, sintiendo ahora que unos deditos se movían y adquirían vida como pescaditos entre su mano. Los sintió húmedos y cosquilleantes. Ella le vio un tatuaje verde en la mano izquierda. No quiso tratarla de tú porque una fuerza interna se lo impedía. Quizás era su propia sensualidad reprimida y a punto de explotar en esa despedida de soltero. O porque era la primera vez que estaba ante una mujer muy bajita que sólo había visto en películas o en cuadros de pintores famosos. Ella, vestida como una reina mirándolo desde abajo. Casi desde el piso como si fuera una hormiga. Lo miraba con sus preciosos ojos verdes. Podría ser perfectamente una niña pequeña pero del tamaño de un muñeca. Por la cabeza le pasó un cuadro de Balthus. También la obra más conocida de Navokov que escribió en este país. Pero especialmente los cuadros de Balthus. Me llamo Azucena Svetlana, respondió ella, pero me puede llamar solamente Azucena y soy rusa-alemana, mirándolo hacia arriba, como gritando hacia la punta de una lejana montaña. Como si realmente fuera una reina cautiva igual que la bella mujer en la mano del gorila de la película "King Kong". Le dio su mejor sonrisa pero dejando que el hombre viera sus ojos y su dentadura perfecta. Ambos atributos físicos de la mujercita despedían una sensualidad poderosa. Como la luz de la pantalla de la televisión del restaurante que transmitía a las espaldas de ella una película erótica en blanco y negro. Se quedó mudo mirándola. Súbitamente trepó a la mesa como un pajarito y quedaron a la misma altura. Ella rozó levemente sus dedos otra vez, sonriéndole con picardía. ¿Ves? Todo es cuestión de perspectiva. Tengo sed. ¿Nos tomamos un vaso de vino? El siguió mudo pero respondió a su sonrisa. Estaba impactado por la mujercita. Esa muñequita de carne lo estaba excitando. Y aún más que hubiera volado desde el suelo como una paloma hasta la mesa. Todo lo veía como un cuadro surreal. Como un cuadro de Balthus volviendo a repetir el nombre del pintor francés. Ahora se veían a los ojos. A él le pareció una de esas princesitas que bailan en cajitas de música. Claro, dijo que era rusa, pensaba para sí mismo. Como la mítica y bella enana cubana Espiridiona Cenda, llamada "Chiquita", célebre en los teatros de Estados Unidos y Europa a fines del siglo XIX. Ella le seguía acariciando la mano.

El hombre miró de reojo la película en blanco y negro que continuaba transmitiendo la pantalla de la televisión. Un caliente deseo comenzaba a circular por su cuerpo. ¿Vino o champagne?, le preguntó a la mujer y se imaginó preguntándole a una muñeca de porcelana arriba de una mesa. Vino prefiero, pero en una bonita copa de cristal. Como para una reina, le dijo Azucena, mirándolo tan de cerca que el hombre pudo oler un perfume a flores y ver, a través de su escotado vestido color crema, unos sostencillos blancos, diminutos, y el color miel de su piel con pecas parecidas a manchitas de chocolate. Y unos senos como damascos con un pezón rozado, erecto. En la película que seguía en la pantalla del bar del restaurante aparecía una escena de Marlene Dietrich mostrando sus hermosas piernas en un cabaret alemán. Un hombre viejo de barba la miraba somnoliento. El hombre se veía distinguido con esa barba blanca y hacia el papel de profesor de una escuela secundaria. Tenía una foto en su mano y comprobaba si la imagen coincidía con el rostro y las piernas de Marlene Dietrich. En otra parte de la escena, unos muchachos que eran sus estudiantes se escondían del profesor. Alguien había denunciado que algunos de ellos pasaban con sus uniformes de estudiantes a mirar las piernas de la bailarina. Pero en una escena, el profesor se queda hipnotizado mirando bailar y cantar a la bella rubia de ojos verdes y piernas hermosas. Había visto tantas veces esa película. Le gustaba la escena erótica del baile de Marlene Dietrich pero no la caída en la miseria de aquel profesor quien se enamoraba de la bailarina hasta llegar a la demencia. La Dietrich lo dejaría hundido en la miseria al fin de la película (¿o en el medio de la película?) y aún más viejo por un hombre joven y apuesto. Todo eso pensaba el hombre, mirando de reojo la película, y mirando a su vez el cuerpo diminuto de esa bella mujer de ojos verdes que mojaba sus labios con el color oscuro del vino que se agitaba lentamente en una bella copa de cristal hecha para una reina en miniatura.

Le gustaba el cine y ahora con ediciones de viejas películas que se podían arrendar podía volver a ver, incluso en un Ipod, las películas más clásicas del cine norteamericano o europeo. Por eso, por una multitud de imágenes visuales, escenas, personajes, historias del cine, la presencia de esa mujercita hermosa no le causaba mucha rareza tenerla a centímetros de su cuerpo. Le causaba placer visual mirándola beber de la copa de cristal. Azucena bebía con elegancia aprendida de alguna parte o sólo le venía por instinto. El hombre había sospechado que la mujercita podía ser una actriz y de seguro sus amigos la habían contratado para su fiesta de soltero. Le excitaba mucho, a esa altura del encuentro con la enana, estar por primera vez ante un ser que sólo había visto en películas, cuadros, o leído en obras literarias. Por su cultura, y la imaginación visual que se formó por tantas películas vistas (y su pasión por la pintura), fue como entrar él mismo a una escena de las tantas historias de directores italianos, franceses o norteamericanos. Pero especialmente a un cuadro de Balthus (era la tercera vez que mencionaba para sí mismo el nombre del pintor cuya madre había sido amante del poeta alemán Rilke). Era cierto, Azucena había sido contratada por los amigos del hombre. Eso estaba clarísimo. Le ofrecían un regalo que se asemejaba a sus gustos por el cine negro, más o menos con personajes inteligentes pero depravados sexualmente, y por Balthus (ahora era la cuarta vez que repetía al pintor francés). Querían saber, eso suponía él, qué podía hacer su amigo en su última fiesta de hombre soltero con un personaje que el mismo hombre sólo había visto en una pantalla de alguna vieja película de Fellini o Vittorio de Sica. O en ilustraciones de ese Conde francés, pintor, amante de los gatos. Lo cierto es que no cruzaron más palabras hasta una hora después cuando conversaron largo tiempo donde nadie supo de qué hablaban.

Fue aquí que se nos empantanó el cuento porque cuando

Emilia envió su parte, que continuaba al momento cuando Azucena y el hombre se encuentran, no le gustó para nada al matemático (aunque éste no sabía apreciar la literatura de ficción). Era un tipo que opinaba de cualquier tema que se enviara a la lista del blog. Consideró que el agregado de Emilia era muy "pro-feminista" y de allí no lo sacó nadie. Ernesto por otro lado, que había incorporado la parte fílmica al cuento, dejó de enviar colaboraciones por alguna razón y no participó más. Yo en tanto organizaba los diferentes agregados al cuento en la computadora. Cortando aquí, poniendo un pedazo del envío en alguna parte que tuviera sentido o en una continuidad sorpresiva. Junto a eso estaba metido en mis propias clases en el semestre de primavera en mi universidad norteamericana en California. Los envíos eran para construir un cuento entre mucha gente, principalmente de argentinos de la lista llamada "Argentina-Opina" que era un blog privado. Muchas veces la lista se transformaba en una olla de grillos porque los ataques personales iban y venían. O rencores porque alguien le dijo que su análisis sobre tal asunto era una mierda. Otros (las mujeres de la lista) decían que allí sólo opinaban los hombres y cuando las mujeres enviaban una opinión, era lo que siempre decía Clarita, nadie les daba nunca ninguna respuesta. "Ni le daban pelota a sus envíos porque los hombres argentinos siempre eran una manga de boludos y machistas" decía ella. Había otro compatriota que vivía en Inglaterra (según el código de su email) y se llamaba Kurbi. Kurbi era el participante más desinhibido de la lista pero jamás envió nada para aportar en este cuento colectivo. Kurbi era un francotirador tipo "kamikaze" que podía hundir en el charco de mierda a cualquier participante con un lenguaje lumpen. Aunque él era un doctor en ciencias que estudian la genética o algo parecido o pudo ser mentira porque en Internet cualquiera puede inventarse un currículo. El 80%, yo creo que el 95%, de los miembros de la lista lo consideraban un

189

enfermo mental o un ser de inteligencia superior pero lleno de neuronas torcidas. Especialmente aquellas que influían en la construcción de un degenerado esquizofrénico, como era el Kurbi, para aplastar con una bomba atómica a cualquier bichito indefenso si no le parecía buena la opinión del otro o la otra. Discriminaba con todos. Era realmente un fascista de Internet como los hay en otras listas y en muchos blogs. Era incapaz de aceptar otras ideas. Las suyas eran las ideas de un izquierdista afiebrado que se había quedado estancado en el foco guerrillero como solución para aplastar la globalización actual. Consideraba que la lucha armada era única alternativa en América Latina, o en países del Tercer mundo, para aplastar al imperialismo. Continuamente enviaba a la lista los comunicados del Sub comandante Marcos desde Chiapas. Pero también tenía inclinaciones por el fascismo alemán porque defendía el pacto soviético- nazi antes de comenzar la segunda guerra mundial. Esas eran sus raíces ideológicas, bastante torcidas, que producía en Kurbi una esquizofrenia de palabras insultantes que enviaba al blog "Argentina-Opina". Lo peor es que hablaba solo porque nadie respondía sus largos análisis. Nadie tampoco en la lista sacaba a ningún miembro porque no había desde hace tiempo ningún director o administrador de "Argentina-Opina". Lo hubo al principio pero luego por un raro malfuncionamiento tecnológico la lista siguió sola. La lista iba automáticamente ordenando por su cuenta los mensajes, por semana, por mes, por años. Como si de repente una nave espacial se hubiera perdido en el espacio y luego sin tripulantes comenzara a funcionar por sí misma a causa de algún sorpresivo malfuncionamiento de un chip del computador. Parecía una nave controlándose sola. Independiente de la dirección de un ser humano. O sea que la lista tenía un piloto invisible y automático que nadie en la lista podía eliminar, sacar o borrar. Por eso Kurbi, aprovechándose del misterio tecnológico de la globalización, sabía que era imposible arrancarlo del grupo de discusión en Internet de "Argentina-Opina".

A nadie se podía eliminar de la lista opinara lo que opinara. Todos parecíamos estar estancados allí dentro, pero libres de enviar la noticia o el comentario que quisiéramos. Sin embargo Kurbi había pasado lejos la raya de lo aceptable. Había llegado a ese extremo, o la libertad deseada del psicópata cibernético, donde puede hacer anónimamente lo que se le ocurra en una lista de Internet (además nadie había conocido personalmente a Kurbi ni había fotos de él ni en yahoo ni en google). El Kurbi asumió la libertad absoluta y por eso abusaba de la lista porque nadie podía arrancarlo jamás de "Argentina-Opina". Por lo menos hasta que se solucionara el misterioso funcionamiento automático del blog. Alguien me comentó privadamente que intentaban hacerlo pero si se lograba se destruiría enteramente y de inmediato desaparecerían todos los participantes de la lista. Algunos no querían hacer eso porque la lista llevaba cinco años funcionando y sentían mucho cariño por el club. "Era como sacar del planeta al Boca Juniors para siempre. Imaginá el quilombo en Argentina, se muere medio país, che", me escribió un miembro de la lista. Muchos integrantes se habían hecho amigos allí. Se escribían privadamente aunque nunca nadie se había visto las caras personalmente porque todos estábamos repartidos por el planeta. Si la lista desaparecía era como si todos nos hubiéramos muertos. Algunos tomaban bien en serio la amistad que produjo ese blog. Por eso Kurbi era una mancha cancerosa en "Argentina-Opina" pero no había nada que se pudiera hacer. Una pareja de argentinos se habían conocido hace dos años y luego desaparecieron. No participaron más. Todos creímos que estaban aburridos aún cuando sus nombres seguían en el archivo de los integrantes. Nos parecía que leían todo lo que allí se escribía y se discutía. Uno podía quedarse mudo sin participar pero recibiendo cada día las discusiones. Algunos y algunas preferían esa conducta voyerista. Pero luego de un año de haber estado ambos en silencio, aparecieron con la novedad de que se habían casado por Internet. Como tenían pantalla plasma de TV en sus computadores (fueron los primeros que se compraron esa novedad aunque muchos preferían sólo la letritas negras en la pantalla y odiaban verse las caras) se comunicaron con un sacerdote argentino, jesuita, que era adicto al Internet y tenía una página propia con un foro sobre las religiones del mundo. El accedió a casarlos virtualmente y arregló toda una excelente conexión a tres computadores como si el casamiento fuera realmente en el living de la casa del novio o de la novia. Se las estaba ingeniando para casar incluso en la catedral de Notre Dame por Internet pero necesitaba resolver algunos asuntos tecnológicos. A algunos les sorprendió que un jesuita estuviera tan enterado de la última tecnología. Otros pensaron que la iglesia se sumaba al consumo virtual y que entre una empresa multinacional que hace dinero y la orden jesuita no había ninguna diferencia.

El asunto es que nunca nadie les preguntó en la lista asuntos íntimos pero por ahí, en algún email privado, se sabía por otros casos que no era difícil tener relaciones sexuales a través de pantallas conectadas al mismo tiempo. Incluso era mucho más sensual y la erección del novio no se perdía nunca porque la pantalla reflejaba los cuerpos con una belleza insuperable, incluso más jóvenes de lo que parecían, y mejores que los DVD que hacía el Playboy. Bueno, yo quise, como decía, crear colectivamente un cuento entre todos los del blog "Argentina-Opina". Lo empecé a hacer en mi tiempo libre (que no era mucho) durante el semestre. Ese semestre estudiábamos un paquete de diversos cuentistas, novelas cortas, de un espectro grande y diverso de escritores y escritoras de América Latina desde comienzos del siglo XX hasta el 2008, incluyendo hasta el chileno Bolaño. El curso, en la segunda clase, debía comenzar a hablar sobre un cuento de mi compatriota Jorge Luis Borges que estaba en el paquete (fotocopiado de la primera edición). Estábamos leyendo el cuento muy conocido y el que ha tenido varias interpretaciones contradictorias, escritas por académicos y hasta por escritores. Especialmente el final del cuento. Era "El sur". El día que se nos atascó el cuento de la enana Azucena, teníamos que discutir en mi clase si el viaje al sur del protagonista de "El sur", luego de salir del hospital, era un sueño o era realidad. O que escribir un cuento es sólo reproducir un diálogo ficticio-literario con otras obras (el cuento menciona varias obras con las cuales Borges dialoga, "El Martín Fierro", "Las mil y una noches", etc.). Algunos estudiantes, especialmente aquellos que su lengua nativa no era el castellano, pero tenían grandes deseos de estudiar otra lengua y otra literatura, les costaba entender el argumento del cuento de Borges. Aun cuando lo entendieran eran muy pocos los que captaban el cambio del personaje cuando está en el hospital y luego parte en un tren al sur a una antigua hacienda de sus abuelos. Un abuelo era alemán y el otro era criollo. Este último había peleado expulsando indígenas (realmente había participado en un genocidio) en la Pampa por allá por la mitad de 1800. ¿Y cómo hablar y explicar o crear otras posibilidades de análisis sobre esa vuelta de tuerca en el cuento de Borges si apenas algunos podían entender el argumento? Allí se nos estancó la discusión y el cuento del argentino. O sea su personaje parecía vagar sin ningún rumbo lógico por otro cuento que se habían inventado algunos estudiantes. Es como si el nieto de dos abuelos de distintos países (uno alemán y otro argentino) no pudiera explicarse en una clase de literatura latinoamericana de una universidad norteamericana. Un personaje en el vacío. Un personaje que no puede avanzar y su vida queda congelada. Un cuento trunco. Y todo coincidió perfectamente: estancados con el cuento colectivo de "Argentina-Opina" y estancados en mi clase con el cuento de Borges. ¿Tendría eso algún significado oculto? Total que nunca pudimos terminar el cuento colectivo de la enana.

Los miembros del blog pasaron mucho tiempo mudos. Había días y varios meses que nadie escribió nada. Pensé que la lista por sí sola había desaparecido en el ciberespacio y con ella nuestros nombres y que no iríamos a comunicarnos nunca más. Desaparecía la posibilidad de vernos los rostros. Aún tenía cierta esperanza que alguien enviara señales de vida desde alguna parte del ciberespacio. O si continuábamos con la historia de Azucena o si no había nada más que se pudiera hacer. Por otro lado, sigo dictando este nuevo semestre el curso de literatura pero dejé fuera aquel famoso cuento de Borges. Es una lata que uno pase horas preparando el cuento y llegue a la clase y sienta que está antes unos idiotas que ni siquiera entienden el argumento. He pensado que mejor ellos terminen, mis estudiantes, el cuento de la enana Azucena porque puede ser más entretenido para ellos. Pero por otro lado tengo el temor que tampoco tengan idea de las tantas referencias que hay en la inconclusa historia de Azucena. Especialmente las referencias al cine italiano, alemán, o norteamericano de varias décadas antes que ellos nacieran. Y menos que sepan quién era Balthus. A lo mejor me acusan de poner a un ser "discapacitado" en una historia donde alguien siente deseos sexuales por una enana y me expulsan de mi universidad. Ya lo hicieron en el departamento de inglés donde un profesor especialista en literatura egipcia en traducción al inglés, al explicar gráficamente ante los estudiantes la danza del vientre, trajo un plato con gelatina y debajo puso un vibrador. Al término de la clase todas las estudiantes mujeres partieron corriendo y horrorizadas donde el decano a estampar la denuncia de una horrible y sexista explicación de la danza del vientre que aparece en una novela de un escritor árabe.

Ani leyó esta historia sólo un poco del comienzo y entremedio, y los párrafos finales. Me dijo que mi amigo tenía serios problemas sicológicos perversos. Yo le dije que era una historia interesante porque incluía películas y tenía mucho humor. Además todo era ficción. Pero ella tenía una selección de películas que le interesaban más y otras para nada. En las que rechazaba parece que no podía desligar la ficción de la realidad. Pero el asunto es que yo quería ver películas donde lo sexual estuviera mezclado con "perversiones". Por eso desde que vivimos juntos no pude ver muchos filmes, como "Viridiana" o "Belle de Jour" de Luis Buñuel. Qué decir de David Lynch. Ani se transformaba en otro ser. Y yo entraba en una confusión que ella a lo mejor tuviera verdaderamente razón. Pero luego no me preocupaba más del asunto y dejaba que ella pensara lo que quisiera. Olvidarme rápidamente de problemas era muy fácil para mí.

6

Luego al volver al lobby y haber enviado mi respuesta a Ani, pasé no sé cuánto tiempo sentado en la pieza del hotel pensando que al volver a casa no encontraría nada. O a nadie. Sólo dos gatos mirando por la ventana. Llegaría a una casa donde una compañía de diez años había desaparecido. Huyendo de alguna fuerza maligna. Tenía pasaje para el día siguiente y hubiera querido volar inmediatamente. No sé para qué. Pero sentí con anticipación los cuartos vacios de la casa. Lo irónico es que yo no era "el cartero que golpeaba la puerta dos veces" como la película hecha en 1946 del mismo nombre, sino que entraba de madrugada como un ladrón con dos maletas. Y en vez de entregar cartas iba a leer varios papelitos que Ani había dejado escrito sobre la mesa de la cocina. En aquella película de 1946, "El cartero llama dos veces", no aparece ningún cartero, ni siquiera se menciona pero la he visto varias veces. Recuerdo que cuando aquel cartero de mi pueblo llegaba a la casa golpeaba tres veces y luego gritaba "¡el carteroooo!". Debe ser una lejana obsesión de conectar esa película con mi pasado y presente. Una vez hablamos con Ani de eso al sugerirle que viéramos juntos la primera versión del film. La historia la cuenta en primera persona Frank Chambers, joven vagabundo que para a comer en uno de esos típicos "Diner" de California y luego termina trabajando allí. El restaurante lo maneja Cora que es joven y es de una belleza que nadie puede dejar de mirar. Ella está casada con un hombre mucho mayor, Nick Papadakis de sobrenombre "el griego". Aquí me dijo Ani que una hermana suya estaba casada con un griego que también tenía un Diner. La mayoría de los Diners en este país, agregó Ani, son de dueños griegos y no sabía por qué. Bueno, hay una atracción inmediata entre Cora y Frank y comienzan un apasionado affaire pero con acciones sadomasoquistas como cuando Cora le pide a Frank que la muerda en los labios y le apreté los muslos del culo. Él lo hace muy fuerte que le hace sangrar la boca. Cora es una "mujer fatal", como las mujeres que se describen en las letras de los tango me dijo Ani. Quizás, le dije, pero no soy adicto a escuchar tangos a pesar que soy medio argentino. Bueno, Cora está cansada de un hombre que no la ama ni la atiende emocional ni menos sexualmente aunque el marido la mira con lascivia. Se ha roto toda relación íntima entre ambos. El griego es un personaje viejo, calvo y gordo. Entonces los dos planean matar al "griego" para comenzar juntos una vida nueva y quedarse con el Diner. El plan es pegarle en la cabeza y luego meterlo en la bañera pretendiendo que se ha ahogado. Cora lo golpea con palo de beisbol pero sorpresivamente hay un corte de luz y aparece un policía en el Diner frustrándose el plan. El griego se recupera del golpe pero le afectó la memoria y no sospecha que Cora y Frank querían asesinarlo. Pero aún así, ellos quieren matarlo. Van a repetir el plan en un viaje en auto que hacen los tres. El griego ha tomado mucho alcohol y va contando chistes racistas en el coche y allí lo golpea Frank con el mismo palo de beisbol pero el carro pierde equilibrio y cae a un barranco. En el accidente muere el griego. Cora y Frank quedan heridos. El juez del pueblo sospecha lo que ocurrió pero no tiene evidencias suficientes para probar el caso. Usa una táctica para que Cora y Frank se peleen el uno al otro y entonces   acusa solamente de asesinato a Cora. Durante el juicio ellos salen absueltos porque no se pudo comprobar que el griego fue golpeado en la cabeza. Frank había enterrado el palo de beisbol. Entonces cuando iban a vivir finalmente juntos Cora extrañamente muere en un accidente de auto. El libro de Frank, el narrador, termina explicando que él fue condenado a muerte porque el jurado determinó que él quería asesinar a Cora. Luego de terminar el libro en la cárcel tienen que internarlo en una celda para enfermos mentales porque se dan cuenta que ha enloquecido escribiendo su historia. Aún así será ejecutado. Queda sugerido que no sólo fue el amor hacia ella la causa de su demencia sino unos celos patológicos por la excesiva belleza y juventud de Cora. Frank estaba seguro que Cora lo iba abandonar en algún momento.

No sé por qué me acordé de esa película mientras estaba en el hotel. Entre Ani y yo no había ninguna tercera persona. Menos la idea de asesinar a alguien. Ni menos caer en la demencia. ¿O a lo mejor en este hotel sin darme cuenta comenzaba mi demencia? ¿Pero por qué esta tristeza incontenible, cayéndome lágrimas por las mejillas y queriendo salir de este hotel y de este país? Anoche los amigos y yo, antes de recibir el email de Ani, cantábamos alegres tomando ron y cerveza. Me sentía feliz de estar vivo y compartir con ellos. Quizás no nos volveríamos a ver nunca más pero no importaba. Alguien cantó un tango que se llamaba "Sur". Como dije, a mi el tango jamás me interesó pero recuerdo una parte de su letra que cantaban esa noche "Sur… una luz de almacén. Ya nunca me verás como vieras recostado en la vidriera esperándote…tus 20 años… arena que la vida se llevó, amargura del sueño que murió….las calles y las lunas suburbanas y mi amor y tu ventana… todo ha muerto ya lo sé".

A pesar que estaba en el Caribe todo era carente de calidez luego de recibir aquel mensaje electrónico. Me acordé cuando viví en Minnesota luego de vivir en California o quizás me fui primero a West Virginia y luego a Minnesota. Le conté la historia del argentino Felipe a Ani la tercera o cuarta vez que nos vimos para tomar café en Dunkin Donuts. Yo había escrito un borrador pensando en un guión para película con la ayuda de aquel amigo escritor. El guión era un proyecto de una clase de cine que tomaba en Minnesota. Pero él reescribió totalmente la historia de otra manera. Yo le di el borrador y él le dio su propia organización narrativa agregándole algo de política que yo no había puesto. Lo político poco me interesaba. Había visto cosas terribles en Chile y Argentina que hicieron los militares pero yo quería olvidarlas. Especialmente lo que hicieron con el padre de un amigo mío al que llamábamos "Casanova". Su padre había sido un cantante de un circo pobre y lo habían lanzado vivo desde un helicóptero a un volcán. Olvidé por mucho tiempo esa historia en mi nuevo país. O quizás el nuevo país me hizo olvidarla porque a nadie le interesaban las historias tristes y que para eso mejor se preocuparan los políticos o las ONG me decían mis nuevos conocidos. Entonces mi amigo, el escritor argentino, se puso él como narrador principal quien cuenta la historia en tercera persona del personaje principal. Pero en fin, como dije, me daba igual el asunto político que él incluyó pero la historia del argentino Felipe era totalmente verdadera. Ani se rió un poco y me dijo que podía venderla para hacer una película. Claro, le dije. Se sonreía cuando le hablaba de Felipe y le contaba de sus comentarios políticamente incorrectos. Otras veces se enfurecía tanto que me dejaba descontrolado sin saber qué pensar. Pronto llegué a construir una especie de autocensura consciente pensando bien en lo que le iba a decir. Porque no tenía idea cómo reaccionaría. O si reírse o mirarme con una rabia que la transformaba en otra persona y me dejaba mentalmente confundido. Ella pensaba que yo también era otro Felipe y se lo ocultaba. Quizás la historia de ese amigo de Minnesota pudo ser algo muy desagradable para Ani. Quizás fue el comienzo del quiebre silencioso entre nosotros.

7

Felipe Morel era un exiliado argentino. Como había una amplia mayoría de hombres y mujeres que lo encontraban atractivo sacó bastante beneficios de esos comentarios. Sin embargo algunos envidiosos pensaron que su seductora virilidad era sólo una resbaladiza y subjetiva interpretación pues confundían su gracia personal con sus atributos físicos. Felipe no era ni alto ni bajo. Tampoco era un atleta listo para las olimpiadas. Siempre llevó unos abundantes bigotes negros que extrañamente no coincidían con su encanecida cabellera. Algunos pensaban que se teñía los mostachos pero yo sé que no era cierto. Esta irregular contradicción le tenía sin cuidado pues no se le anunciaba por ningún lado una temprana calvicie. Todos asegurábamos que jamás llegaría a caérsele ningún pelo por el resto de su vida. Por el contrario, y según muchas mujeres que lo llamaban por teléfono pues yo era quien generalmente recibía los recados, sus cabellos blancos eran el mayor atractivo "latino". Esta última palabra Felipe la usaba de muletilla cargante para describirse a sí mismo. Llegó a Estados Unidos en junio de 1980. Antes había estado diez meses en Venezuela arrancando de la dictadura argentina. O escapándose de las siniestras torturas porque, decía, "sabía mucho sobre Los Montoneros".

Dominaba como nadie asuntos políticos y económicos de todo el Cono Sur. Teorizaba como si fuera un Lenin en el exilio o un Che Guevara en México (como en aquel famoso encuentro clandestino con Fidel) sobre la vieja y nueva izquierda. Además, enumeraba de memoria casi todos los libros que tenían que ver con el marxismo. Nos parecía que de verdad se había leído toda la literatura sobre el tema: desde El Capital hasta el último discurso de Fidel Castro de la semana pasada. Más sorprendente era su conocimiento sobre literatura latinoamericana. Sin embargo no tenía idea sobre la literatura norteamericana ni menos de cine porque "no era adicto a los alienantes medios masivos capitalistas", decía.

Lo raro es que en Minneapolis fue el lugar donde Felipe tuvo personalmente un giro bastante grande. La ciudad estaba en el Medio-Oeste y durante los largos cinco meses de invierno permanecía llena de nieve. A ella fuimos a parar la mayoría de nosotros por pura casualidad como el caso mío. Otros por asuntos de exilio como el de Felipe. El frío en Minneapolis era tan insoportable como el de Moscú, ciudad esta última que muchos de nosotros sólo la habíamos visto en la película "Doctor Shivago" o imaginado en alguna novela de Dostoyevsky. Para rematar, en verano había que soportar una pegajosa humedad bastante parecida a la del Caribe. No se supo nunca por qué aquella impresionante inteligencia proselitista de Felipe, que nos encandilaba a todos nosotros (hablaba mucho más que los chilenos y tenía un humor que dejaba enano o enana a cualquier español), de repente se le fue por otro camino. "Como si fuera un barco errante" en la metáfora del poeta Edgardo Vidal cuando años después recordábamos al argentino. Es decir, comenzó a sacar el máximo de provecho de su indiscutible atractivo de amante latino, dejándose llevar por "los deliciosos cantos de sirenas de las mujeres del norte", otra de las metáforas del poeta Vidal. Estas lo seguían, me contaba el propio Felipe, como si él fuera portador de una innata y misteriosa seducción que debía cultivar y repartir sin mirar a quien. Estaba convencido, a los siete u ocho meses de aterrizar en Minneapolis, de que había llegado a otro planeta donde el pasado se le iba transformando en una tierra lejana que sólo recordaba como descripciones añejas. Como si fuera una vida que se cerraba, semejante a un capítulo de un libro "...que no había que leer (o releer)...", y luego de una pausa recalcaba "...nunca más". No sé si dijo "unos capítulos" o "unos libros". En relación a eso del capítulo que no había que releer, recuerdo sí que andaba repitiendo una vieja leyenda: la de la lotofagia. Decía que a lo mejor estaba comiendo la flor del loto que en la tradición milenaria egipcia o africana, quien la comía, olvidaba para siempre su patria y su pasado. El poeta Vidal, a quien le impresionó mucho la historia, y como tenía interés en el psicoanálisis (o algo parecido), concluyó, como si hubiera demostrado finalmente la teoría del origen del universo, que esos cantos de sirenas (sexo, país nuevo, exilio, redescubrimiento de su propio cuerpo, etc, teorizaba el poeta Vidal) eran también (simbólicamente, decía) "las flores del loto egipcio o del loto africano". Yo me quedé esa vez mirando medio anonadado y con la boca abierta por tan poética o peregrina interpretación del poeta Vidal. Felipe Morel, en cambio, le dijo en su acento rioplatense "che poeta, vos sí que sos inteligente".

El argentino estaba casado con Isabella Rossellini pero su nombre y su apellido no tenían ningún parentesco con el padre del neorrealismo italiano. Ella era una bella mujer porteña y tan inteligente como él. Otros aseguraban que era muy superior a Felipe, especialmente porque tenía una fascinante facilidad para argumentar sobre asuntos políticos. Alguien dijo que los dos venían desde Venezuela a punto de separarse. Solamente era cosa de tiempo. Seguían juntos porque de esa manera ambos entraban sin grandes problemas de visado al país. Por eso fuimos compañeros de cursos graduados pero ellos llegaron con una beca a estudiar el doctorado en literatura latinoamericana (aunque al año Felipe se cambió a Ciencias Políticas a pesar de su deficiente inglés escrito). Era realmente un pretexto para sacarlos de Venezuela donde estaban a punto de ser deportados a Argentina. Una vez Isabella le confió al poeta Vidal (a quien había tomado de confidente) que Felipe "no era un hijo de puta" (quizás se refería a que el argentino jamás denunció a ninguno de Los Montoneros), "...pero que no podía aguantarlo más". Luego supimos, quizás fueron décadas después, que Felipe le había dejado varias veces los ojos morados a su mujer. El argentino no soportó que ésta hubiera comenzado unas relaciones secretas con Martín, un chileno que recién había llegado igualmente exiliado, casado y con dos hijos pequeños. Pero Felipe no podía (ni pudo nunca) comprobar si él era el amante secreto de la Rossellini. Le rondaba la obsesión morbosa de encontrarlos juntos en alguna cama. O besándose a escondidas en algún café. Cuando eso le daba vueltas por la cabeza era encontrarse con la parte más negra de Felipe. De esa manera se tragaba solitariamente unos celos bastante desproporcionados y por eso comenzó a maltratar físicamente a Isabella, además de gritarle lo siguiente, y en presencia de los propios padres italiano-argentinos quienes habían venido a visitarla desde Buenos Aires con bastantes dificultades económicas y políticas: "su hija es una puta y se está acostando con un chileno". Así mismo lo dijo. Delante de ellos que lo miraban perplejos. Como si de repente su yerno se hubiera convertido, allí en medio del comedor, en un extra-terrestre que hablaba y gritaba en otra lengua. Lo curioso era que aunque estaban separados, e Isabella vivía sola con sus dos hijas, Felipe conservaba un derecho indiscutible (para él) de vigilarla. Podía llegar a las horas más insospechadas a la casa de Isabella, por lo general de sorpresa (supongo que para encontrar a Isabella con otro en la cama). Una vez le armó un escándalo a las tres de la mañana porque encontró en su cocina una botella vacía de champagne. Lo que más le '"emputecía", me contó después, "era que no estaban los vasos por ninguna parte de la cocina. Ni en el lavadero ni en la pieza ni en el sillón ni en el estante para comprobar que el chileno era el otro que había compartido la botella quien sabe dónde". ¿Y si se tomaron el champagne de la botella misma?". De esa manera se torturaba. Pasaba rápidamente de una posibilidad, exagerada por sus celos, a otra peor que lo sumían lentamente en una obsesión enfermiza. Si bien yo era su interlocutor preferido (porque vivíamos en el mismo departamento y yo era medio argentino) se hablaba a sí mismo fumando un cigarrillo tras otro. Felipe nunca se cansó de preguntarme una y otra vez si yo sabía qué tipo de relación tenían ambos mientras cínicamente urdía llamadas telefónicas de sus nuevas conquistas cuyos nombres eran Karen, Cindy, Jeanne o June.

Una vez, y sacando un cuchillo de la cocina, me dijo: "si sos ese Martín quien se está acostando con Isabella con este mismo te cortaré las bolas. Y ojalá no seas vos...", mostrándome el gigantesco cuchillo cocinero. Yo pensé que estaba llegando al punto más profundo de sus celos y faltaba muy poco para que fuera un chalado completo. O estaba haciendo chistes de esos que hacen los gauchos de la Patagonia. Recuerdo que sobre mi última respuesta, Felipe me dijo que me dejara de estereotipos boludos porque los gauchos estaban casi exterminados desde mucho antes del "Martín Fierro". "A lo mejor", dijo el poeta Vidal quien de vez en cuando hacía sus bromas, "... si dice que andaba con Los Montoneros, pero entiendo que éstos eran uruguayos, seguro que te las cortaba no más". Yo me reí como loco de la salida de Vidal pero luego me puse a pensar que de dónde sacaba el poeta otra de sus peregrinas teorías relacionando a los gauchos, a un grupo de guerrilleros uruguayos o argentinos y el cuchillo cocinero. Recuerdo que no le discutí ese punto.

Otra vez, mientras yo seguía anotando los nombres de

mujeres que lo llamaban incesantemente, porque a veces me tomaba como su secretario de una agencia de corazones solitarios, llamó por teléfono una mujer de voz joven (eso me pareció a mí). "Sólo por la voz, che flaco, se puede reconocer, desde el otro lado del teléfono, o la juventud o la vejez ", me dijo una vez Felipe con un tono doctoral en asuntos humanos, especialmente cuando se trataba de mujeres. Poca importancia le daba a la voz de los hombres cuando los escuchaba a través del auricular. Una vez no reconoció, por ejemplo, ni la voz de su propio padre que lo llamaba angustiado desde Buenos Aires. "Pero che Felipe", le gritaba su padre, "¿qué mierda te está pasando allá con los gringos?"

Ese día que llamó la mujer joven, Felipe estaba en el departamento que habíamos arrendado los dos. Ni me acuerdo por qué llegamos a alquilar un lugar juntos. Quizás porque nos salía más barato dividir los gastos. Así que tomó la llamada de aquella voz de mujer juvenil y en un entrecortado inglés se las arregló perfectamente para tener la más animada y larga conversación. A mí, en cambio, junto a una pavorosa inseguridad lingüística, siempre el inglés me costó como si fuera árabe pero mi pronunciación no era tan horrorosa e incomprensible como la del argentino. Para qué decir de entender lo que me decían, pero Felipe en cambio parecía comprenderlo todo. Por lo menos eso daba la impresión. Así que con una asombrosa soltura se puso a hablar con aquella anónima (para mí) voz de mujer gringa. Se reía a carcajadas, pero yo pensaba que sólo lo hacía para despistarme y no me enterara que él realmente no estaba entendiendo ni un carajo de todo lo que le decía aquella lejana mujer. Para mis orejas, ella era sólo una vocecita que me llegaba a ratos, en una risita distante y que yo me la imaginaba dando vueltas en un cuarto de un edificio gigante con una gran ventana que daba al río Mississippi. Cualquiera podría asumir, por tan amena conversación (así me parecía), que Felipe realmente aprendía con una rapidez sorprendente el nuevo idioma que a mí y al poeta Vidal nos tomó años en poder mantener siquiera la más básica conversación cotidiana.

Mientras Felipe conversaba alegremente, yo con una oreja trataba de seguir aquella plática y por otro lado intentaba estudiar (casi siempre hasta altas horas de la noche) para terminar un master y luego buscar algún buen trabajo en lo que fuera. En realidad lo que escuchaba era el monólogo del argentino en un inglés que yo deseaba para mí pero con una pronunciación que habría irritado hasta el más amable norteamericano. El americano común siempre fue cordial con los extranjeros y nunca nos reprochaba nuestro horroroso acento en inglés. Y eso sí que era una verdad que nos costaba entender. Los gringos no eran como muchos de nosotros que luego ellos de darnos las espaldas hablábamos peste en su ausencia. Ellos nunca lo hicieron. En cambio nosotros, los del Cono Sur, criticábamos toda "su penetración imperialista y la ayuda descarada a las dictaduras de turno". Eso era un asunto que conversábamos hace poco con el poeta Vidal después de casi 20 años de los sucesos. No nos dábamos cuenta de nuestra indiferencia y la falta de cordialidad hacia nuestros anfitriones a quienes considerábamos ingenuos y excesivamente cordiales. Una cordialidad que "me hincha las pelotas" decía Felipe con su acento argentino que incluso nunca desapareció de su horrorosa pronunciación en inglés. Pero a las mujeres las veíamos de otra manera, quizás por influencia directa de Felipe o porque nosotros pensábamos lo mismo sin darnos cuenta. De esa conversación telefónica, y a través de su insoportable pronunciación, yo sólo le entendía entrecortadamente palabras como "yuar betiful", "prety wuman", "Argentina" (palabra que pronunciaba increíblemente bien), "no marri", "yes", "totali singel", "yes", "Oh, yes, yes". Repetidamente yo escuchaba la mal pronunciada palabra "single", y muchos "yes" que al principio me tenían irritado pero luego, dado su monólogo medio absurdo, me vino una risa y me tuve que meter al baño para no destruir la atmósfera erótica que había creado a la distancia, con una mujer medio desconocida y que le hablaba (era casi muda para mí) desde una ventana mirando el apacible Mississippi. Recuerdo que era una tarde de verano bastante insoportable por la humedad, pero el clima ni le afectaba y pasó una hora pegado al teléfono sin preocuparse siquiera que el auricular estuviera resbaloso de su sudor y casi derretido en su mano izquierda. Con la otra mano fumaba como si estuviera en la cárcel. De eso sí me recuerdo mucho porque había descubierto la marca Malboro (así la pronunciábamos). Cuando terminó de hablar voló en busca de un diccionario. Prefería los de inglés/inglés pues así adquiría más vocabulario, decía, lo cual era cierto. Buscó entre las páginas una palabra que la muchacha había repetido varias veces en la conversación. Yo estaba seguro que era muy joven y capaz que se llamara Lolita, igual que el personaje adolescente de la novela de Navokov. Como no encontraba el término en el diccionario (la verdad es que lo había escrito tal como lo había escuchado), me dijo, "oye flaco, che, decíme, cómo se escribe 'yerq' ", pasándome un papelito donde lo tenía escrito. Inmediatamente conecté todo el diálogo o empecé a escuchar imaginariamente el otro lado del teléfono lo que antes parecía tan ininteligible como misterioso. Por muchos años me siguió la imagen de una mujer rubia o pelirroja que le hablaba de alguna parte de Minneapolis mirando las aguas del Mississippi (tampoco averigüé nunca si ella lo llamaba realmente desde allí). Por casualidad alguien me había explicado ese coloquialismo bastante usado en la conversación común norteamericana. Uno que me lo explicó había sido un amigo donde yo trabaja medio tiempo en un restaurante.

La palabra exactamente era ""jerk" -j-e-r-k- y le dije que se escribía de esa manera. Entonces volvió a hojear el diccionario inglés/inglés sumiéndose en un mar de palabras nuevas que remitían a otras palabras y mundos que lo hacían pensar solamente en inglés. A lo mejor, me decía el poeta Vidal, uno cruza la línea invisible cuando se apropia de otra lengua y de los gestos de las nuevas gentes por eso la frontera que queda atrás desaparece para siempre o la arrastramos toda la vida sin darse uno ni cuenta. Yo pensaba que el poeta Vidal poetizaba mucho la nueva realidad o él estaba generalizando su propia experiencia en el nuevo mundo que a un grupo nos tocó llegar por razones que nadie predijo. Pero a lo mejor tenía toda la razón como luego fue el destino de muchos de nosotros, incluido el de Felipe. Junto donde estaba el diccionario, Felipe conservaba un manuscrito incompleto al lado de algunos libros que por varios meses parecían estar siempre en la misma página. El manuscrito lleno de correcciones era sobre los análisis de la izquierda latinoamericana dentro de la nueva fase de dictaduras militares. Temas que a mi realmente nunca me interesaron pero que le escuchaba porque tenía una atractiva forma de hablar que te encandilaba. Yo siempre permanecía mudo escuchándolo porque era mejor que estar solo. Llevaba semanas que él no escribía ni una página de esa fabulosa tesis doctoral que al llegar (un año atrás) nos había explicado a todos. Nos alucinó con su elocuencia pues la tesis que iba escribiendo (con una lentitud pavorosa), demostraba que se iban a renovar las perspectivas de la izquierda latinoamericana (y europea, agregaba) con posterioridad a los golpes militares. "Cuando estos se acabaran..", añadía como si fuera una frase profética. Estaba seguro que las dictaduras se iban a terminar algún día pero no sabía cómo aunque de lo que sí estaba seguro, "por ser un método suicida", decía, "...era que el foco guerrillero no podía ser la alternativa para cambiar todo". A lo mejor por eso cierta izquierda argentina lo expulsó silenciosamente de sus filas porque estaban enterados en qué reflexiones teóricas andaba metido en "Estados Unidos, país imperialista y mentor de las dictaduras de América del Sur al que elegiste para gozar tu exilio dorado escribiendo boludeces y que la ignorante academia norteamericana, de seguro, cree que sos la autoridad en la realidad argentina, chilena o uruguaya. Puta madre Felipe... donde fuiste a dar." Eso fue lo que le escribieron desde la clandestinidad allá en Buenos Aires. Yo leí textualmente aquella frase una noche cuando me mostró la carta. Fue cuando tuvimos una larga conversación (o donde él realmente se habló a sí mismo porque yo no sabía nada de eso) sobre el destino incierto del "foco guerrillero".

Pero volviendo a la llamada telefónica, Felipe buscó y buscó la palabra "jerk" hasta dar con varios significados. Luego corrió en busca de su viejo diccionario inglés/español pues quería tener las más exactas versiones en su propio idioma. "Aquí está", dijo, alegrándose de haber llegado al final de una búsqueda (aunque fuera lingüística) que le había torturado casi una hora en el oído. En ese entonces me di cuenta que a Felipe le preocupaba mucho aquella palabra que la mujer le había repetido varias veces desde un edificio de departamentos con una gran ventana al río Mississippi. "Aquí está", volvió a decirme. "Mirá, te traduciré lo que dice. Hay varias acepciones. Torno, sacudida, sacudimiento, vibración, salto, brinco, respingo. También hay esta: moverse a tirones. Cerró el inmenso diccionario que podría pasar por un gran ladrillo color café y me miró alegre como si me quisiera seducir. De todas las definiciones sacó la que más le agradó: vibración, moverse, sacudida. Inmediatamente la asoció con energía sexual (eso me dijo) y así su poderosa imaginación siguió por esos rumbos eróticos y llegó a la conclusión de que aquella mujer lo llamaba para hacerle saber su ilimitada potencia que él tenía cuando hacían el amor (así fue como me lo dijo y aún recuerdo su extensa frase). Contento con su análisis (yo en tanto quería reírme allí mismo pero no sé por qué no lo hice) se metió al baño y no salió de allí después de otra media hora. Venía perfumado. Encendió otro Malboro tal si fuera aquel atractivo Humphrey Bogart de "Casablanca", además el clima se prestaba perfectamente pues Minneapolis a esas alturas del verano era tan parecido a la ardiente temperatura de Marruecos. Miró nuevamente el diccionario (y de reojo su tesis a medio comenzar) y me dijo, antes de salir (volvería de madrugada como era natural en él durante el tiempo que vivimos juntos), "flaco, che, no estudiés tanto, divertíte un poco". Y cerró la puerta como si hubiera cruzado hacia una ciudad llena de hermosas luces que lo absorbían y lo llamaban como cantos de sirenas. O dado un salto a un espacio donde ninguno de nosotros (y más aún Felipe) distinguíamos bien en qué lugar comenzaba o terminada la frontera de nuestros sueños, delirios, y oscuras esperanzas del nuevo país en que estábamos. Ese espacio que nos conectaba enrarecidos al pasado o nos llevaba sonámbulos hacia el futuro.

La verdad es que nunca supe si Felipe aprendió finalmente lo que en lenguaje coloquial norteamericano significaba la palabra "jerk" y que en nada se parecía a los significados que alucinado buscó en un diccionario inglés/español comprado en Argentina diez años atrás. Meses después se mudó a vivir sólo y por años no tuve más noticias de él. "Yo tampoco", decía el poeta Vidal "pero alguien me contó no hace mucho que nunca más había regresado a la Argentina. Ni siquiera de pasada. Tampoco pudo terminar su doctorado en Ciencias Políticas porque acumuló cerca de diez trabajos incompletos finales que nunca dio a sus profesores. Y estos terminaron por desentenderse de Felipe reprobándolo de sus cursos con la nota menos que mínima. Su fabulosa tesis seguía en su escritorio con más correcciones que antes y una cantidad aún más grandes de libros abiertos que se desparramaban por la mesa, el sillón y una mesita que tenía en el baño. Tuvo un hijo con una muchacha de 18 años (pero no creo que haya sido aquella que parecía llamarlo desde un cuarto que miraba al río Mississippi). Al año de tener el hijo, la muchacha se escapó del departamento con el niño y Felipe cayó en una depresión por tres meses. Dicen que se quedaba sentado en una silla mirando por la ventana, sin hablar con nadie, y fumando como si estuviera a punto de ser fusilado o a minutos de ser puesto en una cámara de gases. ¿Recuerdas su voz grave y masculina que tenía (y que usó para hacer sucumbir a muchas mujeres como un canto de león irresistible)?, pues me dijeron que luego de aquella depresión de no ver más a su hijo, y menos a la muchacha que lo abandonó para siempre (y nadie sabe por qué), conoció a una periodista colombiana que lo llevó a trabajar de locutor en una radio hispana en el Medio-Oeste, cerca de Iowa. Parece que cuando conocía a una nueva mujer el pasado se le borraba instantáneamente y volvía a las andanzas de siempre." Eso fue lo que me dijo el poeta Vidal muchos años después. Y lo último que supe de Felipe Morel.

8

Recordaba esa historia en el hotel y pensaba en Felipe. Amigo argentino, casi compatriota, quien me parecía patético en ese entonces pero desde ahora, años después, él vivía como quería vivir. Alegre y gozando todas las mujeres que se le ponían por delante. Lo envidiaba un poco realmente en ese tiempo. Ahora no sé donde estará y cuánto me gustaría conversar con él para que me dijera algo. Un consejo de un amante de mujeres porque sabía de mujeres. Si quería conquistar a alguien lo lograba. Felipe le cantaba tangos a Isabella y ella salía huyendo. Recuerdo que siempre cantaba el tango "Mi noche triste". "Percanta que me amuraste en lo mejor de mi vida. Dejándome el alma herida y espina en el corazón. Sabiendo que te quería, que vos eras mi alegría y mi sueño abrasado…". Y luego Felipe cantaba otra canción que era su favorita. Sólo con el tiempo entendí, o quizás ahora sentado en este cuarto de hotel, que la comienzo a entender mejor. "Te quiero Sur. Sur, te quiero. Vuelvo al Sur, como se vuelve siempre al amor, vuelvo a vos, con mi deseo, con mi temor". Nunca había pensado que yo también venia de un lejano sur. El origen de mi vida. Reapareció la imagen de mi madre que había fallecido allá en ese sur hace poco y por años nunca fui a verla. Tampoco fui a sus funerales aunque Ani me dijo que debería ir pero no lo hice. Quizás este país te ha enfriado un poco los sentimientos, me dijo ella porque a veces me consideraba una persona sumamente fría e indiferente como un cartero de este país. Me acordé también de aquel amigo de la infancia que solo llamábamos "Casanova" al que le gustaba mucho la música tropical y el baile. Especialmente la música cubana. También apareció el recuerdo de mi madre y de mi propia infancia y adolescencia que estaba extraviada en alguna parte lejana de mi memoria.

La pensión donde trabajaba mi madre era la "Residencial Santiago" y el pueblo donde vivíamos se llamaba Santo Tomé. Me cuesta recordar a mi madre junto a mí. Ni siquiera para hacerme dormir estaba a mi lado. O era ella quien no podía cuidarme porque vivía de pie pegada a un fregadero lavando platos al almuerzo, luego a las cuatro de la tarde para terminar cerca de las diez de la noche. Las únicas veces que nos veíamos era cuando a ella le venían con el cuento de que "su hijo hizo la siguiente travesura o quebró aquello." Entonces le pedía a una tía indígena que había nacido en el sur, en la parte de Argentina a dos kilómetros de la frontera con Chile (nunca supe qué hacía ella en esa pensión), gritándole en lengua mapuche, le alcanzara un palo o una varilla de mimbre para darme por el culo o por donde me agarrara. Yo ahora pienso que éramos muy pobres porque no veía parientes de verdad por ningún lado. El único paisaje familiar era la presencia de mi madre que trabajaba de empleada doméstica en aquella pensión. Mirando para atrás me veo como un niño desamparado que si un ciego le hubiera pedido a ella me regalara, no lo habría pensado dos veces. Es lo que le pidió un tío llamado Segundo pero ella no quiso. El pasado de mi propia madre era vacío y oscuridad. Ella sólo sabía que su padre era un emigrante alemán que primero se instaló en Argentina y luego cruzó la frontera a Chile por el sur pero no quiso reconocerla como hija legítima. Su madre era otra historia confusa que ni ella misma entendía pero insistía en contar que mi abuela era "media indígena y media española-argentina".

Mi madre era alta, tez blanca y pelo trigueño muy abundante. Por una foto que ella conservaba cuando tenía 16 años (y yo aún guardo porque fue cuando la dejaron embarazada) se ve que fue una mujer muy hermosa. Sin embargo a los 30 años, por el trabajo casi de esclava, se había convertido en una mujer con dos piernas destrozadas de tanto estar de pie limpiando platos o haciendo la comida desde las siete de la mañana hasta las diez de la noche. Yo apenas la sentía cuando se levantaba a las 5 de la madrugada y menos la escuchaba cuando se acostaba a eso de las once de la noche. Durante el día solamente la vi de pie fregando platos. A veces pensaba que ella nunca comía porque era raro verla sentada. Mi madre tenía mal genio, pero no es que fuera enojadiza por naturaleza sino que como trabajaba todo el día igual que una mula eso la hizo muy amarga. Y de allí que la agarrara conmigo. Por eso yo ni me acercaba cuando la dueña de la pensión la regañaba por esto y por lo otro. Sabía que mi madre la tomaría conmigo y comenzaría a llamar a gritos a su media hermana indígena. O sea mi tía, la que parecía gozar que mi madre tratara de darme por el culo con una varilla de mimbre. Nunca supe cómo lograba sacar mi tía el maldito palo con mucha rapidez de algún lugar (parece que siempre lo guardaba bajo su cama). Mi madre era como era y a veces, en sus escasos días de felicidad y ternura, me daba unas monedas para que arrendara alguna bicicleta usada en el pueblo porque sabía que yo soñaba con tener una nueva. Nunca tuve ni siquiera un balón de fútbol. Pero como había amigos que los tenían luego se me pasaba la tristeza.

Y aquí entra mi amigo Casanova que yo entonces, ni nadie, sabía cuál era su nombre de pila. Con Casanova fuimos amigos aunque yo tenía 15 años y él tenía 13. Yo era realmente amigo por una hermana que tenía y por su bicicleta. Mi madre le llamaba "ese Casanova". Y luego agregada "y cuidado con andarle pidiendo la bicicleta a ese niño que si se la rompes yo te voy a moler el espinazo a palos". "Sí, sí, mamá Amelia" y salía más rápido que de costumbre de su lado no fuera que me tirara de los cabellos y me agarrara de la oreja para repetirme otra vez "y no se me junte más con Casanova, ¿me oyooooó?" . Yo llamaba a mi madre "Mamá Amelia". Con el tiempo supe que ese nombre es casi inexistente entre los nombres de pila de las mujeres chilenas o argentinas. Tuvieron que pasar años para enterarme que "Amelia" era de origen alemán (o al menos de alguna parte de Europa). Realmente su nombre se lo había puesto aquel padre europeo quién sabe si recordando a alguno de su propia familia, madre o abuela. Sin embargo, mi supuesto abuelo le dio un nombre pero jamás la reconoció como hija legítima. Eso desde niño nunca pude entenderlo: su padre le puso un nombre especial, bello, que le recordaba a su propia madre o abuela, pero por otro lado la hundió no sólo en la orfandad más oscura sino en el desprecio que tuvo que soportar de la gente durante toda su vida. A veces ella me contaba que su madre "media mapuche" no quiso que su supuesto padre alemán la criara en una hacienda de la cual él era dueño entre la frontera con Argentina y Chile. Así era como el pasado de mi madre se enturbió para siempre convirtiéndola en una mujer 'huacha" o ilegitima y dejándome a mí en otras tinieblas: sin saber jamás qué significaba tener un padre, un abuelo o una abuela.

Mi amigo Casanova, excepto para mí, era un caso raro para su edad porque siempre andaba cantando boleros o música tropical, "de Cuba", decía, además quería ser cantante y bailar el cha-cha-chá por eso caminaba bailando y eso en aquel pueblo, para la mayoría, no sólo era extravagante sino que Casanova debía tener una deficiencia mental. Hasta decían que era maricón. Ambos fuimos a la misma escuela primaria de Santo Tomé y allí nos hicimos amigos. En la escuela secundaria no nos vimos mucho porque él estaba en otro curso. Luego me dieron una beca para estudiar dos años en la universidad y rara vez nos veíamos. Cuando me fui a Argentina a los 20 años perdimos contacto. Cuando nos conocimos en la escuela primaria yo pensaba que Casanova era rico. O al menos yo creía que era rico porque tenía una bicicleta nueva con timbre y una cosa maravillosa en ese tiempo: un velocímetro. Esos que cuentan a qué velocidad va uno cuando la pedalea.

Casanova tenía una hermana muy bonita que se llamaba Sonia. Vivía en la capital y venía únicamente los veranos a Santo Tomé porque el pueblo estaba al lado del mar y en esos meses calientes aparecía mucha gente de otras partes del país. En la playa y en la plaza del pueblo era común que se vieran turistas rubios hablando en otras lenguas. Siempre recuerdo a Casanova y a la hermana de Casanova. Luego supe que era su "media hermana". Fue ella quien me dio el primer beso donde perdí un poco el conocimiento o sentí un mareo especial y casi rodé por las escaleras de piedra de la playa una tarde de verano. Ninguna mujer a los 15 años me había besado en los labios. Más encima Sonia era de la capital y se ponía perfumes que a los amigos de Casanova nos dejaba hipnotizados, mirándola babosos y poniendo ojos de pescado. Casanova me tenía estima porque quizás yo era un amigo normal. O sea que para él yo no era de esos que "Ya Casanova, préstame la bicicleta, ya pus Casanova", decían sus otros amigos hombres. Ni tampoco era de los que lo molestaba con su hermana: "Hola cuñado, ya pus Casanova, préstame a tu hermana". Además yo vivía a seis cuadras de la casa de Casanova que no era una gran casa sino casi un conventillo pero nunca me enteré cómo pudo llegar a tener la bicicleta más hermosa del pueblo y además una hermana tan preciosa que nunca vivía en Santo Tomé y sólo aparecía los veranos con ropas modernas y peinados como las que usaban las muchachas en las películas de Elvis Presley. Además se ponía diferentes tipos de perfumes que nos hacía soñar con ella durante todo el verano. Sonia tenía 25 años y nosotros diez menos que ella. Recuerdo que Sonia me llamaba "lolito" cuando me acariciaba y me daba besos a escondidas de Casanova que casi me hacían desmayar. Muchos años después leí en inglés la famosa novela de Nabokov y no podía dejar de pensar en Sonia. Siempre que vuelvo a la novela del ruso, el personaje Humbert Humbert se me transforma en Sonia y la hermosa Lolita en un delicioso joven de 15 años. Con Ani vimos la película basada en la novela pero esa película no le gustó mucho o casi nada. Dijo que era la historia de un hombre pedófilo. Pero no le discutí el asunto. Casi siempre no le llevaba la contraria en sus rechazos a lo que a mí me gustaba.

Fue Sonia la primera que trajo al pueblo de mi infancia la moda de una blusita corta que dejaba ver su ombligo. Con esa camisita rosada nos dejaba a todos nosotros más babosos que el olor de sus perfumes. Casanova confiaba en mí por eso me prestaba a veces su bicicleta nueva o quizás intuía que yo, entre todos sus amigos, era el que más bien le caía a su media hermana. Sin embargo una vez casi le destruí para siempre su preciosa máquina de dos ruedas cuando pasé rozando un poste de teléfono y luego entré como un rayo a un negocio. Todo fue por ir mirando el velocímetro de la bicicleta intentando llegar a los 30 kilómetros por hora. Luego de casi chocar con el poste seguí pedaleando (no sé por qué, quizás por los nervios) y quedé incrustado en el mesón del negocio entre unos sacos de harina y un cajón de cebollas. Por milagro la bicicleta estaba intacta. Además yo mismo tenía todas las partes de mi cuerpo en el mismo lugar y no me veía ningún brazo o pierna al revés. Menos mal que mi madre nunca se enteró de mi intento de superar la marca olímpica de velocidad en la bicicleta de Casanova porque otra vez le habría pedido a su hermana indígena que me agarrara y que "le pasara la varilla de mimbre para molerme el culo por desobediente".

Otra maravilla que poseía Casanova, puesto que le gustaba tanto la música tropical, era una vieja victrola a parte de la bicicleta y de su preciosa media hermana. Era de las primeras que se fabricaron en el país o parece que era importada. Una vez me la prestó "pero si me la rompes te voy a matar, huevón", me dijo Casanova pasándomela con mucho cuidado. Fue una felicidad indescriptible (pero no superior al beso y los siguientes besos escondidos que me daba la hermosa Sonia) estar escuchando música en discos gigantes. Mi madre vino como a las dos de la mañana a despertarme porque escuchaba un ruido que hacia la aguja de la victrola. "Ay mijo", me dijo, "Ud. otra vez con cosas ajenas. Seguro que esta cosa es de ese Casanova. Ya, cuando se levante agarra la victrola y se la devuelve". Le entregué el aparato a Casanova cerca del mediodía y luego de mirar su victrola por arriba, por abajo y por detrás, por si estaba quebrada o le faltaba algún pedazo, y luego de ver los tres discos que me había prestado, me dijo: "Huevón, me rayaste todo un disco con la aguja". Casanova adoraba esa victrola que había pertenecido a su padre (supe eso años después) quien había sido un raro cantante y director de una orquesta de música tropical en un circo pobre.

Los que más sabían del pasado de Juan Casanova recuerdan haber oído que fue hijo de un violinista de un circo que años atrás ardió en una enorme hoguera por órdenes de un capitán militar. El violinista -que en la memoria de algunos había sido un raro personaje que bailaba rumbas y son cubanos-, luego del incendio del circo, fue mutilado y lanzado vivo desde un helicóptero a las aguas del Pacífico. Su padre-músico, además de cantante y director de una orquesta tropical, era un amante latino de las regiones rurales quien había dejado hijos desparramados por todas partes sin preocuparse jamás de ellos. Aun cuando hasta la fecha sólo se le conocía uno así que probablemente era una leyenda eso de hijos desparramados por el país. El nombre de Juan Casanova, que así también se llamada su padre, le fue puesto por una de esas inocentes mujeres que cayeron bajo la palabra acariciadora del violinista que en sus discursos amorosos recurría a letras de boleros y románticos son cubanos. Lo fascinante era que hacía pasar por suyas las inspiradas y cursis frases que sacaba sin mayor esfuerzo de un gran libro de letras de canciones que había acumulado sin ninguna dificultad en su prodigiosa memoria. Juan nunca conoció a su padre. Sólo sabía que fue músico, que bailaba ritmos bastante lascivos y eróticos, y cantaba con una voz muy parecida al puertorriqueño Tito Rodríguez, el mismo que en 1939 emigrara a Nueva York haciéndose famoso por su voz aterciopelada. O imitaba perfectamente los gestos y el ritmo, su manera de cantar, de otro cubano de los años 50, al que en la Isla llamaban "el bárbaro del ritmo": el negro Beny Moré. Como la influencia de los padres, contaban otros, siempre es tan misteriosa y reaparece de las más distintas maneras, Juan comenzó desde niño a interesarse por la música y el baile. Sólo un par de veces su madre, Penélope, le había contado de las actividades de su progenitor desaparecido. Pero bastó sólo esas referencias al pasar para que al hijo, bastardo y abandonado, se le despertara en alguna parte del oído o del cerebro la maldita -o bienvenida idea- de ser cantante y bailarín de aquel endemoniado ritmo que sólo se producía a miles de millas de estas tierras: allá en las lejanas regiones del Caribe.

Aparte de aquella herencia atávica, Juan recibió de su padre algo más material. Fue una victrola que luego de la misteriosa muerte del violinista del circo un capitán entregó a la joven madre cuando ella anduvo preguntando por ese espectáculo y por Juan Casanova para contarle que tenía un hijo suyo de 13 años. Cuando la desdichada doncella llegó a Parral de los Andes, el lugar donde andaba por aquel entonces el galán en esa caravana de saltimbanquis, ella vio nada más que unos palos quemados y las cenizas como únicos restos de la carpa. En un regimiento le contaron la historia, real o ficticia, de que aquel violinista había sido fusilado por ser subversivo "y no lanzado desde un helicóptero o de un avión al mar como andan diciendo". Sea lo que hubiese sido, haya sido fusilado o lanzado vivo a un volcán o al océano, el asunto es que el capitán le entregó la única pertenencia que tenían de él: la victrola que le habían requisado con un montón de discos. La muchacha se fue más asombrada que entristecida por el final tan cruel de quien la había enamorado con canciones y bailes hace mucho tiempo. Pero por otro lado se iba contenta porque en su mano llevaba una máquina que transmitía música y repartía sueños. Iba pensando que dentro de esa victrola llevaba para siempre al joven alegre que había conocido hace 13 años. La primera vez que ella había entrado a un lugar donde una gente tan diversa, enanos, acróbatas, payasos, leones, elefantes y aves curiosas, divertía a unos humildes espectadores.

La madre de Juan conservó aquella victrola, único bien material que el galán, músico callejero, y luego saltimbanqui de un circo pobre, había dejado sin saber que iría a parar a las manos de una de sus olvidadas conquistas amorosas. Penélope tenía sólo 24 años cuando a fines de los 60 en un espectáculo vio a un hombre muy hermoso, gentil y alegre, que dirigía la orquesta de aquel circo. No supo cómo el moreno violinista, peinado a la manera del cantante Lucho Gatica, descubrió sus ojos en medio de cien espectadores. Parecía que tenía poderes hipnóticos para encontrar la belleza del género femenino, aun cuando estuviera lo más encubierta posible. Intuyó Juan Casanova que tras la irresistible hermosura de su rostro le seguía sin duda alguna un cuerpo carente de imperfecciones y tan delicioso como los ojos, la línea perfecta de su nariz, o la belleza de sus pómulos que a las miradas más ardientes del violinista cambiaban del color durazno pálido al rojo encendido. Juan poseía realmente una vista privilegiada para distinguir tantos detalles, pero nadie lo sobrepasaba en la imaginación sin límites para inventarse lo que su apasionado instinto le dictaba cuando se trataba de alcanzar, como fuera, el cuerpo de una mujer.

El hijo de Penélope se formó una imagen muy superficial de su padre por algunas pasajeras referencias que le contó ella. Era el hombre más hermoso que jamás había visto antes. Tampoco lo vi deprimido ni de mal genio aunque solo pasé una semana con él, el tiempo que duró el circo en esa lejana región rural del país donde yo vivía. Por el contrario, era alegre, bailaba un ritmo que decía ser originario de Cuba. Inspirado por esa música movía su cintura como si la tuviera de goma. Cantaba boleros y tocaba en su hermoso violín canciones que hacían soñar despierta. ¿Y cómo lo conoció Ud.?, le preguntó a su madre. No sé cómo fui a dar una tarde a un circo que apareció por aquellos lugares, le contestó. Jamás había visto ninguno en mi vida, pero cuando pasaron por el pueblo con pájaros y animales raros, un elefante, dos enanos vestidos de payasos, una bailarina renga, una mujer como si fuera de elástico, sentí una atracción incontrolable por aquel mundo desconocido. Fue al final de la función cuando se me acercó el violinista de la orquesta, el que luego sería tu padre, y me dirigió la palabra. "Mucho gusto, señorita. Mi nombre es Juan Casanova y yo era el que dirigía la orquesta y también, modestamente, bailé cha-cha-chá." Penélope volvió a ponerse más roja y eso para Juan fue como una puerta abierta "al jardín de las delicias", se decía él, copiando aquella imagen de su inagotable cantidad de letras de canciones que guardaba su memoria. Y sacando de allí, con una velocidad sorprendente, las frases que creía eran las más adecuadas para iniciar alguna conversación y hacer sucumbir a la que tenía delante de él. "La vida es de minutos nada más, corazón, y como en siete días más nos vamos a otro pueblo y la distancia no puede ser nunca el olvido, me gustaría, si esos ojos negros soñadores me lo permiten, regalarle este obsequio de un humilde artista". Como Penélope seguía casi enterrada en el suelo, sin poder moverse por la impresión de ese hombre joven, distinto a lo poco que conocía, hablándole como si estuviera cantando, estiró la mano y recibió otra entrada para la función del día siguiente. No sabía que esa entrada era un pasaje para compartir las llamas apasionadas que distribuyó y compartió brevemente con el violinista. Y también la entrada al origen de su embarazo y las desgracias posteriores.

Juan Casanova logró convencerla con la palabra y con regalos, algunos aros, cadenas y pulseras de dudoso metal, para que se citara con él en algún lugar, específicamente en una playa que el violinista había descubierto antes y daba por seguro que sería el lugar perfecto para la aventura que le ardía por todo el cuerpo. El mar le pareció el escenario perfecto para iniciar y llevar el romance hasta lo último. Le pasaba por su apasionada cabeza la letra de una canción de Daniel Santos, el cantante cubano, primer vocalista de la famosa banda "La sonora matancera", que hablaba de palmeras, mar azul, una vereda tropical y una noche cálida de plenilunio. O quizás fuera de Bobby Capó, se dijo, pues solía confundirse entre tantas letras y el origen de quienes las cantaban y quienes las habían escrito. Penélope sucumbió al encanto y delicadeza de ese hombre que al hablar le llenaba la cabeza con imágenes de lugares exóticos. Como no sabía qué era una palmera, ni una vereda tropical que iba por El Malecón de la Habana, ni menos la frescura de las tardes en la costa de Varadero, Juan le explicó todo eso con otras letras de canciones, incluyendo la de los boleros de Los Panchos, que si bien confundía aún más a Penélope, aumentando cada vez más la cantidad de paisajes maravillosos, fue lo que permitió acortar la distancia entre su cuerpo y las manos ansiosas, sugerentes, del cantante y atractivo galán. Suavemente la tendió como si fuera una orquídea sobre la arena del Pacífico, imaginándose él que el viento, un poco helado que corría esa tarde, eran cientos de palmeras que se mecían sensualmente a la orillas de una playa cálida de la Habana, alumbrada por la plateada luz de una enorme luna del Caribe. Penélope iba imaginándose aquella noche mientras llevaba en la mano la victrola que le entregó aquel capitán cuando le dio pocos detalles de la muerte de Juan Casanova.

Así fue como su hijo agudizó también el oído por la música, al lado de aquel aparato porque la radio por un tiempo se dedicó sólo a transmitir bandos militares, noticias sobre gente que ponía bombas en el país, discursos de un hombre que hablaba como si fuera hacendado furioso, amenazando a los que eran subversivos o acusando con soberbia y rabia a "los señores políticos que desde fuera del país desprestigian a los que habían salvado a la Patria".

Siete días después, el violinista y hermoso galán del circo desapareció para siempre de la vida de Penélope Campos. Ella sólo quedó llena de imágenes como si tuviera un baúl de cartas perfumadas que alguien le había enviado desde una región donde parecía comenzar la felicidad. Escuchaba aún las frases sueltas de las canciones en alguno de esos discos, las que Juan Casanova le repartió por todo el cuerpo y el corazón. Se había ido el galán sin siquiera decir adiós dejándola embarazada. Encaramado arriba de un camión que seguía a otros tres camiones donde iba la diversión y una multitud de sueños, dejando a todos los espectadores casi sonámbulos y huérfanos de haberles arrancado la alegría y la magia. Parecían pensar, "¿por qué se van ahora, por qué nos dejan así después de hacernos tan felices?". A ese lugar, mientras se iba todo el circo, volvía otra vez el paisaje miserable, aparecían los caminos que no conducían a ninguna parte ni por los cuales nadie tampoco vendría o traería noticias. Las montañas eran cada vez más lejanas y más lejano era algún otro mundo imaginado que ahora, otra vez, se hacía absolutamente inalcanzable y desaparecía para siempre. Con la lejanía del circo se iba el ruido alegre y volvía como un fantasma la soledad. Sus ojos se cansaron de mirar los caminos por si regresaba el hermoso joven que le había cantado una canción que describía una luna plateada, bañando la arena cálida de una playa en la Habana, junto a una avenida de palmeras tropicales. Treces años después se le ocurrió buscar al padre de su hijo porque supo por boca de alguien que la dictadura había quemado un circo entero.

Estuvo tres meses mirando el camino mientras le crecía el vientre. Al cuarto decidió ir a buscar donde fuera aquel circo para decirle a ese hombre que esperaba un hijo de él y que si no era hembra le pondría el mismo nombre de su padre. Recorrió por dos meses los pueblos cercanos pero no encontró nunca al circo. Desistió por trece años y comenzó de nuevo pensando que aquella carpa quemada por los militares quizás era el circo donde estaba el padre de su hijo. Llegó hasta una playa que vio abandonada, llena de hombres vestidos de militares disparando aburridos a las gaviotas. Cuando consiguió llegar a Parral de los Andes le contaron de un circo que andaba dando funciones en la hacienda de un hombre rico, pero cuando encontró el lugar exacto entonces vio los restos quemados de la carpa, palos, hierros retorcidos y una montaña de cenizas. Después de hablar con un oficial volvió a su abandonado pueblo pero más feliz que cuando había salido pues traía una victrola que había pertenecido al padre de su hijo. Para Penélope eso era como una parte del corazón del hermoso joven al que habían hecho desaparecer por sólo saber cantar, bailar, y amar a cuanta mujer había en el planeta. Esto último era un poco exagerado porque Juan Casanova (el mismo se había inventado la fama de amante latino internacional) sólo tuvo acceso a mujeres de las regiones rurales. Aquel circo pobre jamás anduvo de gira ni por la capital ni siquiera en las más grandes ciudades del propio país, y menos en el extranjero.

El hijo del violinista nació el diez de agosto de 1960 pero lo bautizaron trece años después con el mismo nombre del padre que no hace mucho habían lanzado vivo a un volcán. Hasta esa fecha Penélope no quiso bautizar a su hijo hasta no encontrar al padre y cuando supo que ya estaba muerto decidió bautizarlo. El cura del pueblo le dijo que no podía ponerle el mismo nombre si el padre verdadero no firmaba un papel. Pero ella le dijo ¿dónde ha sacado Ud. esa ley de mierda?... perdón, señor cura. Como Penélope no quería decirle al cura que el padre había sido asesinado se le ocurrió otra idea mejor. De alguna manera consiguió un papel civil dado por los mismos militares donde decía: "Juan Casanova, nacido el de diez de agosto de..., hijo de padre ausente, temporalmente, y de madre llamada Penélope Campos, aseguro yo, delegado militar por bando número uno, que el padre vendrá a firmar mientras termine su relegación". Lo de la "relegación" fue el invento perfecto de ella ante el cura pues como del pueblo habían arrancado a casi todos los hombres como hierbas venenosas a lugares insospechados, o estaban desaparecidos, por eso le dijo al sacerdote que el padre de la criatura andaba en ese grupo de hombres. El cura poco se había enterado del desaparecimiento de tanta gente porque no le interesaban para nada los asuntos terrenales ni menos los de tipo político. Vivía encerrado en su parroquia que creía era la mejor manera de servir a Dios. Pasó varios minutos leyendo y meditando el papel con timbres del delegado militar que Penélope Campos le puso en las manos mientras, junto a su madre, lo miraban para ver que respondía el santo hombre. El hijo de 13 años del ahora "relegado" galán de una orquesta de circo parecía esperar también qué decía el cura. O si lo condenaba a ser un bastardo para toda la vida o lo salvaba para siempre del oprobio social. Total, dijo el cura, el niño debe ser bautizado por la Iglesia que vale más que por lo civil y ojalá me perdone el Señor si con lo que voy a hacer me condeno, y se condena esta pobre criatura y va a dar a los infiernos... pero en el nombre del padre, del hijo, del espíritu santo y de nuestra madre Iglesia, yo te bautizo Juan Casanova Campos.

Después de darle los sacramentos, el agua bendita y pronunciar una breve oración en latín, el cura reflexionó sobre el nombre completo del muchacho de 13 años y le pareció que le era familiar pero pronto olvidó la preocupación y despidió con solemnidad a los tres en la puerta de su iglesia sin cobrar un centavo. Después del bautizo nunca volvió a ver al niño, a la madre ni a la abuela por el resto de su vida. Hubo quizás una pequeña fiesta pero, como según lo ordenara el delegado militar, todo el pueblo y sus vecindades no debían salir de sus casas ni menos andar por las calles. La abuela del niño tuvo que despedir poco antes de las siete de la tarde a los que habían venido a felicitar a la madre y al bautizado, éste sentía mucha vergüenza porque lo trataban como a un bebe recién nacido . Los invitados tomaron allí unos vasitos de vino, algunos trajeron dulces y regalos humildes para el hijo del desaparecido. Penélope encendió la radio. Alcanzaron a escuchar dos tangos, un bolero y un mambo de Pérez Prado entre discursos de militares pidiendo a la población denunciaran a los que iban nombrando de una larga lista que leyeron. La fiesta terminó realmente por decreto pues a las seis y media de la tarde por la misma radio dijeron que en media hora comenzaba el toque de queda y todo el mundo debía irse inmediatamente a sus casas y que no se debía ver ni una mosca en las calles después de esa hora.

Por años la abuela nunca le preguntó detalles de quién era el padre de su nieto pues ella había tenido que explicarle su propia y semejante historia a Penélope. Miró con dulzura a su madre y besó a su hijo mientras la radio transmitía un viejo bolero que decía: "Luna que se quiebra sobre la tiniebla de mi soledad, ¿a dónde vas? Dime si esta noche tú te vas de ronda como ella se fue, ¿con quién está? Dile que la quiero, dile que me muero de tanto esperar, que vuelva ya..." Nada había que hacer en los tiempos turbulentos que corrían y decidió que podía seguir soñando un poco con aquel pasado de cálidas playas cubanas o palmeras a la luz de la luna que, para desgracia o fortuna, le trasmitió a su hijo quien recién era bautizado pero en un país donde muchos desaparecían para siempre. De esto último hablaron los invitados en voz baja en el bautizo del niño Juan Casanova hasta poco antes del toque de queda que se sabía porque el cura comenzaba a tocar las campanas. "¿Quién iba a pensar que al padre de la criatura lo matarían por andar moviendo el culo al compás de una música de otro país?", dijo Doña Rosa, la madre de Penélope, un poco compungida al presentir el destino incierto de su nieto o por la intuición que se le había metido en la cabeza de que podría seguir los pasos de aquel saltimbanqui desconocido. O andar armando una revuelta que iba a terminar con el enojo de los militares y de unos latifundistas ricos de unas tierras de por allá por el norte, agregó un tío abuelo lejano de la criatura, empinándose un trago de vino a la salud del bautizado después de su corto comentario. "Es que ni se sabe dónde comienza la verdad y en qué parte terminan las suposiciones. Mirando a mi ahijado aquí yo creo que este va a salir a su padre. La música uno la trae en la sangre o no la trae." Agregó Rubén Medina, un poco para contradecir al tío abuelo que comenzaba a ver la realidad según los bandos militares. Era otro medio pariente de la familia que aceptó sin problemas ser el padrino del niño aunque su ahijado tuviera 13 años. " ¡Qué músico ni que nada!", levantando un poco la voz el tío abuelo en la improvisada fiesta al festejado. "Lo peor que se le puede meter en la cabeza a un cristiano es la de andar raspando una guitarra con cuerdas", mientras miraba de reojo al viejo Rubén quien en otros tiempos se ganaba la vida tocando aquel instrumento. "Yo que tú vendo esa victrola", le dijo a Penélope. A partir de su bautizo, estaba claro que Juan Casanova iba a estar entre la pila y el agua bendita, expresión que inventó su abuela Rosa a partir del festejo bajo las condiciones del toque de queda. La abuela repetía una y otra vez aquella sentencia después de escuchar las eternas discusiones entre el padrino y el tío abuelo. De que si la música era hereditaria o era la inutilidad más grande a la que podía dedicarse el ser humano. Meses después del bautizo de Casanova, apareció por el pueblo de Santo Tomé un hombre que había sido "el domador" de aquel circo convertido luego en cenizas por órdenes militares. Estaba bien envejecido pero tenía aún una buena memoria para recordar a su modo algunos sucesos donde aparecía aquel hermoso galán, director de una orquesta de música caribeña en aquella carpa de acróbatas humildes. Y esto fue lo que le contó el domador a Penélope donde se supo el origen no sólo de la orquesta de Juan Casanova sino también el origen de aquella victrola que tanto cuidaba mi amigo.

Antes de contratar al mago por un salario bastante escuálido, comenzó contando el ex –domador, más el alojamiento y la comida, Don Luis Ventura (el dueño del circo) había encontrado a un trapecista y a su mujer. Esto era a mediados de los años 50. La mujer era una bailarina renga que bailaba en un sólo pie. A los dos los vio en una feria de un barrio marginal. Él haciendo equilibrios en una mano, con los pies hacia arriba, o desafiando al público en fuerza. Ella, después de acomodar su muleta, bailaba algo que parecía un baile español o un vals vienés o lo que la victrola que andaban trayendo tocara en ese momento. Bailaba desde rancheras mexicanas hasta tangos, mambos, valses peruanos, cuecas y cuplés. José del Carmen Valenzuela, el nombre de él, y Julieta Pedreros el de la bailarina renga, aceptaron de inmediato integrarse a la compañía de Don Luis y dejar el futuro incierto de actores callejeros. A ella la dejó que siguiera haciendo el número de los bailes usando la victrola hasta que tuvieron la orquesta estable de cinco músicos que el dueño encontró en la plaza de Chillán Viejo. Meses después, en un número que asombraba hasta el propio Don Luis, Julieta se equilibraba en su único pie arriba de caballo «Rapuncel» mientras el alazán cabalgaba armoniosamente alrededor de la pista de tierra. A José del Carmen, en cambio, lo dejó de trapecista fijo y dijo que era experto entonces le encomendó construir un trapecio para el circo. El trapecista que no era nada de tonto, con algún dinero que le dio el dueño, se fue directo a un lugar de venta y compra de fierros y no salió de allí hasta no regresar con tubos, cables y cordeles que luego acomodaría a la carpa, creando el primer trapecio de verdad que tanta falta le hacía a un circo. Julieta parece que era una mujer bastante deprimida por su desgracia, pero cuando bailaba, e iba como una pluma arriba de «Rapuncel», se transformaba en la mujer más feliz de la tierra y la más enamorada del universo.

A Juan Casanova, y a los otros cuatro músicos, Don Luis los encontró en la misma plaza de Chillán Viejo un domingo antes de almorzar. Parece que las dos parejas eran «Testigos de Jehová» o uno de ellos había sido trompeta de una banda de boyscouts o de algún regimiento militar. Los cinco estaban allí entreteniendo a la gente con valses, cuecas, tangos, cuplés españoles y rancheras mexicanas. Con buen ojo comercial a Don Luis no le tomó ni una hora en hacer trato con los cinco a la vez y esperarlos a que fueran por sus pocas cosas que casi todos tenían en una maleta o baúles. Estos últimos, perfectamente hubieran pasado por equipajes construidos en el siglo pasado. Para las dos parejas, la nueva empresa era un futuro más estable. Para Juan Casanova tal contrato que le caía del cielo le resolvió, por un lado, un problema inmediato: alejarse rápidamente de Chillán Viejo donde había dejado repartida entre muchas empleadas domésticas una infinita cantidad de ilusiones y otra cantidad más grande de mentiras y promesas. Además (según decían) de haber embarazado a tres ingenuas doncellas o ingenuas campesinas o empleadas domésticas. Lo otro era el futuro abierto y sin obstáculos a la vista para echar a correr su regocijo hormonal sin fin, semejante al instinto de los animales inferiores que se le revolvía por dentro del cuerpo como la lava de un volcán en erupción. Esto último, según los testigos oculares que lo contaron, era una dicha y placer que le daba ideas para hacer sucumbir a las mujeres como fuera. No importando lo que quedara detrás de esa apasionada y fugaz conquista pues poco se preocupaba de mirar el pasado. Era una pasión que inventaba y manipulaba juntando sus propias palabras con la melodía de su violín, mágico instrumento encantado que de alguna manera se parecía, pero también se separaba abismalmente, de lo que podía hacer el mago con otras intenciones o los payasos enanos llamados Justo y Florencia. Se pensó que el mismo poder manipulador de Don Luis, el dueño del espectáculo, era igual al del encantador y apasionado violinista. Pero otros dijeron que comparar a Juan Casanova con los enanos, el mago o el dueño, era comparar peras con cebollas.

Aparte de todo eso, continuó contando el domador a Penélope, Juan era una antología viviente de letras de boleros y tangos a las que recurría, y sin la más mínima vergüenza, para construir las frases azucaradas que regalaba a sus víctimas. Repartía sueños y parecía hipnotizar a las mujeres con lo que había memorizado de Agustín Lara, Lucho Gatica, Pedro Vargas, Leo Marini, Toña la Negra o Daniel Santos. Pero eso no era todo, Juan usaba también su fama de buen bailarín de mambo, meneando su cintura con mucha lascivia como si fuera a desarmarse y quedar convertido en un montón de huesos desparramados por el suelo. Y yo vi a espectadoras quedar medio alucinadas con el meneo de las caderas de Juan. Pensando vaya a saber qué cosas de ese movimiento de cintura que les atizaba los instintos. Por eso sería que sus interrogadores, según aún cuenta la gente de esos lugares, vieron en Juan Casanova, con mucho celo, un rival, pero también una cabeza que estaba secretamente organizando algo. Lo acusaron de ser el creador de un plan subversivo brillante, aliado con los otros de la banda, para quemar los latifundios de los ricos según le dijo Don Luis Ventura, el tacaño dueño del circo, a los militares. Pero realmente su arma era otra muy distinta y ni siquiera el tal Juan había visto un revólver o escopeta en toda su vida. Ni menos tenía tiempo para pensar en poner bombas por aquí o por allá. De todas maneras Juan Casanova fue a dar al fondo de un volcán en erupción, amarrado a su violín Stradivarius que le destrozaron a golpes en la cabeza más el "sombrero de jipijapa", atado al cuello, según lo ordenó el capitán. Así fue como lo dejaron caer desde el helicóptero junto a los otros cuatro de la banda estable del circo: todos acusados de ser "organizadores de un plan secreto y minuciosamente detallado para transformar en una hoguera a casi medio país".

Dicen que el capitán se había fijado en la extraordinaria belleza del violín de Juan y estuvo a punto de dejárselo para sí mismo pues intuía que podría ser una pieza original. Estaba seguro que el violín «tuvo que haber sido robado o de una tienda de antigüedades o de algún museo famoso», decía, convencido que el exótico violinista era un hábil embaucador. Se daba ínfulas de tener ojo para descubrir el valor de un instrumento pues tenía un pariente medio famoso quien le había enseñado cómo reconocer piezas antiguas. Sin embargo, después de revisarlo minuciosamente y hasta haberlo tocado para comprobar el sonido, dijo con una rabia bastante desmedida: ¡Esto no es más que una mala reproducción de un Stradivarius y por el sonido parece una vulgar guitarra con alambres! Después de esa reflexión final, ante los ignorantes soldados y estupefactos prisioneros que lo miraban con la boca abierta, como en esas viejas películas de nazis alemanes durante los interrogatorios en los campos de concentración, fue cuando en una reacción súbita quebró en dos partes el bello y misterioso violín sobre la propia cabeza de Juan Casanova. Luego ordenó amarrar los pedazos del instrumento a la espalda de Juan Casanova y así lo lanzaron vivo del helicóptero a las profundidades de un volcán. Recuerdo que Juan Casanova, continúo contándole el domador a Penélope, tenía una memoria prodigiosa para recordar las letras de boleros y tangos que se había aprendido por una colección de discos 78 que llevaba con su victrola, cuidando ambas cosas, al igual que su maravilloso violín, como si fueran de oro y brillantes. La victrola fue un regalo que le dio la bailarina renga a Juan Casanova muchos antes de que lo asesinaran. También cuando podía escuchaba música de los programas radiales en la radio del dueño del circo, especialmente entre las nueve y las once de la noche: «El bolero y tú» o «Tangos del recuerdo». O un programa los sábados en la mañana, «Los reyes del mambo y del Son cubano»; donde Juan, según decía, había descubierto a dos bárbaros del ritmo: Pérez Prado y Benny Moré. Como Juan era el director de la orquesta estable del circo, decidía qué música se tocaría en las funciones. Por eso convenció fácilmente a los otros cuatro "Testigos de Jehová" a darle más ritmo al espectáculo, decía, incluyendo esa música afrocubana bastante desconocida por donde andaba la caravana de saltimbanquis. Aún más, creó un número en que él mismo se vistió, según había visto en la carátula de un disco que tocaba en la victrola, de algo parecido a un guajiro cubano. Mirando la carátula se compró unos pantalones blancos pero los acortó hasta los tobillos, consiguió una camisa roja, cortita, y se la amarró a la cintura, dejando ver el ombligo y el abundante pelo de su pecho, más una chupalla de paja que arregló de tal manera que la transformó en un auténtico sombrero tropical jipijapa. Con tal vestimenta se lanzó a cantar y a bailar «El Manisero» —"...si te quieres por el pico divertir, cómprate un cucuruchito de maní... ¡maní!, ¡maní!.."—, previo ensayo con los otros cuatro, logrando que el trompetista hiciera maravillas con la vieja corneta y una flauta traversa que nadie supo cómo llegó a la orquesta. Igual logro tuvo con la guitarrista quien llegó a imitar como nadie, allá entre esos perdidos lugares aburridos, al propio cubano Compay Segundo, el virtuoso del auténtico son tropical. En cuanto a la Testigo de Jehová que tocaba un monumental acordeón, hizo que la mujer músico convirtiera el vetusto instrumento en un auténtico piano para interpretar deliciosamente el verdadero ritmo caribeño. Además, obligó al encargado del viejo tambor de regimiento que usara sólo las yemas de los dedos. Haz cuenta, le dijo, que es un bongó o una conga de verdad. No pasó mucho tiempo para que el otro Testigo de Jehová lograra dominar el tambor como le había indicado Juan Casanova, más el bello sonido de unas maracas que el violinista ingeniosamente había hecho de calabazas de zapallo con un manojo de frijoles dentro. Y así creó un sensual y auténtico ritmo afrocubano que si no hubiera sido por la desgracia del circo, la gente de esos lugares habría cambiado rápidamente su visión de la realidad. De tal manera que todo parecía la imitación perfecta de las orquestas de Pérez Prado y de los cubanos Machito o Benny Moré, que Juan había escuchado hasta la saciedad pegado a su victrola y a los programas radiales de los años 60. Luego de terminar el viejo domador del circo la historia que él sabía de Juan Casanova, Penélope se quedó un buen rato somnolienta, mirando un lugar distante.

Sobre mi amigo Casanova, lo último que supe es que aún vive en aquel pueblito de la costa. Se instaló con un pequeño restaurante llamado "La Habana Vieja". Alguien me escribió por correo electrónico que en junio de 1980, cuando yo estaba en California, le vino un ataque de vivir retirado en un lugar muy rural. "A meditar", me escribía ese amigo por email. Y agregaba, "aún conserva aquella vieja victrola y todavía sigue escuchando la música cubana, especialmente aquella vieja canción llamada En la orilla del mar. Su media hermana Sonia hace años que dejó de venir en los veranos." Ella debe tener ahora más de 60 años y lo raro es que nunca conoció a mi madre de la misma edad. Sólo de oídas, me dijo, pero nunca nos cruzamos en el pueblo. Penélope siempre quiso visitar Cuba por influencia de aquel hermoso galán que andaba en un circo a fines de los 60 y la enamoró cantando sones cubanos. El que bajo una noche de plenilunio, y más encima tropical, en una imaginada playa llena de palmeras de Varadero, le describiera con letras de boleros, el lejano mar Caribe. Galán pobre, de campo realmente, quien entonces era un bello muchacho que iba de cantante y director de una orquesta tropical improvisada junto a otro empobrecido grupo de saltimbanquis. El que la embriagó con el ritmo del son cubano y el que luego por una orden militar lo lanzaron vivo desde un helicóptero al mar acusándolo de mujeriego, cafiche y, más encima, libidinoso rumbero influenciado por la música cubana. Quizás por eso a Penélope le gusta vivir tan cerca del océano. Escuchar ese sonido e imaginarse que está en alguna parte de Cuba, sintiendo el rumor susurrante de unas palmeras, tendida sobre la playa de Varadero, en una bella noche de luna tropical.

Ani siendo de Cuba se emocionó bastante con mi historia y allí supo un poco más que yo era también un emigrante como ella. Le había contado mucho antes esta historia de mi infancia a mi amigo escritor, el argentino de Buenos Aires. El publicó un libro donde tenía un cuento de una experiencia personal o de una persona que es bilingüe en este país. O quizás fue luego de ver una película. La película era inglesa y se llamaba "Algo realmente sucio ocurre en Londres", algo así. Ani leyó el cuento y me dijo que era interesante el final. La mención de algunas películas en el cuento de mi amigo no le gustaron porque David Lynch, como dije antes, no le interesaba por lo "retorcido y perverso del cine de ese director". Pero el cuento de mi amigo era éste.

9

El hombre podría haber tenido entre 35 y 40 años. Era físicamente atractivo (sin duda eso pensó la mujer cuando lo vio sentado en el bar) y más aún con la cuidada y costosa ropa que vestía: una camisa color azul oscuro y una corbata de seda gris que armonizaban perfectamente con su traje negro y unos zapatos italianos (la mujer se tuvo que fijar en ese detalle donde para algunos el atractivo erótico siempre comienza por el tipo de zapatos que se calza). Luego, contaría el hombre -en el testimonio de rigor- por algún capricho "sin explicación", dijo, "...había querido pasar ese fin de siglo en Manhattan aun cuando la tarjeta de crédito llegara al tope con los gastos de algún buen hotel de cincuenta pisos, una cena elegante, o tragos caros en el restaurante más exclusivo de Nueva York". El reporte policial había agregado lo siguiente: "Los ventanales del bar del décimo piso daban justo a Times Square, lugar (se calculaba) donde dos millones de personas celebrarían la llegada del 'nuevo milenio', como anunciaban constantemente las cinco gigantescas cadenas globales de la televisión norteamericana." El hombre andaba de paso por la ciudad. Dijo que tenía un trabajo en otro país y Miami. Hablaba perfectamente inglés y español. Quizás tuviera acento caribeño o peruano (eso decía el informe de la policía de Manhattan sobre el testimonio del botones del hotel). Por eso cuando la mujer lo oyó hablar no sólo le dijo que su inglés era perfecto sino que agregó, mirándolo a los ojos, "...pero tu acento es muy sensual. ¿Eres latino?". Para la mujer, la palabra "latino" podía ser aplicada sin ninguna discriminación a cualquier ser del planeta que tuviera el pelo negro y los ojos oscuros. No supo contestar esa pregunta porque aún no podía creer que "ella" estuviera no sólo diciéndole aquella frase, sino que se hubiera sentado a su lado en la barra del bar. Recordó las horas previas al encuentro casual con la mujer. Del aeropuerto Kennedy se fue en una limosina blanca pagada por el hotel hasta Central Park donde había hecho reservaciones con dos meses de adelanto. "En el hotel Plaza –se dijo- estuvieron Los Beatles y creo que Greta Garbo tenía allí una habitación propia. Es caro, pero es el fin del milenio". La limosina blanca se estacionó en la bella entrada del hotel donde curiosos turistas de diferentes partes del mundo, y de muchas ciudades del país, portaban máquinas fotográficas (algunas eran desechables) por si se les aparecía de repente algún famoso artista. Por supuesto que nadie reconocería a Almodóvar pero sí a De Niro o a Raquel Welch o al propio Gorvachov que vendría probablemente a promocionar unos nuevos zapatos de vaquero o chaquetas de la tienda Macy's. Se registró en el bellísimo primer piso del hotel y luego apuestos botones le llevaron sus dos maletas. Había comprado un juego, hechas de cuero, color nuez, y quién sabe dónde pudieron ser confeccionadas pues cuando se hizo la investigación -porque una de ellas había desaparecido del cuarto del hotel- no se comprobó claramente si provenían de alguna de las miles de maquiladoras de El Salvador, México, la India o China.

La suite era amplia. Tenía unos ventanales privilegiados donde se podía contemplar desde ese vigésimo piso todo el Parque Central. Se dio una ducha caliente y luego otra bien helada (quizás porque se había acostumbrado a tomar saunas cuando vivió en Minnesota). Usó dos suaves toallas blancas. Había muchas en el baño y de distintas medidas. Pensó tomar una siesta pero prefirió vestirse con elegancia y salir a caminar por la Quinta Avenida. Mañana podría dormir todo el día. Hoy era fin del milenio y para ello quedaban sólo seis horas. Pidió información de un buen restaurante que tuviera algún bar y que especialmente diera a Times Square. Había pensado en el restaurante del piso 100 de las Torres Gemelas pero era como estar en un avión con amplios ventanales y eso le daría cierto vértigo. Times Square era el lugar donde la vida de Manhattan tenía otro color, aroma, y el tráfico de la gente, iluminados por las luces de Broadway, muy bien podría pasar por personajes de los sueños. No pidió un taxi porque el día era casi cálido el 31 de diciembre de 1999 a las seis y media de la tarde. "Puede caminar desde aquí. Le tomará cuarenta minutos en llegar a Broadway", le dijo el recepcionista del Plaza.

La vio bajo el efecto de una alucinación conocida. Como si estuviera entrando a un sueño que se le aparecía muchas veces pero sin ningún final, sólo con pedazos de historias, objetos, personas, o ventanas azules que daban a paisajes que provenían de sueños pasados. La mujer tenía un vestido de terciopelo negro que dejaba ver un cuello y una espalda de color marfil. El vestido le llegaba hasta un poco más arriba de sus rodillas y piernas, perfectas, cubiertas (luego lo supo el hombre) por unas finísimas medias transparentes. Sus zapatos eran negros, de taco mediano que nadie como ella podría haber elegido para tan bellísimo traje. Caminó directo hacia él (estaba sentado en la barra del bar) y mientras más se acercaba y divisaba con claridad el rostro que casi sabía de memoria, se dijo (fue en lo que insistía cuando la policía tomó todos los datos), "...es la mismísima Sharon Stone". Afectado (o tal vez influenciado) por su afición al cine, especialmente el de David Lynch (Terciopelo azul), y sus escenas que excitaban una imaginación visual, muy cercana a la persecución de deseos ocultos, pensó que nadie habría podido encontrar mejor doble que el de "ella". Durante esa breve distancia que la hermosa mujer caminó ("como en la película Instintos básicos", relató a la policía), entre el lugar donde había colgado su abrigo color violeta y la barra del bar, el hombre pensó que él mismo podría ser un personaje de Lynch porque las luces del bar eran azuladas ("sensuales", dijo en el interrogatorio). Al lado derecho del bar, con sólo mover el asiento rodante, los ventanales de vidrios color castaño claros dejaban ver la gran avenida de Broadway y todo Times Square que entre avisos luminosos, miles de gente, un gran escenario y varias gigantescas pantallas de televisión, sintetizaban para el hombre todo un ambiente que había memorizado visualmente de muchas películas. El hombre nunca le dijo (dice también el informe) el extraordinario parecido de ella con el icono que había construido Hollywood en su imaginación. "La Greta Garbo de fin de siglo", declaró a la policía. En algún momento ella le dijo que era del medio del país. Justo en ese momento el bartender ponía un Jazz Suave que tocaba Bob Thompson del álbum "Las mujeres primero".

Sí, ella venía de un lugar desconocido en Wisconsin. Mount Xion se llamaba el remoto lugar y hacía un año que había llegado en un bus a Manhattan. "Estuve viajando casi una semana en el bus más feo del mundo mientras lo único que comía eran palomitas de maíz, a veces unos chocolates, y bebía Coca-cola caliente de una botella de plástico porque el bus no tenía aire acondicionado". El hombre había visto hace poco la última película de Lynch, La historia de Straight, y no pudo dejar de conectar algunas imágenes del film con la historia de "ella". La historia de Lynch ocurría en un viaje a Wisconsin, pero prefirieron hablar de cosas banales. Por los ventanales, en tanto, les llegaban oleadas de imágenes que cambiaban a varios colores y situaciones. Las cinco pantallas gigantes transmitían desde todo el planeta el fin del milenio. La mujer había pedido un trago que dentro del vaso estilo "deco", servido por el bartender, al hombre le pareció excitante. Ella se lo llevó a sus labios rojos, color de las cerezas, dando otro significado a su rostro pálido marfil y a su cabellera rubia, semicorta. Mantuvo la mirada fija en él e hizo un breve comentario. "Quizás me dijo algo y no puse la atención requerida porque en ese momento yo sólo me embriagaba con su perfume olor a fresas y a duraznos maduros, con su voz y con sus gestos", explicó él a la policía. Todo aquello podría haber sido una escena que "me parecía visualmente muy familiar donde yo era el actor principal de un sueño obsesivo". Por eso no supo explicar a la policía cómo llegaron a la pista de baile, y menos cuando se vio moviéndose, pegado a ella, siguiendo un ritmo del Caribe (el bartender dijo que era un tema de Marc Anthony) ni tampoco cuando la hermosa mujer le tomó la cintura con sensualidad. "No pensé que sus caricias podrían significar lo que Ud. me dice", fue otra de las respuestas a la policía.

Volvieron a una mesa cerca del bar y de los ventanales. Cenaron antes de la medianoche mientras miraban como los dos millones de personas se apretaban en Times Square para ver el interrumpido show del fin del milenio. Por las pantallas de televisión aparecían países desconocidos y ciudades remotas, cantantes exóticos, música como de otros planetas. "El mundo es diverso", dice que dijo ella en algún momento, "... pero sé que mañana esos dos millones de personas olvidaran para siempre lo que vieron en esas pantallas globales". Al hombre le pareció que ella era muy inteligente. "Quizás cuando uno sale de su propio país como exiliado a otros lugares puede desarrollar esa manera de pensar como la tuya", le dijo en algún momento, antes de la medianoche. "Es posible, pero el nuevo lugar al que llegas nos obliga a meternos en laberintos insospechados para poder sobrevivir", le respondió al hombre cuando volvieron a bailar el mismo ritmo y ella volvió a acariciar su cintura y su espalda.

Parece que a eso de las dos de la mañana la mujer fue al baño y usó por primera vez su diminuto teléfono celular. Según los datos obtenidos por la policía dos días después, la llamada fue hecha con destino a otro celular y la conversación duró tres minutos. La segunda llamada la hizo a eso de las tres de la mañana desde el mismo bar junto al hombre. Era para pedir un taxi que los llevaría al hotel. "El teléfono", dijo el hombre en el informe policial, "...podría haber sido una bella polvera de mujer, diseñada por la famosa tienda Tiffany."Al llegar al hotel pidieron otra botella de Champagne francés. Allí pudo ver las hermosas piernas de la mujer. Tenían realmente el color transparente del mármol. Demoró un tiempo en acariciar esa suave textura del cuello y la espalda de Sharon Stone. Luego que lo hiciera, todo le pareció el fin del milenio más extraordinario que nadie podría haber soñado jamás. Finalmente se fue quedando dormido con una sonrisa de felicidad junto al cuerpo desnudo, piel marfil, de la mujer más deseaba del planeta. En el interrogatorio de rigor se supuso que ella lo vio como iba cerrando los ojos mientras contemplaba un tatuaje verde del hombre en la mano izquierda. Luego debió buscar en su cartera el diminuto teléfono celular para hacer la última llamada decisiva. Al día siguiente el hombre despertó a eso del mediodía. Sintió un dolor penetrante en la parte derecha de la cintura. Se miró. Tenía una toalla blanca del hotel amarrada al torso. La toalla estaba roja. Era su propia sangre. El parte policial de Nueva York dijo que el hombre había perdido el riñón derecho hacia sólo seis horas. Había sido anestesiado y luego le habían robado su órgano. Según el médico de la policía, la operación fue realizada por verdaderos expertos a eso de las cinco de la mañana. El primero de enero del año 2000.

10

Ani y yo nos casamos en la mitad del 2000. Cuatro años después de conocernos. Fue ella quien me dijo que quería casarse porque no deseaba estar de acompañante, amiga intima, amante, o cualquiera de esas palabras que los hombres le dicen a las mujeres donde uno poco se preocupa de los términos. "No quiero que tus amistades y las mías nos vean como novios eternos o amantes. Eso es ofensivo para una mujer como si yo fuera una cosa que luego el hombre dejará o tirará a la basura". No sé por qué también me acordé de eso mientras estaba sentado en la cama del cuarto del hotel, hipnotizado, con lágrimas en los ojos y haciendo extrañas conexiones con ese cuento de mi amigo, el escritor argentino, cuya historia terminaba justo al comenzar el nuevo milenio.

Mi avión de regreso de América Central era al día siguiente y yo hacía una hora o dos que todavía estaba afectado por aquel mensaje electrónico. Pasaban por mi cabeza imágenes y recuerdos como cuando alguien recibe un balazo y piensa que se está muriendo. ¿Como el personaje que se da cuenta que no tiene un riñón dentro de su cuerpo y se está desangrando en la pieza de un hotel de lujo en medio de Manhattan? Creo que me sentía igual. Insensible a todo lo que me rodeaba porque dicen que mientras uno se muere entra a un estado donde el cuerpo se separa totalmente de la mente. Es estar drogado sin haber tomado ninguna droga y se comienza a recordar rápidamente el pasado. Incluso desde la infancia. Creo que alguna vez leí eso en una revista en la sala de espera de un médico.

Yo aún seguía con el traje de baños puesto y no sé por qué tenía una toalla blanca en la mano. ¿Sería la toalla blanca que me llevó al recuerdo de esa historia del riñón? Luego pasaba a conformarme que aquello era lo más razonable que Ani tuvo que hacer. Y eso me calmaba pensando que el efecto emocional se me había pasado. Y pasaba. Pero es como cuando a uno le ponen anestesia y luego desaparecida ésta, vuelve el dolor más fuerte. Estaba mal. ¿Pero ella estaría mejor? Encendí automáticamente la televisión del cuarto. Cambié canales y la dejé en una película. Reconocí que era "Alguien voló sobre el nido del cuco". La había visto tantas veces. Fue la tercera o quinta película, no me acuerdo bien, que conversamos con Ani. Habíamos ido a un ciclo de películas de los 70 y los 80 en un cine arte. Mostraban por una semana películas hechas en Europa y en Estados Unidos de esas dos décadas.

La escena que miré en el hotel era de cuando los enfermos mentales están discutiendo en el hospital con una enfermera muy severa y brusca que se llamaba Cora. Luego otra escena donde se burlaban de un indio muy grande que siempre quería bailar pero se movía como un gigante y chocaba contra las sillas y las mesas. El color blanco de los uniformes de los enfermos en el hospital me produjo una angustia que aún no sé explicar. Miré como idiotizado por 10 minutos sin escuchar porque el volumen del televisor estaba bajo. Y tampoco quería escuchar. Pero recuerdo que conversamos mucho más sobre "Cuando Harry conoció a Sally". Nos pareció rara la relación de los personajes porque nunca se decían si se gustaban o si se querían o si se amaban o si se deseaban aunque sí había una parte en que ambos se cuidaban el uno al otro pero no llegaban nunca a la pasión sexual. La escena que nos gustó más es cuando en un Diner Sally imita cómo sería tener un buen orgasmo. Nos reímos pero no hablamos mucho de eso. Y ahora recordando aquello en este hotel comencé quizás a entender algo de nuestra relación. Hablábamos a través de películas pero no a través de nosotros mismos. Hasta la película "ET" la vimos pero luego de salir del cine y comentar sobre si habría vida en otros planetas nos fuimos a comer pizza como en la escena cuando la familia espera la orden de dos grandes pizzas que se la van a dejar a la puerta de la casa. Esa parte nos pareció tan norteamericana pero a la que nosotros nos habíamos acostumbrado al emigrar a este país. Muchas veces pedíamos comida por teléfono. Íbamos de las pizzas a la comida china o hindú y viceversa. Luego nos hicimos adictos a la comida mexicana. Pero no había nadie con quien conversar sobre lo que me pasaba allí en el hotel mientras seguía mirando como autómata la película en la televisión. Contemplando a esos enfermos mentales en un hospital. Mis compañeros de trabajo, los otros cuatro, eran también de origen latinoamericano. Estaban divirtiéndose en la piscina. Se escuchaba que alguien tocaba guitarra. Luego cantos de una canción argentina o quizás era un bolero. Hace una hora yo pensaba juntarme con ellos pero la alegría era en ese momento un estado neutro en mí. Entonces alguien golpeó mi puerta. Y luego dijo algo que si yo estaba allí y que me estaban esperando. De mi garganta salió una respuesta vaga que ni yo sabía si yo estaba diciéndola o alguien me obligaba a responder que iría en 10 minutos. Creo que salí otra vez a la piscina con mi toalla en la mano. Fue una hora o dos horas después que golpearan a mi cuarto por segunda vez. Era el gerente del hotel y un policía. Dejé la televisión prendida sin sonido con la misma película. Olvidé el libro que quería leer. Llevaba los lentes para el sol porque pensaba que tenía los ojos rojos o en cualquier momento me comenzarían a caer las lágrimas. Tenía imágenes de escenas de películas. Aparecieron en mi cabeza imágenes de la película "Nuestro hombre en Habana" que habíamos visto en mi casa al comienzo de nuestra amistad. Imágenes de una Habana que yo no conocía pero que Ani me contó de lo que recordaba a los 15 años. Había ido hace unos años con su hermano antes de conocernos. Regresaba de visita después que dejó Cuba cuando comenzaba su adolescencia. Le dije que su historia era como ver dos películas por el mismo director, y con el mismo título. Un antes y un después. Como "Nuestro hombre en la Habana", hecha en 1959 en Cuba. Su viaje a Cuba me lo fue contando de a poco, entre discusiones de películas o de mis propias historias.

Fuimos mi hermano mayor y yo. Mami no quería regresar a Cuba. Había quedado con un rencor muy grande por la pérdida de la finca de café. Nunca dejó de creer que la muerte prematura de mi padre a los 40 años fue ver cómo toda esa herencia de sus antepasados pasaba a manos del gobierno para entregarla al pueblo, como le dijeron a mi padre. Yo a los 15 años no entendía mucho qué pasaba y sólo me vi en un avión con una maleta junto a mis padres, mi hermano mayor y mi hermana tres años menos que yo. Yo era la del medio. Mi hermano mayor tenía 17 años y tampoco entendía de por qué tenía que salir huyendo de Cuba con una sola maleta. Todo, nos dijo mi madre, fue de un día para otro. Sorpresivo. No hubo tiempo para que nos explicaran nada. Nunca dejé de hablar español en casa con mami pero luego el inglés pasó a ser mi primera lengua y no leí ni escribí más en castellano. Después de 40 años se nos ocurría a mi hermano y a mí hacer un viaje a la tierra donde nacimos. Mi hermana Emilia no tenía interés. Ella realmente tenía 12 años cuando dejó Cuba. Nos dieron permiso especial para viajar. Era un trámite de muchos papeles. Y teníamos que estar en el aeropuerto 4 horas antes en vuelo directo sin escalas. Llevar cierta cantidad de dinero y toda en efectivo porque en Cuba no nos iban a servir tarjetas de crédito. Todo eso estaba bien explicado en un documento del gobierno norteamericano para viajar a Cuba. Debíamos gastar solamente una cierta cantidad de dinero cada día. Y si llevábamos dinero para familiares debía ser otra cantidad específica. Menudos problemas, me decía mi hermano que estuvo a punto de no ir por tantos trámites. A mí no me preocupaban para nada esos trámites. Tenía un deseo grande de ver la casa donde había nacido. Ver qué fue de la plantación de café que aún recuerdo. Sentir el olor a café moliéndose en una gran máquina. Recordar a mi padre que me ponía unos granos calientes en mi mano y me decía que me comiera uno. Quería ver a mi primo Ernesto. Recuperar olores o paisajes de mi infancia. Los asuntos políticos no me interesaban. Nunca me interesaron porque quizás mi madre hablaba con tanto rencor de lo que le habían hecho a mi padre que a mí me creó una reacción contraria. Por eso no quise saber de ninguna profesión que usara el español. Me refugié en la nueva lengua. En los nuevos amigos y amigas del nuevo país. Olvidé Cuba por muchos años. Para mi hermano mayor quizás fue más fuerte porque nuestro padre murió fuera de Cuba y eso para un hijo hombre creo es más doloroso que tu padre muera con rencor. Pero no sé por qué Javier, el mayor, quiso acompañarme en el viaje. Y me sentí bien que fuéramos juntos. Recuerdo que mi hermano me dijo en el aeropuerto, esperando una fila para chequear nuestras maletas a Cuba, "siempre hay una sensación muy extraña, secreta e incómoda, peligrosa, cuando uno va a un lugar donde se prohíbe viajar o visitar". Y comenzamos a mirar a nuestro lado. Cubanos que iban a la isla y no sé por qué motivos. Cada persona llevaba muchas maletas. A veces en exceso. Fue allí en el aeropuerto que comencé a tomar notas de lo que veía y sentía.

Ani tenía una libreta llena de notas. Páginas subrayadas.

Entremedio una fotografía de ambos sentados en El malecón. Otra foto de Santa Clara donde había una casa abandonada en medio de un campo lleno de hierbas. No me acuerdo cuándo comenzó a contarme de su viaje pero sí recuerdo esa libreta con tapas de cuero color naranja. Me gustaba que la abriera en alguna parte para leerme lo que había escrito. Conversamos sobre lo que decía su hermano de la extrañeza de visitar algo que te prohíben. Sea el país que sea o la situación que fuera no importa si te la impone un gobierno o tu familia o tu profesor o tu empleador. Yo le recordaba esa historia que le conté cuando vivía en Minneapolis y la historia de Felipe el argentino. Quizás había algo parecido en ambas historias o es la historia de todos los que salen de su país por una u otra razón. Luego pasamos a hablar de una película que a mí me gustó mucho pero a Ani no tanto. Por el contrario, la puso muy enojada que cómo un director tan famoso, decía, podía tratar así a una mujer. Luego supimos que la actriz principal que hacía pareja con Marlon Brando en la película quedó muy afectada por el papel. Se sintió violada por Brando y por el director. Era "El último tango en Paris". Lo curioso es que nadie bailaba tango allí o algunos franceses bailaban en el bar en una competencia pero era un tango acartonado. Pero sí había una música de tango de fondo en el film. Marlon Brando que había sido personaje en "Un tranvía llamado deseo", otra película que conversamos creo al comienzo cuando empezamos a vernos con Ani, volvía a hacer un personaje oscuro interiormente, cuya relación con la mujer se transformaba en tragedia al final. La película es la historia de una relación sexual anónima en un departamento que arrienda Paul en Paris. Paul le exige a Jeanne que jamás se hable de asuntos personales ni privados en la relación ni menos saber cómo se llaman ambos. Un día Paul se marcha sin dejar ninguna información de su partida. Luego Paul encuentra a Jeanne en la calle y le pide reanudar la relación y la lleva a un Tango bar que queda en la calle Faubourg de Montmartre. Comienza a hablarle de sí mismo. Pero la pérdida del anonimato desilusiona a Jeanne que decide no ver más a Paul. Pero Paul la sigue detrás hasta su apartamento y le dice que quiere saber su nombre. Allí Jeanne le dispara con una pistola cinco veces. Paul retrocede hasta el balcón, mira fijamente a Jeanne y cae muerto. Jeanne, murmurando para sí misma, dice que él trató de violarla y que no sabe quién es ese hombre. La cámara se va alejando del balcón y baja lentamente mostrando una calle sin peatones porque es de madrugada. Se lee el nombre de la calle: Rue de Martel.

11

Finalmente fui a la piscina para no estar tan solo porque ya me había llamado un compañero que me estaban esperando con piñas coladas. Hacía dos horas que había recibido aquel correo electrónico. Mañana volvía a casa y no sería buena idea esconderme en la pieza del hotel sin despedirme de nadie. Además estaba a cargo del grupo de colegas del correo y algo tenía que decirles por cortesía a los que nos recibieron en El Salvador. Nadé un poco para tranquilizarme. Fingí que estaba contento. Hacía calor y todos tomaban piñas coladas. Yo preferí un ron con coca cola. Nadie mencionó del asesinato de una mujer rubia norteamericana. Seguro que el gerente del hotel y el policía con la metralleta también fueron a preguntarle lo que me preguntaron a mí. Nadie tenía interés en hablar de asesinatos. Alguien dijo que había una invitación en casa de un colega de El Salvador. Nos tenía preparada una despedida con comida típica. Había que salir en tres horas más. Nos llevaban en tres carros. Era cerca de un mirador donde podríamos contemplar toda la ciudad de San Salvador. Dije que sí porque no quería quedarme solo varias horas en el cuarto, haciendo la maleta, mirando imágenes sin sonido en el televisor.

Volví al cuarto y allí seguía el televisor encendido. Me acordé de la película con Marlon Brando, "El último tango en Paris". No sé porque sentía una sensación de anonimato absoluto. Sin identidad, sin pasado ni presente. Cómo, pensaba yo, es posible tener una relación sin contarse nada. Yo quería haber tenido esa relación como en la película para evitar este dolor. ¿Será posible? ¿Existirán relaciones así donde es mucho mejor por si una mujer nos abandona primero y quiere terminar la relación? Ani me dijo que para ella la película había sido inventada por un hombre pensando únicamente en esa mirada nómade que tienen Uds. Irse de una cuando encuentran a otra. La mujer es el origen de la tribu. La que une con el cuidado, con la memoria y la fortaleza para conservar como sea la familia. Bonita frase, le dije sinceramente a Ani. Me parecía otra frase cursi de telenovela pero eso no se lo dije. Además a mí me gustaban las telenovelas. Pero lo que dijo Ani era algo que no había pensado. Bueno, muchas cosas no había pensado como hombre. Me acordé cuando era cocinero en el restaurante argentino y la relación que tuve con aquella mujer que me dijo que ella no quería atarse a nadie. La historia de Hallowen en West Virginia. Le recordé a Ani esa historia del enano pero me dijo que a lo mejor era una excepción esa mujer pero ella no era así. Me gustó la respuesta y empecé a sentirme emocionalmente muy bien con ella. Dejé de pensar en la película y me di una ducha con agua helada porque hacía calor aún en el cuarto del hotel. Me quedaba tiempo y comencé a hacer con un desgano y tristeza la maleta porque salía al aeropuerto al día siguiente muy de madrugada. Había comprado regalos y varios films y documentales que quería ver con Ani al regreso. Ahora parecían inútiles y quería tirarlos a la basura. Pero no sé cómo los volví a poner en la maleta. Tomé un DVD que había comprado por un dólar. Todas eran películas piratas que se vendían en el centro a vista y paciencia de la policía. Tenía uno en la mano y contemplé la foto de un hombre joven con muchos tatuajes en el cuerpo. En el pecho tenía un tatuaje que decía M8. Otro tenía tatuada dos letras, MS y el número 13. El título del documental era "La vida loca". Historia de las pandillas que asolaban El Salvador. La compré por curiosidad porque no tenía idea qué era eso. No sabía si le iba a gustar a Ani ver el documental. Pero creo que no. Nunca nos interesaban los documentales. Lo compré porque uno de El Salvador me recomendó que lo comprara. Además recién habían matado al director del mismo documental. Lo asesinó un marero de otra pandilla. La curiosidad me hizo comprarlo pero no sé si lo iba a ver realmente. Preferíamos las películas de ficción. Como dije, hablábamos de historias ficticias y nos conocimos hablando de historias ficticias.

12

Luego de leer el email de Ani en la sala de computadores del hotel de San Salvador me fui al cuarto como un sonámbulo. Mientras estaba sentado en la cama mirando el televisor sin sonido golpearon la puerta. No sé si quería abrir pero volvieron a golpear y dijeron que era el gerente del hotel con la policía. Me levanté mecánicamente. Me sequé rápido las lágrimas con el papel de baño que tenía en la mano y fui a abrir la puerta. El gerente dijo perdón por molestar y que no quería incomodarme pero estaban investigando sobre un asesinato que había ocurrido hace tres días muy cerca del hotel, en las afueras de un bar. Como veníamos de Estados Unidos estaba preguntando si habíamos hablado con una mujer que estaba en un cuarto del segundo piso y su ventana daba a la piscina. Mostró la foto de una mujer joven. El gerente dijo que tenía 30 años según su pasaporte. Era rubia. La foto rebelaba una mujer de gran belleza. Quizás sea una actriz famosa pensé. Tiene un parecido extraordinario a Sharon Stone me dije a mí mismo. Ella vino desde California a El Salvador pero aún no se sabe por qué vino, seguía hablando el gerente. El policía era bien moreno, bajito, usaba bigotes y llevaba en la mano una ametralladora de cañón corto. Se quedó en este hotel, siguió el gerente, hacía una semana y media que estaba aquí. Nadaba en la mañana muy temprano como a las seis. Le pregunto si Ud. conversó con ella en la piscina o en alguna parte. Cualquier información nos servirá para averiguar el asesinato. Sólo sabemos que venía desde California y era hija de un profesor o profesora de inglés de una universidad. Yo le dije que no había visto a ninguna persona norteamericana en el hotel de esas características. Además nosotros salíamos generalmente a las ocho de la mañana del hotel hasta la noche trabajando en nuestro seminario en el edificio de correos del centro de la ciudad. Regresábamos tarde y luego pasábamos un rato a sentarnos en las mesas de la piscina a conversar y tomar algo. Le dije que ahora era la primera vez que íbamos todos mis colegas a bañarnos en la piscina. Era domingo y mañana dejábamos el hotel definitivamente a eso de las siete de la madrugada. El gerente no preguntó nada más y dijo muchas gracias. El policía ni siquiera abrió la boca gran parte del tiempo pero miraba el cuarto como si sacara fotos mentalmente de cada cosa que yo tenía desparramada sobre la cama y en las dos maletas abiertas. En un momento el policía dijo, hablando a no sé quién, "fueron los mareros, les sacaría a balazos sus tatuajes a esos hijos de puta". Hablaba como el capitán nazi de la película "La lista de Schindler" que también vimos con Ani. El policía miraba unos DVD piratas que estaban sobre la mesa, especialmente ése que decía "La vida loca" y anotaba. Después otra vez miraba el televisor encendido y sus ojos volvían hacia mí y regresaban a pegarse en la pantalla. Quizás estaba aburrido de esta rutina que no conducía a nada y el caso jamás podría ser resuelto. O quizás era un experto investigador como el de la serie Columbo que conectando muchas cosas, aparentemente sin importancia, resolvería el caso. Volvía a escribir algo en una libreta. Anotaba alguna palabra que le parecía importante de lo que yo estaba diciendo pero no sé para qué. No escribía frases completas sino palabras. Entonces se fueron. No sé por qué me fijé con cierta obsesión en la ametralladora del policía que llevaba colgada al hombro lista para usarla. Nosotros hacía una semana que estábamos en San Salvador y en el hotel. En mi memoria quedó pagada por un largo rato la foto de esa mujer que me mostró el gerente.

Ahora me pregunto ¿por qué el gerente hacia todas las preguntas y no el policía? Siempre en las películas, o en la serie de Columbo, es él quien hace las preguntas y no un gerente de hotel. Es raro me dije. Pero de repente me di cuenta que había olvidado lo del correo electrónico de Ani y también había olvidado que tenía un desgarro profundo por su abandono. Los diez minutos de preguntas del gerente y la presencia rara del policía me habían hecho olvidar como de una plumada el dolor pero ahora volvía otra vez. Sonó el teléfono del cuarto y salté de la cama como si me hubieran dado un pinchazo. Otra vez será el gerente como en la serie de Columbo cuando éste regresaba a hacerle otras preguntas al sospechoso. Pero era un colega. ¿También te interrogaron? Me preguntó riéndose. ¿Así que mataste a una gringa de California? Sí. Claro, le respondí. ¿Te preguntaron lo mismo de que si habías visto a esa mujer de la foto? ¿Que si la habías visto en la piscina? Lo mismo, me dijo del otro lado del teléfono. Pero yo sí la conocí un día que me levanté como a las seis y me fui a meter a la piscina porque tenía mucho calor. Ah, dije. Ella hablaba un español bien chapurreado así que conversamos en inglés. Bien simpática. Una belleza de cuerpo en biquini compadre. Dijo que tenía 30 años pero representaba 23. De piel muy blanca porque había llegado tres días antes que nosotros al hotel. ¿Y le contaste eso al gerente y al policía? Sí, claro, me dijo del otro lado. Pero no conté nada del biquini, me dijo riéndose. ¿Sabes qué? No le conté lo que conversamos porque el idiota del policía anotaba cada palabra que yo decía. Y miraba todo el cuarto y luego me miraba a mí. La única vez que abrió la boca fue para decir con rabia, "fueron los mareros, les sacaría a balazos sus tatuajes a esos hijos de puta". Además dejó la ametralladora en la cama apuntando hacia mí. Ah, dije otra vez. ¿Cuándo la mataron? le pregunté. Parece que hace tres días. El jueves de madrugada por aquí cerca. ¿Te dijo algo ella? Me dijo que se llamaba Beatriz pero prefería que la llamaran Betty. Dijo que venía a aprender español en un programa que no me acuerdo cómo se llamaba. Todo le sorprendía aquí, me dijo. Pero no sé qué quería decir con eso. Luego dijo que había mucha pobreza. Le dije que había pasado sólo tres días en San Salvador y cómo podía darse cuenta tan rápido. No sé, me contestó, desde el viaje del aeropuerto hasta aquí vi mucha gente vendiendo cosas en la calle. Gente que parecía muy pobre. Hasta una mujer vendiendo agua en bolsas de plástico. Me di cuenta que era de esas estudiantes o de una ONG gringa que vienen a cambiar el mundo desde Estados Unidos y enseñarle a la gente como salir de la pobreza en cinco meses. Ah, le respondí. Me estaba cansando de su largo relato de la mujer asesinada. Creo venía de una universidad de California, siguió. Parece que tenía una beca porque me dijo estaría todo un semestre en El Salvador y luego iría a otras partes. ¿Y le dijiste eso al gerente y al policía? No, para qué. Seguro que ya lo sabían y tendrían esa información de inmigración. Pero me preguntó si la mujer andaba sola y si había visto a algún acompañante. No, le dije. Lo cual era la verdad. Parecía tan segura de lo que quería. Era de esas gringas que parece que el miedo no existe vayan a las partes más pobres del planeta. Sacaba fotos de todo con una camarita digital. Ella me dijo que era una cámara muy cara y tenía un teleobjetivo muy poderoso. Me dijo que usaría sus fotos para su investigación. No pregunté qué tipo de investigación. Ya me suponía su investigación. Explicar por qué hay mujeres que venden agua en bolsitas de plástico en la calles y documentar su tesis doctoral con cientos de fotos de mujeres salvadoreñas vendiendo agua. Y dio unas grandes risotadas que sonaban bien raras por el teléfono. Pero no le dije nada a la policía. Allá ellos que averigüen, dijo después de reírse. Come on, man! hace rato que te estamos esperando en la piscina para comenzar una fiesta de despedida con unas piñas coladas. Te fuimos a golpear la puerta hace una hora. Ponte el traje de baños y apúrate. ¡Ah, y esta noche salimos con los amigos salvadoreños, que no se te olvide! Y colgó el teléfono.

Golpearon la puerta a eso de las siete de la tarde porque los amigos nos esperaban. Eran tres autos. Me fui en uno pequeño. Color blanco. Un carro viejo, pero funciona bien, nos dijo riendo nuestro amigo salvadoreño que lo manejaba. No sé cómo entramos cinco personas. Yo iba atrás. Al lado de la ventana. La puerta se abría y se cerraba con dificultad y eso me empezó a dar cierto pavor. Y partimos metiéndonos en una carretera a una velocidad de 100 kilómetros por hora. Sentí miedo de morir porque iban diciendo los amigos, entre risas, que cada día había muchos accidentes de carro y que cada día los mareros mataban a 20 personas en El Salvador. Y allí me explican que la M8 es la mara más peligrosa en el país. Se pelean entre maras y se matan entre maras como si matar fuera tomarse un vaso de agua. La vida aquí vale menos que un dólar, me dijo un amigo en el carro. ¿Y por qué se llama la Mara y ese número 8? Pero no me respondieron porque iban lanzando grandes carcajadas. Y el carro seguía a más velocidad. A pesar de la tristeza que tenía por mi propio dolor, sentí que no quería morirme allí en una carretera en un país donde la muerte era tan cotidiana. Me arrepentí de no haberme quedado en el hotel. Me imaginé muerto y que mi cuerpo lo llevaban a mi hotel desde un bar donde antes vi bailar a dos mujeres. Lo dejaban en mi cuarto junto a la maleta a medio terminar y la televisión encendida, sin sonido. Buscaban, entre la ropa o los DVD piratas, una dirección o teléfono para avisar a Ani. La imaginaba llorando. Sufriendo mucho más que yo. Finalmente llegamos a la casa del amigo y a la fiesta. Bajé como si me bajara de un ataúd. Como si hubiera muerto pero ahora estaba perfectamente vivo. Ya no lloraba. La fiesta duró hasta la una de la mañana y volví a subirme al carro blanco para regresar al hotel. Yo me senté otra vez al mismo lado de la puerta que no funcionaba. Ahora bajábamos del cerro y podía verse iluminado todo San Salvador.

El chofer del carro dijo que debíamos pasar a un bar a bailar tango bachata. Yo pensé que ojalá nadie dijera sí, pero todos dijeron que era buena idea. Hasta mis colegas. Qué iba a decir yo sino seguirlos en la aventura. Yo no tenía ganas de ir a ningún bar ni menos que tuviera baile. Se me ocurrió preguntar que era el tango bachata. ¿Cómo que no sabes que es la bachata tango o el tango bachata? me dijo el chofer que iba fumando y luego agarraba el celular para hablar con los de los otros carros. Ya verás cómo se baila cuando lleguemos al Club Silencio. Y además hay buenas mujeres y te pueden enseñar. Menos quería conocer a nadie porque no estaba en ninguna onda de hablar con mujeres. Quería salir de El Salvador lo más rápido posible. Quería volver a mi cuarto del hotel a sentarme en la cama y no pensar en nada. O volver a llorar.

El Club Silencio estaba semioscuro y fue como entrar en un escenario de un film de David Lynch que había visto varias veces. Una bola de luces de colores azules, anaranjadas y violetas daba vueltas en el techo. ¿Por qué se llama Club Silencio este lugar? preguntó uno de mis colegas. No lo creerán pero aquí cuando se baila nadie habla ni hace ruido, y lanzó una gran carcajada. Nos sentamos en una mesa al lado de la pista de baile porque no había mucha gente. Era la una de la mañana del día lunes. Al entrar no me di cuenta por la oscuridad pero ahora distinguía a una pareja bailando. Eran dos mujeres. Están bailando un tango bachata, dijo el chofer amigo que seguía fumando y miraba su celular que parecía una pequeña televisión en la semioscuridad del Club Silencio. Faltaba que llegara el tercer carro. Vi la cara de los demás amigos y todos parecíamos seres con rostros verdes azulados por donde pasaban mariposas anaranjadas y violetas que disparaba la bola de luces desde la pista de baile. Vino una camarera en falda muy corta a tomar el pedido. Parece que el chofer la conocía porque le dijo hola Rosario Tijeras. Hace tiempo que no te veía. Pensaba que te habías hecho marero, le respondió ella riéndose. Volví a escuchar la palabra marero pero no quise preguntar por qué le decía eso. El chofer se rió a carcajadas mientras en su cara se detenían las luces de colores. Ay Rosarito Tijeras, respondió el chofer, pues traiga ron con coca cola para todos y cuatro más para los que están por llegar. ¿Y quiénes son Rosarito las que están bailando?, preguntó el chofer. Se llaman Betty y Rita. La morena bonita es Rita, la otra Rubia es Betty y vive en California, eso me dijo ella después de sacarme una foto. La Rita se parece mucho a ti, le dijo a Rosario. La Rosario Tijeras se sonrió y fue a buscar el pedido. Le alcancé a ver a la mesera un tatuaje verde en su brazo. Era el número 13. Las dos mujeres ahora se abrazaban y sus rostros se tocaban. Betty guiaba a Rita a través de la pista entre las luces azules y violetas. Rita se parecía a una actriz de una película llamada "Gilda" que había visto muchas veces. Tenía una cabellera castaña oscura que a veces se tornaba negra y luego color tabaco. Betty la besaba en el cuello y también en la boca mientras bailaban. Rita tenía un tatuaje verde en su brazo. A nadie en el Club Silencio le importaba lo que hacían las dos muchachas. Yo no podía apartar la vista de todo ese baile y la escena. Los demás en la mesa tomaban los tragos que había traído Rosario Tijeras. El otro carro ya había llegado y juntaron otra mesa a la nuestra. Hablaban en voz baja no sé de qué cosas que tenían que ver con el correo de El Salvador.

Yo seguí mirando la pista y luego distinguí a tres hombres que miraban en silencio el baile desde otra mesa semiescondida, cerca del lugar donde un tipo ponía la música. El tipo tenía unos audífonos grandes y estaba también semiescondido en una cabina de cristal color violeta. Se veía mimetizado por la luz de la bola que daba vueltas en el techo. Uno de los hombres salió solo a la pista y se puso a bailar como si no viera a las dos muchachas. El hombre era joven y tenía una camiseta negra sólo de tirantes. Se veían sus brazos y parte de su pecho. Tenía muchos tatuajes verdes en los brazos. Bailó sólo por diez minutos pero en otro ritmo y movimientos que jamás había visto. La mujer de California lo vio bailar y se fijo en sus tatuajes. Cerró los ojos y pasó la lengua lentamente por el rostro de Rita que parecía sonámbula. El hombre joven de los tatuajes regresó a la mesa y luego de cinco minutos salieron del Club Silencio. Le dijeron algo a Rosario Tijeras y le dieron un billete de propina. Eran cien dólares le dijo luego al chofer del carro. A ti sí te quieren los mareros le dijo a Rosario. Yo tampoco quise preguntar nada otra vez sobre qué significaba mareros. Nadie en la hora que estuvimos salió a bailar. El DJ escondido en la caja de cristal violeta seguía poniendo tango bachatas. Y seguían bailando Betty y Rita abrazadas. Alguien dijo por fin en el grupo que debíamos irnos porque mañana tomábamos el avión de regreso. Y todos nos levantamos. Nos despedimos de Rosario Tijeras y le dejamos una propina pero no la misma cantidad que le dieron los mareros. Me subí al carro y volví a sentarme al lado de la ventana. Parecía que venía de un lugar que había soñado o quizás recién me despertaba en el carro que nos traía de vueltas al hotel. El chofer decía que ya habíamos llegado y que durmiéramos bien. Sólo quedaban siete horas para tomar el avión de regreso. No pregunté si finalmente habíamos pasado al Club Silencio como había propuesto el chofer.

13

Una vez con Ani arrendamos varios casetes para ver una miniserie que había hecho un director sueco, "Escenas de un matrimonio". Una pareja casada por 20 años ha tenido un matrimonio destructivo y deciden divorciarse. Un día en la cama ella le dice que está embarazada. Ambos discuten la posibilidad de aborto pero ella queda muy resentida por esa discusión. En otra discusión sobre su vida sexual los espectadores nos damos cuenta que ella no ha tenido interés en una intimidad física con su esposo. En un momento ella se siente desbastada cuando él le dice que ha tenido una relación secreta con una mujer más joven. Busca en sus amigos ayuda para que él termine con esa relación y los amigos le dicen que sabían de esa relación secreta. Ella vuelve a caer aún más en una profunda depresión. Pero luego cuando van a firmar los papeles de divorcio le confiesa a su esposo que realmente nunca ha sentido nada por él. Pasan muchos años y ella visita a su madre después que su padre ha muerto. La madre le confiesa que ella siempre cumplió su papel como esposa pero queda en la incertidumbre para el espectador si ella realmente amó o no a su esposo. Luego el ex esposo se encuentra con su ex esposa pero ambos tienen nuevos matrimonios. Ella admite que ahora goza del sexo con su nuevo esposo lo cual deprime mucho a su ex esposo. Ellos finalmente se dan cuenta que el único amor que hubo entre ellos fue el estar solamente juntos. Luego de conversar algo de esa larga serie Ani reanudó el cuento de su viaje a Cuba. Pero antes comenzó a decirme que ella jamás había sabido cómo era la relación íntima entre su padre y su madre. De esas cosas nunca se hablaban pero suponía que todo iba bien porque se querían mucho. Hasta ahora, decía Ani, mi madre recuerda a mi padre y jamás volvió a casarse ni a tener a nadie aunque era joven y bonita cuando su esposo murió. Ella tenía sólo 50 años. Pero los dos coincidimos que se puede estar juntos y quererse y jamás tener una relación física íntima. Como que eso se muere o se entierra para siempre. Especialmente en matrimonios donde casarse se piensa que es para siempre y no en sociedades más abiertas, más modernas, donde la mujer no es una prisionera de viejas costumbres ni menos su cuerpo está encarcelado. Como la mamá de la protagonista de la película del director sueco me dijo Ani. Y se ve que la protagonista logra con una nueva pareja despertar su placer dormido o mutilado por años. A lo mejor la película quiere mostrar lo que por muchos siglos atrás la mujer ha reprimido obligadamente. Ser sexualmente virgen aunque tuviera relaciones sexuales. Ani era una mujer inteligente porque lo que decía no se me había ocurrido pensarlo. Luego cuando yo estaba solo meditaba en esas cosas que decía Ani. Y comencé a pensar eso desde que recibí aquel correo electrónico mientras estaba en El Salvador.

En su libreta de viaje Ani leía para mí saltándose a diferentes cosas. En todas partes hay prohibiciones, comenzó leyéndome, pero en unas más que en otras. Ponen un cerco de alambre. Un muro. Leyes. Lo que sea para prohibir que se piense distinto, viajar, leer algo diferente o juntarse con la familia en la tierra materna. El avión llegó con dos horas de retraso así que estuvimos en Habana a las ocho de la noche. Nos preguntaron por qué íbamos a Cuba y tuvimos que explicar y mostrar nuestros permisos, pasaporte, visas. Declarar cuánto dinero llevábamos y si en nuestras maletas iban aparatos electrónicos. Le dijimos que no y no nos revisaron el equipaje. Y todo este largo trámite por las relaciones cortadas entre ambos países. Sea o allá o acá son las mismas preguntas y la misma demora. En el avión la mayoría que venía con nosotros eran cubanos. Unos con pasaporte de Estados Unidos otros con pasaporte cubano. Eran mayores de edad. O regresaban a Cuba porque habían tenido un permiso de viajar y ver a sus parientes en Estados Unidos. La gente joven que iba a Cuba era muy poca. Viajaba un anciano en una silla de ruedas. Tendría quizás 80 años pero era prácticamente un vegetal en esa silla que su esposa empujaba y le limpiaba la boca. Le daba agua como a un bebé. Por eso demoramos dos horas porque no sabían cómo sentarlo en el avión. Fue algo muy triste para mí ver esa escena. En su estado vegetal permanecía su deseo interior quizás de morir en Cuba. Era muy posible pero luego que bajamos del avión jamás supimos de él. Es así. Cada cual, luego de salir de allí, pasar por emigración, sacar sus maletas, desaparece del grupo y se mete en su propia vida personal. Sólo vemos multitudes y nosotros en esas multitudes pero cada cual va a lo suyo aún dentro de prohibiciones que imponen las leyes de un país. Nos vino a buscar un bus del hotel que habíamos reservado. Estaba a 7 kilómetros de Habana Vieja. El hotel era para turistas y allí nos encontramos con otro mundo. Todos eran extranjeros excepto el personal que trabajaba en el hotel que era cubano. Estábamos cansados y sin comer nada por varias horas. El hotel tenía muchos restaurantes dentro. Tuvimos que cambiar nuestros dólares a la moneda convertible cubana que no eran los pesos cubanos sino la moneda con que se pagan los hoteles y con que se les cobra a los turistas. Nosotros éramos turistas por más raíz cubana que tuviéramos. Mi hermano pronto averiguó que había dos monedas en Cuba.

Una en pesos nacionales o cubanos con que se le pagaba a la gente que vivía en Cuba y la otra eran pesos convertibles o divisas. Yo no entendía mucho esa diferencia pero mi hermano que era economista y trabajaba en un banco de comercio internacional me lo explicó. Bajamos a comer. Elegimos un restaurante de comida italiana. Era como un menú en Europa o en cualquier restaurante italiano del mundo. Por 10 dólares cada uno comió un buen plato de pasta con mariscos, incluido trozos de langosta. Más dos vasos de vino chileno. Luego no sé como mi hermano conversando con el que trabajaba en el bar le dijo al pasar que el salario de un cubano era de 10 dólares al mes pero pagado en moneda nacional. Y luego mi hermano me comenzó a explicar qué significaba eso económicamente en un país y de allí saltó a especular con el producto de ingreso bruto que yo tampoco entendía, y la producción del país. Yo me estaba quedando dormida en el bar mientras me tomaba el último café cubano. Le dije que teníamos que llamar a nuestro primo mañana en la mañana. El tenía un año más que yo cuando nuestros padres nos sacaron de Cuba. El decidió quedarse porque estaba de acuerdo con la revolución. A veces nos escribía y nunca dijo nada de por qué nuestros padres se fueron de la isla. Preguntaba siempre por mí que cómo había sido mi vida en otra parte. Sabía que me había casado y tenía una hija y que también me había separado. Quería verlo. El fue como otro hermano en mi infancia y al no irse con nosotros fue una perdida que me acompañó toda la vida. Hasta ahora. Quería hablar con él. Reírme como cuando éramos muy jóvenes. Recuerdo su humor y siempre haciendo chistes de todo. A él sí le gustaba bailar. Era un fan de Benny Moré. Sé que salía en las noches con otros amigos a bailar. El tenía ahora dos hijos, dos hombres. Yo quería conocer a esos sobrinos. Compararlos con mi propia hija. Solamente estaríamos una semana. Ese era el permiso total. A primera hora iba a llamar a Ernesto, mi primo. ¿Habrá algo que nos diferencia entre unos que se fueron y otros que se quedaron? Y con esa pregunta me quedé dormida en mi cuarto y la televisión encendida con la bandera cubana. Y de fondo el faro de la Fortaleza San Carlos de la Cabaña.

14

No sé cuando vimos "Cine Paraíso" pero fue la película que más conversamos y la que más nos tocó y en cierta manera nos unió sentimentalmente. Salvatore es un prestigioso director de cine que vive en Roma. Recibe una llamada de su madre desde su pueblo natal, Giancaldo, al que no ha regresado por 30 años. El está en Roma y es junio de 1980. Lo sabemos por un calendario que está colgado en la cocina. El se prepara un vaso de vino blanco helado que saca del refrigerador y camina hacia el balcón. Son las diez de la noche y se sienta a gozar la noche cálida. En su mano tiene la copa de vino blanco y entonces suena el teléfono. La madre le da la noticia que ha muerto un tal Alfredo. La esposa de Salvatore le pregunta quién es Alfredo y comienza la película con una largo flashback cuando Salvatore tiene 6 años. A esa edad descubre su amor por las películas pasando cada momento que puede en el teatro que se llama "Cine Paraíso". Allí desarrolla una amistad con Alfredo, el encargado de proyectar las películas. Al principio Alfredo ve como un mosquito a Salvatore que no lo deja trabajar y lo está molestando constantemente. Pero luego lo deja ver películas en el lugar donde está la máquina proyectora y le enseña cómo funciona la máquina. Pero un tiempo después va a ocurrir un incendio en el teatro. Salvatore salva a Alfredo luego que le explota en la cara un rollo de películas dejándolo ciego. Luego el cine se vuelve a reconstruir por uno del pueblo que invierte dinero que había ganado sacándose un premio en la lotería del fútbol.

A Salvatore, que aún es niño, lo contratan como nuevo proyeccionista de películas porque él es el único en la ciudad que sabe ese oficio que le había enseñado Alfredo. La película salta a una década más o menos. Salvatore está en la escuela secundaria y sigue trabajando como proyeccionista en "Cine Paraíso". La relación con Alfredo se ha hecho muy estrecha y frecuentemente le pide consejos y lo hace siempre a través de ejemplos tomados de películas clásicas. Vemos que Salvatore ha comenzado a experimentar su interés por el cine haciendo películas él mismo con una pequeña cámara casera. Y en esa cámara ha filmado a su novia Elena, hija de un banquero rico. Elena ama a Salvatore pero la pierde porque el padre no aprueba la relación. Elena y su familia se van del pueblo y Salvatore también deja la ciudad para entrar al servicio militar obligatorio. El intenta varias veces escribirle a Elena pero sus cartas son siempre devueltas por el correo como nunca entregadas. Luego de volver del servicio militar, Alfredo le insiste a Salvatore que se vaya para siempre del pueblo porque el pueblo es muy pequeño para realizar sus sueños. Más aún, Alfredo le dice que una vez que se vaya él debe buscar su destino en otra parte y jamás mirar atrás y jamás regresar de visita ni que lo consuma la nostalgia. Ni menos escribir o pensar sobre ellos.

Volviendo al presente de Salvatore entendimos que él obedeció los consejos de Alfredo y ahora regresa al pueblo por primera vez para asistir al funeral de él. Nota que el pueblo ha cambiado mucho y entiende por qué era importante que no se quedara allí y se fuera. La viuda de Alfredo dice que él siguió su éxito como director y guionista de cine y se sentía muy orgulloso de eso. Dice que le ha dejado un rollo sin título de películas que él tenia cuando operaba la proyectora y que logró salvarse del incendio. Recorre el pueblo y ve que el antiguo "Cinema Paradiso" ha sido demolido para instalar un estacionamiento de carros y un supermercado moderno. En el funeral él reconoce a mucha gente que había visto cuando era joven en los días de proyeccionista del cine. Luego sabemos que fue Alfredo quien le dijo a Elena que se alejara de Salvatore. Entendemos que lo hizo para no frustrar el destino que Alfredo veía en Salvatore y quizás ese amor iría a cambiar el sueño de ser un creador de películas. Pero Elena le deja una nota a Salvatore con su dirección diciéndole que siempre será fiel a su amor y lo esperará. Salvatore nunca encontró aquella nota de Elena.

Cuando Salvatore vuelve a Roma descubre que el rollo que le dejó Alfredo es un montaje especial. En ese montaje están todos los besos y abrazos de muchas películas que el cura del pueblo censuró para que no los vieran. Salvatore al mirar todo ese montaje, cayéndoles las lágrimas, parece quedar en paz con su pasado sabiendo que Alfredo fue un amor fundamental en su vida.

Como dije, pasamos bastante tiempo conversando sobre esta película con Ani. Y muchas veces volvíamos a ella porque parecía contener muchas situaciones humanas que nos tocaban. Eso de no regresar al pasado, al país natal. En mi caso casi con nada de nostalgia sino continuar buscando algún destino. ¿O quién ha sido en nuestras vidas una persona como Alfredo que percibió nuestro futuro y nuestros sueños y vio lo que seríamos? ¿El que nos impulso a seguir por un camino y cortando otro aunque nos doliera mucho como lo hizo con Elena impidiendo que tuviera un futuro junto con Salvatore? ¿Habría sido Salvatore un cineasta, logrado su sueño desde niño con Elena a su lado?

15

Yo vivía en un cuartito pequeño cuando conocí a Ani. Ella se rió cuando vio mi refrigerador que apenas tenía espacio para una caja de leche, una botella de jugo y otras pocas cosas más. Pero es un refrigerador para enanos, me dijo. Allí en esa cocina conversamos muchas películas y allí fue nuestro primer encuentro íntimo desnudándonos después de comer comida indú. Nunca había tenido en una cama a un mujer desnuda de una belleza impresionante. Quizás comparable sólo a Meredith que conocí cuando llegué a California desde Argentina. Ani me dijo que tenía dos gatos y yo, bueno, nunca había tenido animales, pero los gatos me gustaban. Quizás porque no molestaban a nadie ni menos había que sacarlo como a los perros a mear y a cagar cada mañana además de darles un buen paseo por el barrio o un parque. Eso yo veía por mi ventana cada mañana. El dueño de la casa que me arrendaba, un polaco llamado Chester, sacaba a pasear su perro y llevaba una bolsita de plástico en su mano. Era para recoger la mierda del perro. No, me dije, eso no lo haré ni aunque viviera en la más terrible soledad. Pero los gatos eran simpáticos le respondí a Ani. Fue mi apartamento momentáneo. Yo decía momentáneo pero no intentaba buscar otro mejor. Por ese lado era bien pasivo. No tenía gran interés de comprar un refrigerador más grande, tampoco poner aire acondicionado en el apartamento aunque en verano me cocinara de calor.

Chester me lo arrendó así por una cantidad bien barata y dijo que no pondría aire acondicionado porque gastaría mucha electricidad y me tendría que subir el arriendo. Yo dije que estaba bien y que yo compraría un ventilador. Pero en el verano el ventilador no enfrió nunca. Por el contrario parecía que entraba más calor. Tenía una cocina de los años 50 y todo era como volver a una película de esos años. A mí me gustaba pero Ani me dijo que eso estaba bien, que era interesante el ambiente retro del apartamento pero que si vivíamos juntos ella no viviría aquí. Ni menos con un refrigerador de juguete, me volvió a decir. Ese modo suyo de reprocharme lo que yo no había pensado pero de una manera que me dada cuenta que se preocupaba por mí me hacia quererla más. Quiero cuidarte me dijo una vez cuando estábamos en mi cuarto mientras miraba mi refrigerador para enanos. Yo también, le respondí. De repente nos parecemos a los personajes de "Cuando Harry conoció a Sally" me dijo Ani. Sí, pero nosotros hacemos el amor dos veces al día le respondí. Ani era divorciada y tenía una hija. Me casé bastante joven y no con un cubano porque, te dije, mis padres quedaron no sólo afectados por la pérdida de su finca de café sino porque nunca dejaban de pensar en Cuba. Una Cuba de los 50. Una nostalgia que era permanente en nuestra casa. Por eso, como una reacción contraria no quise estar con cubanos y mis relaciones fueron con gente que no hablaban español. Y me casé con un sueco que conocí en un viaje a Europa y a países escandinavos que hice con mis padres y mis hermanos, poco antes de que muriera mi padre. Era muy diferente a un cubano y hablaba inglés perfecto. Era lo opuesto a lo que yo veía todos los días en casa, con los amigos de mami y de papi. Su padre le había dejado un restaurante que él ahora administraba. También era un excelente cocinero de comida internacional. Especialmente su especialidad era el pescado. Luego visitó Estados Unidos y llamó a mi familia y a mí. La relación fue buena desde el comienzo. Y en un año después nos casamos. Se vino a este país e instaló un restaurante. Pero a los dos años nos separamos cuando mi hija tenía esa misma edad. Eso fue todo lo que me dijo Ani de su ex esposo y tampoco yo quería saber más. Pero una vez me dijo que el sueco llegó a ser un hombre muy indiferente como los personajes de las películas de Igman Bergman. Y como yo había visto muchas películas de ese director comprendí inmediatamente lo que quería decir. Habíamos hablado de una película sueca y me imaginaba que el esposo de Ani era idéntico al personaje de la película "Escenas de un matrimonio". Cada vez que se refería a su esposo yo inmediatamente lo identificaba con esa película que habíamos visto juntos.

No dije antes qué hacía Ani. Ella era diseñadora de casas. Había estudiado diseño y arte en una buena universidad. Y como tenía una personalidad atractiva y convincente, además de una belleza que atraía la atención de hombres y mujeres, logró rápidamente un puesto de diseñadora principal en una buena compañía de Connecticut. A veces viajaba a otras partes del país o al extranjero. Quizás su afición al cine era porque le interesaba mucho la decoración de los escenarios de las películas. Yo me interesaba más en el contenido de las películas y ella desmenuzaba la escenografía, incluido el vestuario. Pero era raro que no te guste el cine de David Lynch, le decía, donde yo veo que son muy interesantes los escenarios. Sí, me dijo, pero son muy oscuros porque están conectados a una atmosfera perversa de los personajes y de la historia. Por eso cuando vio mi apartamento inmediatamente le hizo una evaluación y concluyó que todo era muy retro y faltaba más luz.

Cuando arrendamos junto un apartamento fue Ani quien lo buscó y lo diseñó. Nada de colores oscuros sino claros y agradables. Como dije, no teníamos muchos amigos así que éramos ambos nuestros amigos. Su trabajo era muy profesional y a pesar de muchos clientes que ella tenía no quiso nunca aceptar invitaciones de ellos. Igual yo. Mi trabajo de cartero era estrictamente profesional y nunca fui a ninguna recepción con gente de mi trabajo. Viajamos a mucha a partes en los veranos, especialmente a regiones tropicales y una vez fuimos a Argentina. Luego de 4 años viviendo juntos nos casamos oficialmente porque Ani dijo que era necesario tener la relación legal por si a uno de nosotros le ocurría algo pero creo le molestaba mucho más que fuéramos amantes. A mí me parecía bien y compramos un apartamento. Todo iba perfectamente. La gente que nos veía siempre pensaba que éramos la pareja más feliz que no habían visto jamás en su vida. Y también muchos hombres sentían una envidia por tener yo a una mujer extremadamente bella como si fuera una actriz de cine. Yo no me había casado nunca. Siempre tuve relaciones pasajeras. Tampoco me interesaba tener hijos. Pero comenzamos a ser infelices lentamente y no lo sabíamos. Empezamos automáticamente a decirnos que nos amábamos pero no era cierto. Lo supe cuando recibí el correo electrónico. ¿Quizás por eso sentí un ataque de llanto al leer ese mensaje? ¿O lloraba porque no supe gozar esa belleza de mujer y ahora sentía un dolor incomprensible de perderla? ¿O porque ambos no pudimos entrar jamás en nuestros propios sueños? ¿O yo era un lobo solitario y apacible que miraba desde un bosque lejano la ventana de su casa?

16

Cuando llegamos a las dos de la mañana al hotel, luego de la fiesta que nos dieron los amigos en El Salvador, siete horas antes de tomar el avión, uno del grupo me preguntó si estaba bien. Sí, le dije, pero con mucho sueño. Quería contarme algo que había vivido la noche del jueves anterior en un bar cerca del hotel. No sé por qué le dije que sí. Quizás no quería volver solo al cuarto y ver las maletas listas para regresar a una casa vacía. Escuchar a alguien me ayudaría a no pensar en aquel email que había recibido al medio día de ayer porque ya eran las dos de la madrugada del día lunes. Aún estaba semidormido y con el sueño en mi cabeza sin saber si era realidad o no aquella parada en el Club Silencio. Le pregunté si habíamos pasado mucho tiempo en el Club Silencio. ¿Qué Club Silencio? Me preguntó. Después de la fiesta que nos dieron en una casa cerca del mirador en la montaña nos regresamos directo al hotel a la una de la madrugada y a cien kilómetros por hora. Ah, dije. ¿Pues qué es lo que te pasó el jueves pasado?

Aquí a cinco cuadras del hotel existe un bar donde hay muchas mujeres muy jóvenes. Puedes bailar o tomarte algo y luego lo que sea. ¿Qué es eso lo que sea? Pregunté con toda ingenuidad.

Pues meterse a la cama con alguna de ellas. Allí tienen unos cuartos que les arriendan a las mujeres y tú le pagas a ella y la muchacha paga al dueño del bar. El lugar tiene una pista de baile. Bueno, yo me fui a caminar el jueves como a las dos de la mañana por allí pues el dato me lo dio uno que trabaja en este hotel. Y me metí en el bar. Cobraban tres dólares por la entrada y derecho a un ron con coca-cola. Yo no soy interesado en el baile aunque mis padres son colombianos que emigraron a Nueva York. Más bien me gusta mirar. Y me quedé sentado contemplando la pista de baile y también a varias muchachas muy jóvenes. Yo vi poca gente, eso me parecía. No pedí ningún trago. Quise esperar un rato. De repente vi que una muchacha sacaba a bailar a una mujer rubia joven como ella. No me fijé que esa mujer estaba sola en una mesa tomando una cerveza. Llevaba un vestido negro muy corto, ajustado, partido desde la cintura hasta la mitad de la pierna. Una camisa de verano color vino. Su piel era demasiado blanca. Su cuerpo muy bello. Tenía colgada en su mano una pequeña cámara digital que después volvió a dejar en la mesa donde estaba sentada. Era extraño que no estuviera bronceada porque aquí en El salvador siempre hay sol. Quizás venía llegando al país, pero estaba sola como si no le importara donde se encontraba y menos si eran las dos de la mañana en un lugar que hasta podrían matarla. Me dijo el del hotel que no me recomendaba ir solo por las calles a esa hora en El Salvador. Podía llegarme por casualidad un balazo perdido de alguna mara o yo podría ser un blanco perfecto para que un marero me matara y él se tatuara una lágrima en el párpado de abajo, en la mejilla. Mientras me contaba eso volví a escuchar la palabra "mara" y comencé a comprender un poco de lo que hablaban los amigos salvadoreños en el carro cuando íbamos a la fiesta.

La mujer joven que la sacó a bailar era morena. Se veía muy bella pues las luces blancas caían sobre su cuerpo y sobre el de la muchacha rubia. Tenía tatuado en su hombro una M y el número trece. Yo no sé hasta ahora si eso significaba algo pero comenzaron a bailar muy juntas como si se conocieran por mucho tiempo. Yo no podía apartar la mirada de esa escena. Parecía un sueño o algo irreal que no había visto en ningún bar de Nueva York porque allá todo es más controlado y en una situación como esa habría venido uno de seguridad del bar y las saca inmediatamente de la pista. Pero aquí parecía todo permitido. En un momento la mujer rubia se dejó besar en el cuello por la mujer tatuada. Luego en los hombros y luego en la boca. Le pasaba la lengua por los ojos y luego se la ponía en la boca como si quisiera entrar en su cuerpo. La mujer rubia le puso la mano entre las piernas a la mujer tatuada que también llevaba una falda muy corta y luego movía la mano. La comenzó a masturbar debajo del calzón en medio de la pista mientras bailaban casi en cámara lenta una música parecida a un tango. Era un tango porque había un acordeón que dominada entre los instrumentos. "Es tango bachata y el grupo que la canta se llama Aventura", dijo una voz de alguna parte. Era la de un hombre muy viejo que estaba hundido detrás del mesón. Estiro sus dedos para saludarme y vi que tenía un tatuaje verde en su mano, el dibujo parecía un escorpión. Apenas podía ver su cara pero era muy arrugada, vieja y deforme. Quizás fuera enano me dije. El canturreaba lo que cantaba el grupo, "Por su maldito veneno/ esto se va a poner feo/ y ya verán lo que haré/ voy a jugarme con fuego…Cómo puede ser tan bella/ y a la vez envenenarme/con su dosis de miel". De repente alguien se sentó a mi lado. Era una mujer extremadamente bella. Quizás tuviera 18 años. Me dijo que se llamaba Lorena. Que estudiaba en la universidad pero trabajaba algunas noches aquí. Yo no supe qué decir porque sin preguntar mi nombre ni nada comenzó a contarme por qué estaba allí. Además me dijo que había emigrado desde Nicaragua hace seis meses. Pero algo no tenía sentido eso que estudiaba en la universidad y luego que estaba ilegal en El Salvador y trabajaba en este bar prostíbulo.

"¿Te gusta la canción?". Luego me dijo si quería bailarla. "Es tango bachata". Y se apegó a mi cuerpo. "Luego podemos ir a mi cuarto por diez dólares la hora", susurró. El enano viejo detrás del mostrador seguía canturreando la canción que bailaban las dos mujeres en la pista "Voy a jugarme con fuego/ a derretir este hielo/ no moriré/ por una mujer". Todo era para mí algo que no había experimentado nunca y no sabía qué hacer. Tampoco ella parecía querer sacarme el dinero que llevaba que eran treinta dólares y lo único que tenía en el bolsillo. "Bailemos solamente", me dijo al oído sacándome del asiento. "La que tiene el tatuaje es amiga mía", señalándome la pareja que aún bailaba en la pista. Todo parecía muy raro porque no se veía a nadie. Ni siquiera al que trabajaba en el mesón preguntando si quería tomar algo.

Parecía un lugar de nadie con muchachas que aparecían y desaparecían solas entre las sombras del bar. Muchas mujeres jóvenes había en ese lugar como si fuera una casa donde solo vivían muchachas adolescentes. "Mi amiga del tatuaje cobra cien dólares si quieres acostarte con ella. Tiene 17 años. Pero solamente te permite estar desnudo junto a ella que también se desnudará. No te permite tocarla sino contemplarla. Si intentas tocarla te matará. Eso es el contrato. Muchos hombres lo hacen sólo por sentir el peligro a la muerte que produce el casi contacto físico con su cuerpo. Atrae a muchos hombres, especialmente los sábados, que vienen en busca de emociones fuertes. Su cuerpo es tan bello que no puedes imaginártelo cuando se desnuda." ¿Y por qué entonces no mata a la mujer rubia que baila con ella pues la está masturbando? Le pregunté. "Ella elige con quien bailar y quien la toque. La mujer rubia no sabe lo que te acabo de contar." ¿Entonces la matará si luego se va con ella a un cuarto y están solas? "Es posible. Dependerá del ánimo de ella." ¿Cómo se llama? , le pregunté. "Rosario Tijeras", me contestó. Raro el apellido, le dije. "Sí pues", me respondió. "¿Entonces bailamos?" Me volvió a preguntar. No sé, le dije. Es que nunca he bailado este tipo de música aunque soy colombiano pero nacido en Nueva York. "Ah", me respondió. Fue un "ah" que podía significar muchas cosas pero no quise preguntar nada más. "Ven, yo te enseño", y me arrastró a la pista. Sentía miedo y placer al mismo tiempo. Luego que me contara lo de Rosario Tijeras sentía un pavor estar cerca de ella por muy bella que fuera o tocar su brazo desnudo. Ni siquiera mirarla. Bailemos más lejos de ellas, le dije. Y Lorena se rió y se apegó a mi cuerpo con placer bailando el tango bachata. "Ella no te matará porque es mi amiga" me dijo dándome un beso en el cuello. Creo que lo decía en serio. Seguimos bailando y comencé a sentir un placer muy fuerte pues Lorena era también muy bella y joven. Unos treinta años más joven que yo. Sé que eso jamás me pasaría en Nueva York pero aquí era otro mundo todo lo que estaba viendo. De repente no vi más a la mujer rubia ni a Rosario Tijeras. Habían desaparecido como si yo me hubiera imaginado toda esa escena. Lorena dijo que iba al baño y que no me fuera.

Me fui a sentar al bar y otra vez vi que el lugar parecía desierto. Luego pasaban muchas mujeres muy jóvenes que desaparecían entre la oscuridad del bar. Esperé media hora y Lorena no apareció. Vi en mi reloj que eran las cuatro de la mañana. Había estado dos horas en ese lugar. De repente apareció otra vez el hombre muy viejo desde debajo del mesón. Me dijo que iba a cerrar el bar y que esa noche no había venido nadie. "Solamente Ud. es el único que ha estado todo el tiempo sentado mirando la pista vacía. Ni siquiera ha tomado nada. Yo me quedé dormido por dos horas y Ud. todavía está aquí", terminó el anciano. Eso quería contarte, me dijo mi compañero dando por terminada su historia allí en el lobby del hotel de cinco estrellas. Eran las tres de la mañana. No sé qué decirte, le dije. Lo único que se me ocurrió. No tenía ganas tampoco de analizar su historia que apenas escuché pues yo tenía mi propio drama por dentro. No le dije nada más y el parecía hipnotizado mirando un cartel de turismo pegado en el lobby que decía "Visite la isla de Ometepe en Nicaragua."

17

Eran las tres y media de la mañana. Sólo iba a dormir tres horas antes de salir del hotel hacia el aeropuerto de San Salvador. Pensaba en la historia del bar que me contó mi compañero de viaje. Que escuché a medias. Pero me quedó la imagen de aquel lugar en silencio y de dos mujeres bailando en la pista. Otras mujeres que pasaban y se perdían en la oscuridad. O la mujer rubia y la mujer que tenía un tatuaje verde en un brazo o en un hombro. También la visita del gerente y aquel policía a mi cuarto con una metralleta dispuesto a matar sin preguntar. No entré a mi cuarto y me fui a sentar al lado de la piscina. Estaba muy oscuro. Sólo la luz de una ventana de un cuarto permitía ver alguna silla vacía y un poco el agua de la piscina. No hacía frio. La noche era cálida. Pensé dormitar allí hasta que fueran las seis y media de la mañana. Me fui acostumbrando a la oscuridad y sentí que algo se movía en el agua de la piscina. Sentí un espanto porque podría ser una serpiente o quién sabe qué animal tropical. Mi imaginación aumentó por el miedo. Tenía horror a las arañas, a las culebras y más si eran serpientes. Hasta los monos congos me parecían temerarios y había muchos en esta región. Después pensé que no sería ningún mono porque ellos viajan en grupos y a esta hora están durmiendo y sólo se levantan cerca de las cinco de la mañana para buscar comida pero viajando por los árboles. Además en San Salvador los monos estaban en el zoológico. Entonces pensé en una serpiente de esa que aparecía en la película "Anaconda" con Jennifer López. La serpiente gigantesca casi se tragaba a Jennifer López. Creo que vi esa película con Aní alguna vez en El Día de Gracias que es cuando todo Estados Unidos está comiendo pavo y se junta la familia. Comen puré de patatas, pastel de calabazas. Ani prefería hacer codornices con alcachofas, puré de patatas dulces, pastel de zanahorias de postre y vino tinto. Y luego veíamos una película. Mientras veíamos la película Ani se iba quedando dormida. Así ocurrió el último Día de Gracias que pasamos juntos en noviembre pasado. Parecíamos dos abuelos que después de comer se quedan dormidos. No había ningún deseo de partir a la cama, desnudarse y hacer el amor con desesperación y placer. Yo miraba la pantalla y cómo la gigantesca anaconda se tragada a casi todos los actores excepto a Jennifer López. Luego miraba a Ani que dormía profundamente y contemplaba sus mejillas rosadas, su cuerpo que era hermoso pero yo no sentía ningún impulso de despertarla. De desnudarla allí mismo. De penetrarla en el mismo sillón diciéndole que la amaba tanto. Que era mi luz, mi luna, mi sueño. Pero yo seguía inmóvil mirándola y luego miraba la pantalla. Me levantaba a buscar más vino y Ani no sentía mis pasos ni menos el sonido de la televisión ni tampoco cuando finalmente mataron a la gigantesca anaconda con un misil nuclear que la hizo explotar en pedazos. Y de las aguas emerge sin un rasguño Jennifer López.

No sé porque pensaba eso en la piscina mientras algo se seguía moviendo en las aguas. De repente salió un ser humano de allí. Avanzó hacia mí. Sentí un terror de que fuera un animal de la selva que era medio anfibio y medio animal. No podía moverme. Yo quería que todo fuera un sueño mío pero era verdad. Pero no podía pararme. Parecía pegado a la silla. La figura oscura que venía hacia mí era una mujer desnuda. Me di cuenta que tenía una larga cabellera rubia y tenía sangre en sus pechos. Parecía que le habían disparado pero yo no había sentido ningún disparo sólo el movimiento de las aguas de la piscina. Se fue acercando hacia mí más y más hasta donde había un poco de luz que venía de la ventana de un cuarto. Vi que tenía un tatuaje verde en su mejilla. Eran varias lágrimas. Se acercó más y pude ver su rostro y me dijo: soy Jennifer López pero me dicen Betty y te traje otro email de mi madre. Luego comenzó a cantar una canción mexicana "No hay nada más difícil que vivir sin ti. El frio de mi cuerpo pregunta por ti. Si no te hubiera ido sería tan feliz…" Yo la quedé mirando y volvieron a caer lágrimas por mis mejillas. Lloraba y tenía espasmos en el cuerpo pero no podía pararme de la silla. Y sentí otra voz lejana. Qué te pasa, despierta, son la siete. Anda a buscar tus maletas. Te quedaste dormido. El bus nos vendrá a buscar en media hora. El que me despertó era el mismo compañero que me había contado la historia del bar. No dijo nada al verme con lágrimas en los ojos. Ya apúrate, anda a buscar tus maletas. Te esperamos en el lobby. Y en veinte minutos estaba sentado en un bus que nos llevaba a todos al aeropuerto. Tenía un miedo terrible de regresar pero no quería quedarme un minuto más en El Salvador.

Salimos todos del hotel alrededor de las siete de la mañana para estar tres horas antes en el aeropuerto. Estaba aún oscuro pero ya hacía calor. Me daba igual pues seguía con una insensibilidad en mi cuerpo. Más en mi mente. Ese estado que si cae una bomba en la otra esquina no me preocuparía para nada. Ni arrancar o quedarme allí parado. En el aeropuerto tuvimos la sorpresa que nuestro avión estaba muy retrasado. Saldría en siete horas más. La depresión subió a otro nivel en mi cabeza. Atascado allí por siete horas. Había un internet y quise ver si había otro email de Ani que explicara más. Nada. Aún no sé como aguanté siete horas sentado. A veces leía el diario que estaba en el asiento de al lado. Leí la noticia del asesinato de aquella turista norteamericana que ocurrió el jueves pasado. "Era norteamericana. Tenía 30 años, rubia. Fue encontrada totalmente desnuda y tirada en una calle de San Salvador con tres balas en el cuerpo a cinco cuadras de un bar prostíbulo y muy cerca de un hotel cinco estrellas. Venía de California. Aún no se sabe quiénes la mataron pero la policía supone que fueron unos mareros conectados a traficantes de órganos porque al cuerpo le habían extraído los dos riñones. Primero la anestesiaron y entonces se los arrancaron. Luego le dieron tres disparos en el tórax. Le cortaron los pechos después de ser quemados. Le cubrieron la cara con una toalla blanca. Pero la otra teoría que también supone la policía es que pudo ser un acto satánico conectado a organizaciones del narcotráfico entre El Salvador, Guatemala y México. Ni su nombre ni su fotografía de la mujer fue dada a la prensa para no entorpecer las investigaciones".

Leía la noticia como un sonámbulo. Luego me dormitaba agarrado de mi maleta. Otras veces volvían las lágrimas. En el avión fui mirando no sé qué estúpida película sin sonido. Mirando imágenes. Llegué a las tres de la mañana a casa por el retraso del avión luego de otra larga espera en Miami esperando la conexión a Nueva York. Todo estaba oscuro al llegar a casa. Sabía que al abrir la puerta estarían los gatos esperándome. Sabía que nadie más estaría allí. Me iba a doler mucho ver que la ropa de Ani no estaba colgada en el ropero. Que sus cosas personales del baño, perfumes, peinetas, espejos, lápiz de labios, habían desaparecidos para siempre. Cajones vacios semi abiertos, sólo recibos de compras de hace tiempo, monedas. Había dejado varias notas dispersas. En una decía "te amo y siempre te amaré". Fue la única nota que dejé pegada en el refrigerador. Nota que leía cada mañana al hacer el café. Nota que quería descifrar más como si fuera un jeroglífico que seguro tendría otro mensaje oculto. Porque nadie se va de uno dejando esa nota. O quizás sí y yo aún no lo entendía.

Ani había dejado unas seis bolsas llenas de ropa y cosas que quería tirara a la basura. Y comencé a esa hora de la madrugada a botar las bolsas como queriendo limpiar algo con rapidez. Y los dos gatos me seguían. Había dejado escrito que no podía llevarse los gatos porque donde estaba era aún un lugar pequeño y que cuando encontrara un lugar definitivo los llevaría. Todo eso estaba escrito en diferente papelitos amarillos pegados en la mesa de la cocina. Tres días después me envió otro mensaje electrónico diciendo que su abogado me enviaría un documento legal para comenzar el divorcio. Y que en cuatro meses más tendríamos que ir juntos a la corte para la disolución legal definitiva. Fue nuestra última comunicación a parte de detalles que yo tenía que cambiar a mi nombre todas las cuentas que llegarían a casa. Me dijo que yo me quedara con el apartamento. Le dije que mejor lo vendiéramos y repartiéramos el dinero. Dijo que no porque sabía que yo necesita una casa y ella no tendría problemas en comprar otro apartamento. Y me quedé mirando la casa. Por primera vez vi tantos detalles que ella había puesto en el diseño. Y no quise mover nada de lo que ella había puesto en las paredes. Pero sí saqué fotos nuestras donde estábamos juntos. Únicamente dejé el papelito amarillo pegado en el refrigerador. Ese que había escrito cuando se fue de esta casa para siempre.

Impreso en Estados Unidos
para Casasola LLC
Primera Edición
MMXVIII ©